DAN ALEXANDER, PITCHER

(Bottom of the Ninth, Buch Eins)

Jean C. Joachim

Moonlight Books

Ein Moonlight Books Roman

Sports Romance
Dan Alexander, Pitcher
Bottom of the Ninth series

Covergestaltung: Dawné Dominique
Coverfotografie: Eric McKinney, 6:12 Photography
Cover-Model: Chandler R.
Deutsche Übersetzung: Anna Awgustow

HERAUSGEBER
Moonlight Books

Widmung

Für alle großartigen Baseballspieler, die in mir die Liebe für dieses Spiel haben wachsen lassen.

Und eine besondere Widmung für meine verstorbene liebe Freundin Marilyn Reisse Lee.

Danksagung

Vielen Dank für eure Unterstützung: Tabitha Bower, meiner Lektorin, Ariana Gaynor, meiner Korrekturleserin, Kathleen Ball, Vicki Locey, David Joachim, Steve Joachim und einen *besonderen Dank* an Larry Joachim, der mir bei der Szene im Gericht sehr geholfen hat.

Andere deutschsprachige Bücher von Jean C. Joachim

FIRST & TEN SERIES

GRIFF MONTGOMERY, QUARTERBACK

BUDDY CARRUTHERS, WIDE RECEIVER

PETE SEBASTIAN, COACH

DEVON DRAKE, CORNERBACK

SLY "BULLHORN" BRODSKY, OFFENSIVE LINE

AL "TRUNK" MAHONEY, DEFENSIVE LINE

HOLLYWOOD HEARTS SERIES

WÄR' ES LIEBE

NEW YORK NIGHTS NOVELS

DIE HEIRATSLISTE

Kapitel Eins

Pine Grove, New York

Als Holly Merrill, auch bekannt als Terri Samuels, ein Geräusch von draußen hörte, löschte sie das Licht im Wohnzimmer und trat an das Fenster, was zum Hinterhof hinaussah. Sie zog den Vorhang einen Spalt auf und hielt den Atem an, während sie die Bäume im Hinterhof nach etwas Verdächtigem absuchte. Sie schien eine Ewigkeit so dazustehen, doch endlich zahlte sich ihre Geduld aus. Es tat sich etwas. Die Blätter eines Baums, aber nicht der anderen, bewegten sich. Nur bei dem in der Mitte. Die Wolken zogen weiter und ließen einen Moment lang eine Öffnung für das Mondlicht frei. Holly konnte die Silhouette des Kopfes und der Schultern eines Mannes ausmachen.

Sie holte scharf Luft und trat einen Schritt zurück. Obwohl er sie nicht sehen konnte, musste ihm das angeschaltete Licht verraten haben, dass sie zu Hause war. Terror breitete sich in ihren Adern aus. Sie hatte auf diesen Moment gewartet, seit sie ins Zeugenschutzprogramm aufgenommen worden war. Offensichtlich war ihre Tarnung aufgeflogen und einer von Flash Kinkaids Männern war da draußen. Wenn er sie in die Finger bekam, würde es nicht angenehm für sie enden. Vermutlich sogar tödlich.

Sie hatte die Staatsanwaltschaft schon lange im Verdacht, dass selbst sie Flash nicht lange hinters Licht führen konnten, daher hatte sie vorsorglich eine Tasche gepackt, um schnell verschwinden zu können. Sie zog sie aus dem Kleiderschrank, steckte ihr Handy ein, schlang ihre Handtasche über die Schulter und öffnete vorsichtig die Vordertür. Sie lauschte nach Schritten, konnte aber keine hören. Leise ging sie auf Zehenspitzen die Auffahrt hinunter. Ihr Herz schlug so schnell, dass sie es in ihren Ohren hören konnte. Jeder Nerv ihres Körpers war bis zum Zerreißen gespannt.

Holly flüchtete über die Straße und versteckte sich hinter den Hecken von Mrs. Partridge. Sie versuchte, ihre Atmung unter Kontrolle zu bekommen, hockte sich auf den Boden und wartete. Und tatsächlich – der Mann kam um die Seite des Hauses herum nach vorn. Er zog ein Handy aus seiner Jackentasche und drückte die Klinke der Haustür hinunter. Sie hatte nicht abgeschlossen, und er ging hinein.

Das war ihr Zeichen, abzuhauen. Sie rannte auf dem Fußweg entlang, als wäre der Teufel hinter ihr her, und das war er ja auch, als Mensch verkleidet. Sie erblickte Jory Walkers Haus, ging zur Rückseite und klopfte an ein Fenster. Trent Stevens, Jorys Ehemann, entdeckte sie und öffnete die Tür. Holly schob sich an ihm vorbei und drückte sie leise zu. Sie ließ sich zu Boden sinken, zog ihre Knie an die Brust und keuchte.

„Alles in Ordnung?“, fragte Trent. „Jory? Ich glaube, du kommst besser her.“

„Mach das Licht aus“, zischte Holly.

Er drückte auf den Schalter.

Jory kam zu ihnen. „Hey, wieso ist es hier so dunkel?“

„Pssst.“ Holly drückte ihren Finger auf ihre Lippen. „Er ist da.“

Jory ließ sich im Schneidersitz neben ihre Freundin sinken.

„Trent, schalt alle Lichter aus und halte nach einem Mann vor dem Haus Ausschau. Er ist zu Fuß.“ Holly lehnte sich gegen die Tür und versuchte, ruhiger zu werden.

Er verließ den Raum.

„Wer ist das?“, fragte Jory.

„Einer von Flashs Männern. Er ist hinter mir her. Um mich zum Schweigen zu bringen.“

„Aber ich dachte, du würdest beschützt?"

„Jemand muss etwas ausgeplaudert haben. Oder vielleicht hören sie nach einem Jahr automatisch auf? Als nichts passiert ist, sind sie davon ausgegangen, dass Flash nicht mehr nach mir sucht?"

„Vermutlich", sagte Jory.

Holly schüttelte ihren Kopf. „Sie haben den Prozess in zwei Wochen angesetzt. Ich habe das, was jetzt passiert, erwartet, seit ich von dem neuen Termin weiß."

„Was wirst du jetzt tun?", fragte Jory.

„Abhauen. Und ich werde wieder Holly sein."

„Und der Prozess?"

„Scheiß auf den Prozess. Ich kann nicht aussagen, wenn ich tot bin. Sie haben Mist gebaut. Ich stehe alleine da."

„Was passiert, wenn du nicht dort auftauchst?"

„Al Housman, der Staatsanwalt, meinte, selbst wenn ich verschwinden würde, dann würde er Flash trotzdem drankriegen. Er sagte, er würde die Verhandlung verschieben, bis sie mich finden."

„Und wohin wirst du jetzt gehen?"

„Ich weiß es nicht." Holly kaute an ihrem Nagel.

Trent kam zurück. „Irgendwas geht bei deinem Haus vor sich. Ich habe einen schwarzen SUV auf deiner Auffahrt gesehen. Zwei Männer sind herausgekommen."

„Oh, scheiße. Sie werden mich finden."

„Nein, werden sie nicht. Komm mit. Die Treppe runter." Trent öffnete die Tür, die zur Kellertreppe führte.

Die zwei Frauen stiegen in die Dunkelheit hinunter. Trent übergab Jory zwei Taschenlampen. Winzige Fenster waren hoch oben in die Wand eingelassen. Zur Frontseite des Hauses hin stand ein altes Sofa. Die Freunde löschten die Lichter, sobald sie sich gesetzt hatten. Holly kniete sich auf die Couch, um einen Blick nach draußen zu erhaschen.

„Kannst du irgendwas sehen?", wisperte Jory.

„Autoreifen, die langsam die Straße hinunterfahren", kam es von Holly. „Eine Taschenlampe!"

Sie blieben still, als Holly weiter in die Nacht hinausstarrte, darauf bedacht, so tief wie nur möglich zu bleiben, und trotzdem noch etwas zu sehen. Sie erblickte einen Mann die Straße hinunter, der direkt hinter dem Lichtkreis stand. Sie faltete ihre Hände ineinander, um ihr Zittern zu stoppen. Der Fremde nahm hintereinander mehrere Häuser in Augenschein. Alle Lichter in Trents und Jorys Zuhause waren nun ausgeschaltet, aber das hielt den Suchenden nicht ab.

Holly glitt wieder auf das Sofa hinunter. Sie schloss ihre Augen und lauschte dem Geräusch von Füßen, die auf dem Steinweg näher schlurften. Sie klammerte sich an Jory, die sie in einer festen Umarmung hielt. Beide streckten sich auf dem Sofa aus, legten eine alte Decke über sich und verhielten sich so still wie möglich. Holly hob die Fleecedecke einen Spalt an, gerade genug, um mit einem Auge nach draußen zu lugen. Im Keller war es stockdunkel. Das Geräusch der Schritte hatte aufgehört und ein runder Lichtkegel traf auf die Rückwand des Kellers. Sie vermutete, dass die Eindringlinge sich hinuntergebeugt hatten, um in den Raum zu spähen. Sie hielt ihren Atem an.

Plötzlich wurde es dunkel. So schnell, wie die Schritte herangekommen waren, scharrten sie auch wieder die Auffahrt hinunter, immer leiser werdend. Holly dachte, ihr Herz müsste zerspringen, so schnell, wie es schlug. Sie schlang die Arme um ihre Taille, in einem schwachen Versuch, ihr Zittern zu unterdrücken.

Holly und Jory lagen weitere zehn Minuten still. Als Trent die Tür öffnete, zuckten sie bei dem plötzlichen Geräusch zusammen.

„Die Luft ist rein. Die Männer sind ins Auto gestiegen und weggefahren", sagte Trent mit einem lauten Flüstern.

Vor Angst und dem langen Liegen in einer Position steif geworden, erhoben sich die Frauen und kehrten in die Küche zurück. Trent hatte ihnen drei Shots Whisky eingegossen. Holly stürzte ihren in einem Zug hinunter und bat um mehr. Trent füllte ihr Glas neu auf.

„Du brauchst einen Plan", sagte er und nippte an seinem Drink.

„Ich muss verschwinden. Wo kann ich hin? Wohin nur?"

„Irgendwohin, wo sie dich nicht finden", sagte Jory. Sie kaute an ihrer Lippe.

„Du kannst dich in Pine Grove nicht mehr verstecken. Es ist zu leicht, jemanden in einer Kleinstadt aufzuspüren, und sie wissen, dass du hier warst", bemerkte Trent.

„Dann nach New York City", antwortete Holly.

Sie schwiegen für eine Weile. Holly beendete ihren zweiten Drink. Sie erhob sich und begann, in der Küche auf- und abzugehen.

„Ich hab's!" Jory sprang auf.

„Was?", fragte Holly.

„Was ist der beste Ort, um sich zu verstecken? Einer, an dem man in der Masse von Leuten untergeht, nicht wahr?"

Trent und Holly nickten.

„Wo findet man so viele Menschen jeden Tag in New York City?"

Jorys Frage erntete ratlose Blicke.

„In der U-Bahn?", fragte Holly.

„Nein, im Baseballstadion, Dummchen!"

„Die Nighthawks! Perfekt. Aber sie ist kein Mann. Und sie spielt kein Baseball", sagte Trent.

„Nein, aber der Neffe von Nan, Bud Magee, arbeitet im Nighthawks-Stadion. Ich wette, er könnte ihr dort einen Job verschaffen, als Verkäuferin von Erdnüssen oder sowas. Was wäre anonymer, als während eines Spiels durch die Ränge zu laufen? Sie würden niemals dort nach ihr suchen."

IN NEW YORK CITY TRANK Dan Alexander, Star-Pitcher bei den New York Nighthawks, seinen Wodka Tonic aus. Er saß im The

Hideout, seinem Lieblings-Club im Hell's Kitchen in Manhattan. Valerie Downs warf ihr blondes Haar zur Seite und ließ ihre braunen Augen auf ihm ruhen. Der nächste Schritt bestand darin, sie mit in sein weitläufiges Apartment am Riverside Drive einzuladen und dort durchzunehmen.

Er verlagerte sein Gewicht, stellte sein Glas auf der Bar ab und starrte auf seine Hände. Nicht heute Abend. Es war nicht so, dass er den Sex nicht genoss, aber sie bestand immer darauf, die ganze Nacht bei ihm zu verbringen. Und am nächsten Morgen redete und redete sie über ihren Job in der Werbung, und wer mit wem vögelte, geschäftlich oder privat. Er mochte es nicht, dass sie sich ständig über etwas beschwerte und er hasste Tratsch. Er war mit drei älteren Schwestern aufgewachsen – davon hatte er mit zwölf schon bis für sein Lebensende genug gehört.

Daher, trotz ihrer Kurven und ihrer Fähigkeit, ihm mit einem Blowjob das Hirn herauszublasen, hatte er Valerie allmählich satt.

„Lass uns hier aus diesem Schuppen verschwinden. Die haben von Tuten und Blasen keine Ahnung. Verstehst du? Blasen?" Sie lachte über ihren eigenen Witz.

„Ja, ähm, den habe ich verstanden. Aber nicht mehr heute. Ich muss morgen früh zum Training."

„Du spielst doch erst am Montag wieder."

„Weiß ich. Aber das Training startet morgen um neun."

Sie verzog ihr Gesicht und machte einen äußerst unattraktiven Schmollmund. Er half ihr dabei, ihren Mantel überzuziehen und schulterte sich in seine Lederjacke. Dann gab er ihr fünfzig Dollar auf die Hand.

„Ich setze dich in ein Taxi."

„Manchmal bist du ein richtiger Versager, weißt du das?"

„Ja, ja. Tut mir leid. Aber heute passiert nichts mehr." Er winkte nach einem Taxi und half ihr beim Einsteigen. Ihre haushohen Absätze ließen sie beinahe stolpern. Er fragte sich, wie Frauen in diesen

Dingern laufen konnten. Und sie alle trugen sie. Er stand einen Moment da und beobachtete die Menschen, die im The Hideout ein- und ausgingen. Alle Frauen sahen gleich aus. Ebenso die Männer. Er lächelte. Ja, auch er war genauso angezogen wie die anderen.

„Wie eine Horde Lemminge", murmelte er und pfiff nach einem anderen Wagen, um selbst nach Hause zu fahren.

Es ging nach stadteinwärts, ins nördliche Manhattan, wo sich das Stadion befand. Eine Leuchtreklame erhellte die dunkle Nacht – Freddie's Bar und Grill. Und es war noch offen. Dan schaute auf seine Uhr. Es war erst elf. Er trat ein und ließ sich auf einen Stuhl fallen.

„Hey, Danny-boy, wo warst du?" Das kam von Tommy, Freddie's Enkel.

Freddie hieß mit vollem Namen Freddie Caputo, der frühere Star-Shortstop der Nighthawks, nun seit vierzig Jahren im Ruhestand. Freddie hatte seine wenigen Ersparnisse schon vor langer Zeit in dieses Lokal gesteckt, und sein Sohn und dessen Sohn hatten sich weiter darum gekümmert, als Freddie zu alt wurde, um weiter zu arbeiten. John, Freddies Sohn, war vor zehn Jahren bei einem Autounfall ums Leben gekommen. Nun hatte Tommy Caputo das Ruder übernommen.

Dan grinste. Matt Jackson, Catcher der Nighthawks und Dans bester Kumpel, schlug dem Pitcher auf die Schulter und ließ sich bei seinem Teamkameraden nieder.

Es war nicht so gerammelt voll wie im The Hideout, aber es war einiges los.

Tommy rief von der Bar herüber: „Das Übliche?"

Dan nickte.

„Für mich auch!", fügte Matt hinzu.

Dan lehnte sich mit seinem Stuhl nach hinten.

„Was ist passiert? Hat Valerie dich sitzenlassen?"

Dann schüttelte den Kopf.

„Hat sie ihre Tage?"

Dan lachte. „Ich hatte einfach keine Lust auf immer dasselbe. Ich habe es satt, immer mit der gleichen Art Frau auszugehen. Sie interessieren sich nur für Klamotten, Kohle und was ihnen ein Typ bieten kann. Valerie war bisher noch nicht mal bei einem Spiel dabei. Sie weiß einen Dreck über Baseball."

„Dafür hat sie andere Qualitäten." Matt kicherte mit leuchtenden Augen.

Dann lachte ebenfalls. „Ja, aber sogar das wird langweilig, wenn das alles ist."

„Du gibst doch nur an! Langweile mich, Baby. Langweile mich, bis ich nicht mehr sitzen kann!"

„Dein Problem ist, du hast keine Finesse. Du bist zu direkt. Gehst frontal ran und versuchst die Braut innerhalb von dreißig Sekunden ins Bett zu kriegen."

„Okay, nächstes Mal warte ich zwei oder drei Minuten. Denkst du, das würde helfen?"

„Arschloch." Dan grinste. „Frauen sind auch Menschen, das weißt du? Und sie haben noch andere Körperteile, zum Beispiel ein Gehirn."

„Ach ja? Wirklich? Mir noch nie aufgefallen. Komme nie über die Titten raus."

„Du bist ein hoffnungsloser Fall."

„Sagst du."

„Willst du dich nie mit einer Frau unterhalten?"

„Sie kann ihren Mund besser verwenden."

„Du bist ein sexistisches Schwein, weißt du das?"

Matt lachte. „Ja. Und die Weiber lieben es."

„Wirklich? Und deswegen hängst du allein im Freddie's rum, an einem Samstagabend?"

Matt runzelte die Stirn. „Ich bin gerade zwischen zwei Frauen, das ist alles."

„Du wirst noch die nächsten zwanzig Jahre zwischen zwei Frauen bleiben, wenn du nicht was änderst."

Tommy stellte zwei Krüge Bier vor die Männer. „Wie viele hast du schon getrunken, bevor du hergekommen bist?", fragte der Barkeeper Dan.

„Eins."

„Dann reicht das hier auch für heute. Cal Crawley hat mir gesagt, ihr beide bekommt heute zwei."

„Seit wann schreibt der Manager der Nighthawks einem Barkeeper vor, wie viel Bier er ausschenken darf?", fragte ein Mann mit Bierbauch und ausgedünntem Haar, der seine Hand um ein Glas Whisky geschlossen hatte.

„Seit er in diesen Laden investiert hat, Kumpel", antwortete Tommy.

„Okay, okay. Wir haben verstanden", sagte Dan und schob zwanzig Dollar über den Tresen. „Das geht auf mich, Matt."

„Ach so? Warum?"

„Ich mag der Pitcher sein, aber Strikeout-King bist du", sagte er, bevor er den Humpen an die Lippen hob.

Sein Freund knuffte ihn in den Arm. „Sehr witzig."

JORY ZOG DIE HANDBREMSE an, aber ließ den Motor laufen.

Neben ihr saß Holly und holte tief Luft. Langsam atmete sie aus. „Jetzt kommt's drauf an."

„Viel Glück. Ich bin mir sicher, du wirst das großartig machen. Ruf mich an, wenn du irgendwas brauchst. Sei vorsichtig, aber hab auch ein bisschen Spaß", sagte Jory und zog ihre Freundin in eine Umarmung.

Holly klammerte sich an sie. „Ich habe Angst", wisperte sie.

„Nan hat gesagt, Bud Magee und seine Frau Nancy sind wirklich sehr nett. Sie erwarten dich."

„Und sie wissen alles über meine Geschichte?"

„So ist es. Ruf mich an, sobald du dich eingerichtet hast."

„Das werde ich." Holly strich sich mit ihren Fingern durch ihr braunes Haar, das einst blond gewesen war, bevor Jory es gefärbt hatte.

Ihre Freundin blieb im Wagen sitzen und bedeutete ihr, reinzugehen. Die junge Frau bewegte sich langsam auf das Backsteinhaus zu. Sie sah auf, zählte zwölf Stockwerke, und suchte dann nach 5K. Sie drückte auf den Klingelknopf und beinahe zeitgleich ertönte auch schon der Türöffner.

Sie nahm ihren Koffer auf und ging hinein. Als der Fahrstuhl den fünften Stock erreichte, stand die Tür zu Bud Magees Apartment schon offen.

Eine kleine Frau mittleren Alters mit ein wenig Übergewicht um die Hüften füllte den Türrahmen aus. „Holly?"

Sie nickte.

„Komm rein, Liebes. Wir haben dich schon erwartet." Nancy Magee lächelte und öffnete ihre Arme.

Der herzliche Empfang trieb Holly Tränen in die Augen. Sie war schon über ein Jahr auf der Flucht, hatte ihre Familie schon so lang nicht mehr gesehen. Nicht, dass diese sie großartig vermissen würde. Sie hatte den Namen der Merrills in den Schmutz gezogen, als sie sich mit einem Mitglied der Mafia eingelassen hatte. Sie dachte sich, dass sie sicher glücklich damit waren, ihre ungezogene Tochter los zu sein, und damit auch die endlose Belästigung durch die Medien.

Holly hatte hin und wieder ihre Gesichter auf Bildern in der Zeitung gesehen, unter ‚Vermischtes', wenn sie einer Wohltätigkeitsveranstaltung oder der Eröffnung einer Galerie beiwohnten. Sie sahen glücklich aus, lächelten für die Kameras. Wann immer sie diese Bilder sah, seufzte Holly und sehnte sich nach ihrem alten Leben. Ihr war die Ironie bewusst, dass sie ein Leben zurückhaben wollte, vor dem sie zwei Jahre zuvor noch so verzweifelt geflohen war.

Es war nicht das Leben der Reichen und Anspruchsvollen, das sie sich wünschte. Sie hatte genug Zeit ohne diese materiellen Annehmlichkeiten verbracht, in einer Kleinstadt, um die wahren Vorteile ihres früheren Lebensstils wertschätzen zu können. Holly hatte sich angepasst an ihre neuen Umstände, Freunde gefunden, und die Menschen in Pine Grove schätzen gelernt. Aber sie vermisste ihre Sicherheit, die Möglichkeit, überall hingehen zu können, ohne die Angst im Nacken, dass jemand sie einfach niederschießen könnte.

Sie war nun achtundzwanzig Jahre alt, und sie konnte nun besser nachvollziehen, was passiert war, als sie noch bei ihren Eltern lebte. Vielleicht war ihr Abstieg zu einem *bad girl* gar kein Fehler gewesen. Natürlich war es alles andere als klug gewesen, sich mit jemandem einzulassen, der sich als Krimineller herausstellte. Bereute sie es? Diesen Teil, schon. Absolut. Aber der Teil, indem es darum ging, selber ihren Weg zu gehen und die *rich bitch* hinter sich zu lassen, das war das Beste, was sie hatte tun können – und wenn es im Zeugenschutzprogramm war.

Nancy löste sich aus der Umarmung. „Bud ist nicht da. Er hebt ein paar mit den Jungs im Freddie's."

Holly nickte, als hätte sie die leiseste Ahnung, wovon Nancy redete.

„Er wird um Mitternacht zurück sein. Es ist schon spät. Hast du Hunger? Oder möchtest du gleich ins Bett gehen? Ich zeige dir erstmal dein Zimmer." Nancy ging den Flur hinunter.

„Ich habe gerade gegessen, danke. Ich brauche nichts."

Noch taub vom Terror der letzten vierundzwanzig Stunden folgte Holly ihr schweigend. Sie war zu müde zum Reden und nickte einfach nur als Antwort auf die Fragen ihrer Gastgeberin.

„Das hier ist es, Liebes. Die Fenster bekommen Morgensonne. Das Badezimmer ist hier drin“, sagte Nancy und öffnete eine Tür. „Hier ist ein Schrank. Du hast nicht viel dabei, oder?“

„Nein.“

„Keine Sorge. Für diesen Job brauchst du nicht viel zum Anziehen. Bud gibt dir eine Uniform. Frühstück gibt's halb acht. Abendbrot um halb sieben. Mittag bekommst du im Stadion. Brauchst du Geld?“

„Nein, vielen Dank. Es ist alles in Ordnung. Das Zimmer ist super. Ich kann euch gar nicht genug dafür danken, was ihr für mich tut.“

Nancy nahm Hollys Hand zwischen ihre. „Nan hat uns alles erzählt. Es tut mir so leid für dich, Liebes. Bei uns bist du sicher. Wir haben nicht mal unserer Tochter davon erzählt, Lisa.“

„Lisa?“

„Sie ist dreizehn, auch wenn sie fast dreißig ist, wenn du weißt, was ich meine. Sie kann nichts für sich behalten. Sie hat aber ein gutes Herz. Ich hoffe, du machst es dir bequem. Ruf einfach, wenn du irgendwas brauchst. Ich müsste eigentlich schon längst im Bett sein. Gute Nacht.“ Nancy schloss auf ihrem Weg aus dem Zimmer die Tür.

Der Raum war cremefarben gestrichen, mit einem pinken Rand um das Fenster und die Tür. Einige Bilder waren an eine Pinnwand geheftet. Das Mädchen, das früher in diesem Zimmer gewohnt hatte, war Cheerleaderin gewesen. Ihr lächelndes, hübsches Gesicht ähnelte dem von Nancy. *Das muss die ältere Tochter sein, die inzwischen verheiratet ist.* Die Einrichtung war mädchenhaft, überall rosa und lavendel – das Bett, die Kommode, die Vorhänge. An der Schranktür war ein großer Spiegel angebracht.

Holly trat davor und riskierte einen Blick. Sie hatte das vermieden, seit sie sich ihre Haare gefärbt hatte.

Ihr Mund blieb offen stehen, als sie ihr Spiegelbild betrachtete. Wer war diese Person? Sicher nicht Holly Merrill. Es war nicht so, dass das warme, rötlich schimmernde Braun eine hässliche Farbe gewesen wäre – aber es war nicht *ihre*. Sie hatte gehofft, nicht noch mehr Dinge verlieren zu müssen – ihre Freiheit, ihren Ruf, ihr Aussehen, ihre Familie und Freunde.

Und jetzt hatte sie auch noch ihre Identität verloren.

Ihre Augen füllten sich mit Tränen. Sie ließ sich aufs Bett fallen, streifte ihre Schuhe ab und rollte sich ein. Sie hüllte sich in die farbenfrohe Patchworkdecke und weinte sich in den Schlaf.

DAN ALEXANDER SPANNTE sich und feuerte einen Fastball. Sein Kumpel, der Catcher Matt Jackson, fing ihn und warf ihn zurück. Die Erwärmung dauerte noch eine Stunde. Obwohl die Maisonne nicht so heiß schien wie im August, war Dan schon erhitzt. Er nahm seine Kappe ab und wischte sich mit dem Ärmel den Schweiß vom Gesicht. Er hatte schon zwei Stunden lang trainiert.

„Schlagtraining?“, fragte Matt.

„Nee. Ich hab erstmal genug.“

„Du warst doch nicht lange unterwegs gestern. Was ist los?“ Matt zog seinen Handschuh aus.

„Nicht heute. Ich war gestern noch wach, habe bis eins einen blöden Film geschaut.“

„Okay.“ Matt klopfte seinem Freund auf die Schulter, als die zwei sich zu den Duschen begaben.

Dan war erschöpft. Sein ein-Meter-neunzig-Körper brauchte Schlaf. Er hob seine Hand, um Bud Magee zu grüßen, als sie im Flur an ihm vorbeigingen, kurz bevor der Pitcher direkt in eine junge Frau hineinlief. Er hätte sie zu Boden gerissen, hätte er sie nicht vorher aufgefangen. Er hatte sie noch nie zuvor gesehen, aber ihre weiten, blauen Augen und das Haar mit der Farbe eines Nerzes erweckten seine Aufmerksamkeit.

„Entschuldigen Sie, Miss. Ich habe Sie nicht gesehen." Auch wenn sie sich gut in seinen Armen anfühlte, ließ er sie los, bevor sie anfing, zu schreien.

„Dan Alexander, einer unserer besten Pitcher. Das ist Holly Merrill. Sie ist neu hier. Sie wird Hot Dogs für uns verkaufen."

„Willkommen an Bord", sagte der Baseballspieler, als sein Blick ihren kurvigen Körper entlang glitt.

„Danke." Sie zupfte ihr T-Shirt zurecht und strich ihre Jeans glatt.

Nachdem er ihr ein sinnliches Lächeln zugeworfen hatte, tippte er sich an die Kappe und antwortete: *„Der* beste Pitcher." Mit einem Lachen verschwand er in der Umkleide.

„Warum stellen sie so heiße Mädchen ein, um Hot Dogs zu verkaufen?", fragte Dan seinen Teamkameraden Jack Lawrence in der benachbarten Duschkabine.

„Ich schätze, so verkaufen sich die Hot Dogs besser", sagte Jack, der sein Haar einseifte.

„Das muss es sein. Die neue, die ich gerade getroffen habe, sieht echt gut aus."

„Ach ja? Was ist mit Wie-heißt-sie-nochmal?"

„Valerie?"

„Ja. Was ist mit der?"

„Das Mädel verkauft Hot Dogs, Jake. Jetzt mal ernsthaft. Du denkst doch nicht, dass Mr. All-Star-Pitcher hier mit einem Hot-Dog-Mädchen anbandeln würde, oder?", ließ sich Matt Jackson aus dem Nebenraum vernehmen.

„Wenn sie heiß ist, und er heiß auf sie, na klar. Warum denn nicht?", sagte Jake und brauste sich ab.

„Sie sah nicht wirklich wie ein Hot-Dog-Mädchen aus", sagte Dan und wickelte sich ein Handtuch um die Hüften.

„Vermutlich einer von Buds Werken der Barmherzigkeit“, meinte Jake.

„Ja. Eine, die auf den Strich gegangen ist, oder Drogen genommen hat.“ Matt schälte sich aus seinen Sachen.

„So hat sie auch nicht ausgesehen. Eher, als hätte sie Stil.“ Dan ging zu seinem Spind.

„Du würdest einen umwerfenden Blowjob von Valerie für ein Hot-Dog-Mädel aufgeben?“ Matt trat unter das heiße Wasser.

Jake fing an, zu kichern. „Man weiß nie. Die könnte dir mehr als nur Hot Dogs anbieten, Matt.“

„Mach dir keine Sorgen. Ich werde Valerie nicht aufgeben. Bin nur neugierig.“ Dan zog seine Jeans hoch.

„Verdammt. Ich war gerade schon dabei, ihre Nummer zu wählen“, sagte Jake.

Dan schnaubte. „Als hättest du bei ihr eine Chance.“

„Warum denkst du, ich hätte keine?“ Jake hob eine Augenbraue.

„Was, du verdammtes Arschloch!“ Dan hatte sofort Jakes Shirt in seiner Faust.

„Reg dich ab, Mr. All-Star. Ich hab sie nicht angefasst.“

„Das bleibt besser auch so.“

Jake strich den Stoff über seiner breiten Brust glatt. „Echt jetzt. Verdammt empfindlich für einen Typen, der andere Frauen abcheckt.“

„Jungs, Jungs“, sagte Matt in seiner Imitation einer mütterlichen Stimme. „Kein Streit. Wir sind alle im selben Team.“

„Lass mein Mädchen in Ruhe“, knurrte Dan.

„Die brauch ich nicht. Habe genug eigene“, sagte Jake, als er seine Jeans zuknöpfte. „Aber Matt braucht ein paar abgelegte Weiber.“

Dan lachte. „Stimmt. Hast du ein paar Aussortierte für ihn, Jake?“

Jake holte sein Handy hervor. „Lass mich mal nachsehen.“

„Haltet die Schnauze! Ich brauche von niemandem die B-Ware. Kann mir ein eigenes Babe suchen“, sagte Matt und ging aus der Tür.

„Und ob!“, rief Jake ihm hinterher, aber Matt war schon weg. „Du checkst wirklich Hot-Dog-Mädchen aus?“, fragte er, während er seine Schuhe zuband.

„Ach was. Hab nur Bud getroffen. Er hat uns vorgestellt. Sie ist süß, das ist alles. Du hast recht. Sie ist ein Hot-Dog-Mädchen. Nicht meine Liga.“

Dan kämmte sein kurzes, braunes Haar und lief dann zu seinem Wagen. Die vollen Lippen des Mädchens und ihre kurvigen Hüften gingen ihm nicht aus dem Kopf. Sie sah nicht wie die üblichen Herumtreiberinnen aus, die Bud Magee aufsammelte und einstellte. Sie war irgendwie anders. Er konnte es nicht erklären, aber es gab etwas an ihr, das ihn neugierig machte. Er wollte wissen, was es mit ihr auf sich hatte. Seine Intuition sagte ihm, dass es da einiges zu entdecken gab.

Kapitel Zwei

Holly schaute einen Moment zurück. Sein Hintern war perfekt, die Schultern breit, die Beine lang. Er wirkte wie ein Hüne auf sie. Ohne die High Heels mit den superhohen Absätzen, die sie früher immer getragen hatte, kam sie selbst kaum auf eins zweiundsechzig. Er überragte sie bei weitem. Aber die Art, wie er sie gehalten hatte, hatte ihr eine Gänsehaut auf ihren Armen verpasst. Sie rieb sie weg und lief Bud hinterher.

„Kümmer dich nicht um Dan. Pitcher können ganz schön arrogant sein. Komm weiter, ich zeige dir den Raum, wo die Vorräte lagern."

Sie folgte ihm. Er hielt an der Tür.

„Die meisten unserer Verkäufer und Verkäuferinnen, aber nicht alle, gehören einer Gewerkschaft an. Nelson Hingus, der Besitzer des Teams, erlaubt mir aber auch, hin und wieder Leute anzuwerben, die nicht organisiert sind."

„Du meinst, um ihnen einen Gefallen zu tun?"

„Ja, in der Art. Weißt du, manchmal hat man eine Durststrecke, und braucht einfach einen Job, um wieder auf die Füße zu kommen", sagte Bud.

„So wie ich gerade?"

„Nicht ganz. Bei dir ist es anders. Manchmal kommt ein Freund, ein Spieler oder ein Verkäufer zu mir und stellt mir jemanden vor, der Hilfe braucht."

„Und du stellst sie ein?"

„So ist es."

„Das ist sehr nett von dir."

„Ich habe Glück, diesen Job zu haben. Mr. Hingus hat mir eine Chance gegeben, und das gebe ich nun an andere weiter."

„Ich bin wirklich dankbar, hier sein zu dürfen. Sie machen sich keine Vorstellungen."

Er lächelte. „Doch, ich denke, das kann ich schon. Jedenfalls bezahlen die gewerkschaftlich organisierten Verkäufer die Ware, bevor sie sie mit Gewinn verkaufen."

„Okay. Ich habe ein wenig Geld. Wie viel schulde ich Ihnen?" Sie öffnete ihre Handtasche.

Bud legte seine Hand über ihre. „Nicht nötig. Ich habe Ihnen die erste Runde schon ausgelegt."

„Ich kann es zurückzahlen."

„Das brauchen Sie nicht. Arbeiten Sie einfach hart, und Sie können die nächste Runde selbst bezahlen. Ist das okay für Sie?"

Sie spürte, wie sie errötete. Holly hatte vorher noch nie Gefälligkeiten angenommen, hatte es nie tun müssen. „Ich brauche es nicht. Bitte. Lassen Sie es mich zurückzahlen."

„Hey, wenn Sie wirklich viel verkaufen, reden wir noch einmal darüber. In der Zwischenzeit geht das auf mich."

„Danke. Vielen Dank." Tränen stachen in ihren Augen. So viel Freundlichkeit von einem Fremden war neu für sie.

„Okay. Dann fangen wir an", sagte Bud und steckte einen Schlüssel in das Schloss.

Er reichte ihr zwei Uniformen, eine zum Waschen und eine zum Tragen. Sie waren braun, mit blauen und weißen Streifen auf den kurzen Ärmeln – die Farben der Nighthawks. Obwohl sie das Outfit hasste, wurde ihr klar, dass es die perfekte Tarnung sein würde. Wem würde sie darin auffallen? Niemandem. Sie seufzte, versuchte, über die gewonnene Sicherheit froh zu sein und den Umstand zu ignorieren, dass sie nun jeden Tag scheußlich angezogen sein würde. *Von einer Prinzessin direkt zur braunen Zaunkönigin.*

Sie holte tief Luft und brachte ein Lächeln zustande.

„Du wirst hier sicher sein. Niemand wird dich erkennen. Vertrau mir."

„Oh, ich glaube dir. Ich werde unsichtbar sein."

„Ist das nicht das, was du willst?" Er stopfte die Kleidung in eine Einkaufstasche und überreichte sie ihr. „Wir sehen uns beim Abendessen. Du fängst am Samstag an. Das Spiel startet zwölf Uhr. Sei um zehn hier, um deinen Verkaufswagen und das Essen abzuholen."

„Alles klar. Ich werde da sein. Noch einmal vielen Dank." Sie nickte und ging auf das Tor zu. Neue Tränen ließen ihre Sicht verschwimmen, aber sie konnte sie nicht zurückhalten. Während sie lief, weinte sie und versuchte, ihr Gesicht mit ihrer Hand zu verdecken. Jemand in einer Uniform lief an ihr vorbei, aber er sah sie nicht. Hot-Dog-Mädchen waren unsichtbar, das wusste jeder.

Benommen lief Holly die vier Wohnblöcke zurück zu dem Apartment der Magees. Vom bösen Mädchen der Park Avenue zum Hot-Dog-Mädchen. Sie war tief gefallen. Sie lachte, als sie daran dachte, was wohl ihre Eltern sagen würden, wenn sie sie jetzt sehen könnten. Sie wären entsetzt über das braune Kostüm und wie sie die Reihen hoch und runter lief, um Würstchen zu verkaufen.

„Hier gibt es Hot Dogs! Kaufen Sie hier! Heiße Würstchen! Nur vier Dollar", sagte sie laut. Sie übte schon einmal. Dabei musste sie kichern. Vielleicht war es ja das, was sie brauchte – ein völlig neues Leben? Vielleicht wäre es gut für sie, ihre Zeit mit echten Menschen zu verbringen, die Schwierigkeiten und Herausforderungen meistern mussten?

Sie kannte die Antwort auf diese Frage nicht. Aber ob es ihr gefiel oder nicht, sie war hier, im gleichen Stall wie die anderen, zu deren Klasse sie nun zählte. Und sie lernte besser, mit ihnen klarzukommen.

Als sie bei den Magees ankam, schloss sie sich selbst mit dem Schlüssel auf, den sie ihr gegeben hatten.

Nancy hörte Musik. Sie tanzte und sang beim Kochen. „Wie war dein erster Tag?", fragte sie und wischte ihre Hände an ihrer Schürze ab.

„Ganz okay. Was gibt es denn?"

„Lasagne. Buds Lieblingsessen. Ich hoffe, du magst es auch."

Hollys Mund wurde wässrig. Erinnerungen an den Salat, den ihre Mutter immer serviert hatte, damit sie dünn blieb wie ein Zahnstocher suchten sie heim. Laura Daily, die beste Köchin in Pine Grove, hatte ihr ein wenig Unterricht erteilt. Sie liebte es, zu essen, und hatte mit den selbstgekochten Mahlzeiten, die sie in der winzigen Stadt genossen hatte, einige hübsche Kurven bekommen. „Ich liebe es. Kann ich helfen?"

„Danke, Liebes, aber ich bin schon fast fertig. Du kannst den Tisch decken. Lisa hat diesen Nachmittag Klavierstunde."

Holly legte ihre Hand auf Nancys Arm. „Ich kann Ihnen gar nicht genug danken dafür, dass Sie mich bei sich aufgenommen haben. Sie haben mein Leben gerettet. Wirklich. Wortwörtlich."

„Ich helfe immer gerne."

Um sechs Uhr abends setzten sich die Magees mit ihrem Gast zum Abendessen hin. Sie aßen herzhaft, mit einer reichhaltigen Pasta, Salat und Knoblauchbrot dazu.

„Wie war die Schule heute, Lisa?", fragte Bud, während er mit seiner Gabel ein Stück Lasagne aufspießte.

„Das Übliche." Lisa blickte auf ihren Teller, den Kopf nach vorne gesenkt, und aß schnell.

„Was soll das heißen?" Bud kaute, während er sie anstarrte.

„Nichts. Ich bin fertig. Kann ich schon aufstehen?"

„Du hast mit unserem Gast bisher kein Wort gewechselt. Lisa, das ist Holly", sagte Bud.

„Hi, Holly. Willkommen. Kann ich jetzt gehen?"

„Geh schon. Kinder", sagte Bud und schüttelte den Kopf. „Es tut mir leid. Holly, sie ist normalerweise nicht so unhöflich."

„In dem Alter sind sie unmöglich", warf Nancy ein, ihre Wangen leicht gerötet.

„Machen Sie sich um mich bitte keine Gedanken. Ich bin einfach nur froh, hier sein zu können."

Nancy streckte sich zu ihr und drückte ihre Hand. Bud nahm die Auflaufform und bot sie Holly an. „Mehr? Nancy macht großartige Lasagne, für eine jüdische Frau. Das unkoscherste Essen aller Zeiten", sagte er mit einem Kichern.

Diese Nacht zog Holly ein altes T-Shirt an und kletterte in ihr Bett. Ein Klopfen an der Tür erschreckte sie für einen Moment, bis eine bekannte Stimme sie ansprach.

„Holly, Liebes, ich möchte dich nicht stören, aber ich habe hier einige Bücher, falls du etwas lesen magst. Ich habe gemerkt, dass du nicht viel Gepäck hast. Ich stelle sie dir einfach vor die Tür."

Die junge Frau linste aus der Tür, schaute nach unten und erblickte den Stapel. „Danke, Mrs. Magee."

„Bitte nenn mich Nancy. Wir können uns doch duzen, wenn du magst. Und nichts zu danken."

Holly nahm die Bücher herein und kehrte zu dem Bett zurück. Sie öffnete jedes einzelne und überflog die ersten Seiten. Liebesromane. Ihre Mutter hatte sie niemals etwas anderes als New-York-Times-Bestseller in ihr schickes Apartment mitbringen lassen. Holly hatte aber immer lieber Romanzen gelesen. Im College hatte sie sie verschlungen, auch wenn ihre Kommilitonen an der hochklassigen Institution die Nase darüber gerümpft hatten.

Sie kauerte sich hin, zog die Decke über sich und öffnete den Roman *Wenn ich dich lieben würde.*

DER SAMSTAG WAR SONNIG und die Nighthawks hatten ein Heimspiel. Dan Alexander saß auf der Spielerbank im Dugout, einem überdachten, abgesenkten Bereich des Spielfeldes. Manuel

Gonzales pitchte gegen die Cincinnati Coyotes. Sie waren am Ende des sechsten Innings, und die Nighthawks hatten schon sieben Runs Vorsprung. Dan war gelangweilt. Er wusste, er sollte sich auf das Spiel konzentrieren, sich über jeden Batter in seinem Kopf Notizen machen, aber stattdessen hielt er in den Rängen nach etwas Ausschau.

Die Spieler hatten eine Wette laufen. Sie hatten alle fünf Dollar in den Pott geworfen, und derjenige, der einen Blick auf die heißeste Braut auf den Rängen erhaschte, gewann. Also suchte Dan nach verführerischen Ladies. Er fand Holly, wie sie die Ränge hoch und runter stapfte und dabei den schweren Hot-Dog-Wagen schob. Sie ging durch die Reihen und rief immer wieder: „Hot Dogs!" Sein Blick klebte an ihrem niedlichen Hintern und folgte jedem ihrer Schritte, als sie sich die Treppen nach oben schlängelte.

Sie lehnte sich nach vorn, um einem Mann sein Essen zu überreichen, aber er bekam noch ein bisschen mehr als das. Dan sah zu, wie er die Vorderseite ihres Shirts anstarrte. Als sie aufstand, wurde dem Pitcher klar, dass das ohnehin schon tief ausgeschnittene Shirt wegen ihrer Figur noch ein wenig tiefer saß. Der Typ hatte etwas zu sehen gehabt, und das machte Dan wütend. Anstatt weiter nach heißen Damen Ausschau zu halten, folgte sein Blick weiter Holly. Sie bewegte sich langsam, aber stetig weiter.

Einige Male schrien die Kunden sie an. Sie wurde verlegen und brauchte noch mehr Zeit, die Bestellung zu erfüllen oder das Wechselgeld herauszugeben. Er hatte Mitleid. Es war offensichtlich, dass sie das noch nie vorher gemacht und noch einiges an Einarbeitung nötig hatte.

Und dann passierte es. Sie ließ einen mit Senf beladenen Hot Dog fallen. Der Kunde stand auf und begann, herumzubrüllen. Holly beugte sich nach vorn, um sauberzumachen. Der Mann, der für die Stadionkamera zuständig war, hielt auf ihren Hintern drauf – da war er und füllte, hübsch und groß, wie er war, den Stadionbildschirm aus!

Die Leute klatschten und pfiffen. Die Spieler lachten. Dan hielt den Atem an. Sie reckte ihren Hals und schaute hinter sich. Obwohl Dan nicht hören konnte, was der Mann sagte, konnte er sehen, wie er auf den gigantischen Bildschirm zeigte. Dan fühlte sich elend, als er ihr riesiges Hinterteil sah, über das die Menge sich amüsierte.

Ihre Hand flog zu ihrem Mund. Sie schnappte sich ihren Wagen und rannte die Treppe hoch.

Die Kamera wandte sich wieder dem Spielfeld zu. Dans Magen drehte sich um. Sein Herz schmolz dahin. Sie hatte das nicht verdient, und er war sich nicht sicher, ob er selbst mit so einer Demütigung umgehen könnte. Das Inning war vorbei, und es war Zeit für die Dehnung vor dem siebten Inning. Er blickte sich nach Holly um, aber konnte sie nirgendwo finden.

Er ging zu seinem Manager. „Cal, brauchst du mich hier?"

„Du kannst schon duschen, Alexander. Das Spiel ist fast vorbei."

„Danke." Er verließ die Spielerbank und ging zum Konzessionsstand. Bud Magee war hinter dem Tresen. Dan fragte ihn, wo Holly war.

„Was zur Hölle ist passiert? Sie hat ihren Wagen stehen lassen und ist hier herausgerannt wie als wäre der Teufel hinter ihr her."

Dan erklärte die Situation und fragte: „Wo ist sie hin?"

„Ich habe keine Ahnung. Vermutlich zurück zu unserer Wohnung. Sie ist nett, aber sie muss wirklich lernen, mit solchen Scherzen umzugehen."

Dan bedankte sich bei Bud und lief zum Ausgang. Er war schon oft bei Bud gewesen, bei großen Gelagen am Abend, vor allem außerhalb der Saison, wenn sie trinken und so lange wachbleiben konnten, was und wie sie wollten. Er sah eine Gestalt schnell den Fußweg entlanggehen. Er fiel in einen leichten Laufschritt und holte sie ein. Ihr Kopf hing nach unten und sie hielt ein Taschentuch an ihr Gesicht.

Ein mulmiges Gefühl breitete sich in Dans Magen aus. Er hasste es, wenn Frauen weinten. Er wusste nie, was er tun oder sagen sollte, und was auch immer er tat, schien es nur noch schlimmer zu machen.

Er bedeckte ihre Schulter mit seiner großen Hand. „Warte. Warte doch. Holly?"

Sie hielt inne, aber drehte sich nicht zu ihm herum. Er fühlte, dass sie zitterte.

„Hey, was ist los. So schlimm ist es doch nicht."

„Es war auch nicht Ihr Arsch, der so groß wie das Empire State Building auf dem Bildschirm erschienen ist." Ihr Ton war scharf, aber sie lief nicht weiter.

„Nein, ich kann nicht von mir behaupten, jemals diese Ehre gehabt zu haben. Zumindest weiß ich nichts davon. Sie halten auf uns drauf, auch wenn wir es nicht bemerken. Das kann manchmal echt peinlich sein."

Nun wandte sie sich ihm zu. „Ach ja? Wie peinlich genau?" Sie richtete den Blick ihrer schönen blauen Augen auf ihn und stemmte ihre Hände in die Hüften.

„Naja, so peinlich wie jemand, der in der Nase bohrt oder sich am ... am Hosenstall kratzt." Jetzt war es an Dan, verlegen zu sein. Er hob seinen Blick, um ihr in die Augen zu schauen.

Sie lachte.

HOLLY SCHAUTE AUF, direkt in die strahlendsten haselnussbraunen Augen, die sie jemals gesehen hatte. Der große Mann mit dem dunkelbraunen Haar schaute auf sie herab, die Stirn gerunzelt, mit einem sorgenvollen Gesichtsausdruck. Sie konnte es nicht glauben, dass er ihr tatsächlich nachgelaufen war, nur um sie zu trösten, weil ihr Arsch überall im Fernsehen zu sehen gewesen war. Allein bei dem Gedanken daran krümmte sie sich innerlich. *Gottseidank wissen meine Eltern nicht, wo ich bin.*

Ihre Flucht hatte unter einem glücklichen Stern gestanden. Ihr Gesicht war nicht von der Kamera eingefangen worden. Mit ihren langen Locken, auch wenn sie braun gefärbt waren, hätte Flash sie erkennen können. Er war ein großer Baseballfan, und die Nighthawks waren sein Lieblingsteam. Sie würde ihr Aussehen noch weiter verändern müssen, zum Beispiel mit einem neuen Haarschnitt.

„Hat man Sie schon mal mit der Kamera erwischt, wie Sie, naja, diese Dinge gemacht haben?" Sie war neugierig geworden.

Er wurde rot. „Ich weiß nicht. Vermutlich. Ich pitche in der Major League seit fünf Jahren." Er streckte seine Hand aus. „Dan Alexander. Wir wurden uns noch nicht richtig vorgestellt."

„Holly Merrill. Schön, Sie kennenzulernen." Seine Hand war warm und trocken, sein Händedruck fest, aber nicht erdrückend. Sie fühlte ein Kribbeln, als er sie berührte. *Ruhig, Mädchen. Du musst dich verstecken, und er ist wahrscheinlich ohnehin vergeben.* „Ich muss jetzt wirklich gehen. Ich wollte Nancy bei den Vorbereitungen fürs Abendessen helfen", log sie.

„Seit wann lässt Nancy Magee jemand anders in ihre Küche?" Er hob eine Augenbraue.

Nun war sie schon wieder verlegen, weil er sie bei ihrer Lüge erwischt hatte. Sie fühlte, wie ihr Gesicht heiß wurde, und wandte sich ab. Sie musste hier weg, bevor sie sich noch mehr zum Affen machte.

„Ich werde Sie nicht aufhalten. Ich wollte Ihnen nur sagen, dass solche Dinge ständig allen möglichen Leuten passieren. Machen Sie sich keine Sorgen. Beschaffen Sie sich nur ein neues Shirt. Dieses hier ist ein wenig zu tief ausgeschnitten, und ich habe einen Typen gesehen, der ordentlich gestarrt hat und mehr für seine vier Dollar bekommen hat als nur einen Hot Dog." Sein Blick blieb an ihrem Busen haften.

„Oh mein Gott, wirklich? Scheiße." Ihre Hand flog zu ihrem Ausschnitt. „Geile Böcke. Überall. Wollen sich wohl die Hörner abstoßen." Sie lachte über ihren eigenen Scherz, gemeinsam mit Dan. „Danke für die Warnung."

„Ich muss wieder zurück. Ich wollte nur sichergehen, dass alles okay ist."

„Danke. Das ist sehr nett von Ihnen. Mit geht's wieder gut. Viel besser."

Er winkte kurz, dreht sich um und trabte zurück zum Stadion. Holly ging weiter. Sie machte sich Gedanken über Dan Alexander. Wer war er? Sie musste mehr über ihn herausfinden.

„Nancy! Sie weiß bestimmt mehr", sagte Holly laut zu sich selbst. „Ich wette, sie weiß alles über jeden." Sie lief schneller. Nun hatte sie einen Grund, nach Hause zurückzukehren.

HOLLY TRAT IN DIE WOHNUNG und beeilte sich, in ihr Zimmer zu kommen, um möglichst schnell die verhasste Uniform loszuwerden. Sie schlüpfte in ihre Jeans und ein eisblaues Designer-T-Shirt, das sie noch aus ihrem alten Leben mitgenommen hatte. Nancy war in der Küche und hobelte Kohl und Karotten.

„Hausgemachtes Coleslaw?"

Die ältere Frau nickte.

Holly ließ sich in einen Stuhl fallen und nahm einen Schäler zur Hand. Sie schälte die Möhren, während sie sprach. „Ich habe heute Dan Alexander getroffen. Ziemlich gut gebaut. Ist er Single?" Sie versuchte lässig zu wirken, aber ein flüchtiger Blick zu Nancys wissendem Gesichtsausdruck machte ihr klar, dass sie sie nicht hatte täuschen können.

„Vor Dan musst du dich in Acht nehmen."

„Wirklich? Er scheint so nett zu sein."

„Er hat eine Freundin. Valerie Irgendwas." Nancy rührte gehackte Zwiebeln ein und verzog ihr Gesicht.

„Du magst sie nicht?"

„Geht mich natürlich nichts an. Aber Dan kommt aus einer Kleinstadt in Indiana. Er ist kein Schnösel. Oder er war‘s zumindest nicht, bevor er groß rauskam. Und das Mädchen, sie scheint nur hinter seinem Geld her zu sein. Du kennst die Art Frau."

Holly nickte.

„Ich meine, wann immer Dan hier ist, erzählt er, was er ihre gerade gekauft hat oder ihr kaufen wird. Es scheint, das einzige, was sie von ihm will, ist ein Verlobungsring. Aber darüber hat er nie ein Wort verloren."

„Aber er ist schon nett, oder?"

„Dan? Das Salz der Erde. Würde dir sein letztes Hemd geben. Würdest du mit das Mayo reichen? Und Salz und Pfeffer?"

„Also, warum soll ich mich dann vor ihm in Acht nehmen?"

„Er scheint nichts Festes zu suchen. Wenn du verstehst. Natürlich wirst du nicht für immer hierbleiben, also würde er vielleicht gut zu dir passen? Was weiß ich schon?" Nancy zuckte mit den Schultern.

„Danke für die Informationen."

Die beiden arbeiteten zusammen an einem Abendessen, das aus gegrillter Rinderbrust, Coleslaw und gebutterten selbstgemachten Brötchen bestehen würde.

„Also, wo kommst du her, Holly? Wenn du mir das überhaupt sagen darfst. Ich will nicht, dass du deine Sicherheit aufs Spiel setzt." Nancy holte vier Teller aus dem Schrank.

„Ich möchte lieber nicht darüber sprechen, wenn das okay ist." Die junge Frau senkte ihren Blick zu ihren Händen.

„Kannst du mir zumindest sagen, wie du in diese ... Situation hineingeraten bist?" Nancy fischte in einer Schublade nach Besteck, während sie Hollys armselige Geschichte mit Mitgefühl und Geduld anhörte.

Holly fragte sich, ob ihre Eltern ihrer Tochter gegenüber ebenfalls so freundlich und verständnisvoll wären, wenn sie die Wahrheit erfahren würden.

„Es ist schwer, Eltern zu sein. Meine ältere Tochter Joyce war ein pflegeleichtes Kind, wenn ich sie mit Lisa vergleiche. Sie bricht alle Regeln, gibt Widerworte. Sie hat keinen Respekt vor Bud oder mir. Er wird so wütend. Einmal hat er einen Teller an die Wand geworfen, nachdem er mit ihr gestritten hatte. Das hat mir ganz schön Angst gemacht. Ihr auch. Aber sie lässt es drauf ankommen, verstehst du?"

„Das verstehe ich. Ich war auch mal so."

„Vielleicht kannst du mal mit ihr reden? Ich wette, dir würde sie zuhören."

Holly zuckte mit den Achseln. „Ich kann's versuchen."

„Danke."

Nicht lange, nachdem sie mit den Vorbereitungen fertig waren, kamen Bud und Lisa zu ihnen an den Esstisch. Bud redete begeistert über das Essen. Holly hatte ihn im Verdacht, das jeden Abend zu tun. Ihr war klar, dass der Mann kein Dummkopf war, und das Essen seiner Frau in den höchsten Tönen zu loben war sicher inspirierend für Nancy. Ihre Tochter blieb stumm, genauso wie gestern. Bud redete und redete über das Spiel, was das Team gut gemacht und wo sie sich Fehler erlaubt hatten.

„Ich habe auf der Webseite der Schule gesehen, dass es bald eine Tanzveranstaltung geben wird, Lisa", sagte Nancy und nahm sich eine Gabel voll Rinderbrust.

„Das geht dich nichts an, Mom."

„Rede nicht so mit deiner Mutter. Sie will nur helfen", sagte Bud.

„Möchtest du nicht hingehen?", fragte Nancy.

„Nein. Du wirst mich zwingen, ein blödes Kleid anzuziehen, und ich werde scheußlich darin aussehen. Die anderen werden mich auslachen. Du hast null Ahnung von Mode."

Es wurde still um den Tisch.

Holly sah in Nancys Augen, wie verletzt sie war. Sie wurden feucht. Nancy hustete in eine Serviette. Sie holte einmal tief Luft, versuchte sich an einem Lächeln und sagte dann: „Vielleicht sollte Holly mit dir ein Kleid aussuchen? Sie scheint mehr Ahnung von Mode zu haben als ich."

Lisas Augen wurden weit, ihr Kopf schnappte nach oben und ihr Blick richtete sich auf Holly. „Würdest du das für mich tun?"

„Natürlich. Gern."

„Super!" Lisa schob ihren Stuhl nach hinten. „Kann ich los? Ich muss Tiffany und Sam anrufen und ihnen sagen, dass ich mitkomme."

Bud nickte, aber sein Blick war aufgewühlt. Der Teenager jagte davon und wählte auf ihrem Weg schon auf ihrem Telefon.

Scheiße. War ich mit Dreizehn auch so drauf?, fragte sich Holly.

„Sie muss nach deiner Familie kommen, denn wenn ich mich in ihrem Alter so benommen hätte, dann hätte mir mein Vater den Hintern mit dem Gürtel versohlt", grollte Bud.

„Sie ist kein schlimmes Kind. Nur ein Teenager", sagte Holly zu ihrer Verteidigung.

„So ist es. Sie muss sich von ihrer Mutter abnabeln", stimmte Nancy zu. „Ich wünschte nur, sie würde dafür keine Axt verwenden."

Die Erwachsenen beendeten ihr Mahl. Bud und Holly räumten den Tisch ab, während Nancy die Reste einpackte. Danach stellte sich Bud hinter seine Frau und schloss seine Finger um ihre Schultern. Er beugte sich zu ihr und küsste ihren Nacken. Als er sich wieder aufrichtete, drehte er sich herum und sagte: „Wie wär's, wenn ich euch Ladies zu Eiscreme als Dessert einlade?"

Nancys Gesicht leuchtete auf. „Oh, Bud! Eine wundervolle Idee!"

„Ich bin voll. Vielen Dank, aber ich verzichte besser", sagte Holly. „Ich kann mit Lisa hierbleiben."

„Sie kann eine Stunde auch allein hier sein", sagte Nancy.

Holly hob ihre Hand. „Nein, wirklich. Mir geht es hier gut."

Bud zwinkerte ihr zu. „Danke. Ich bringe dir Butter-Pekannuss-Eis mit."

„Perfekt!"

Als die Magees aus dem Haus waren, ging Holly zum Zimmer des Teenagers. Sie klopfte an.

„Wer ist da?"

„Holly."

„Komm rein", rief Lisa.

Holly trat ein. „Wir müssen reden."

DAN, JAKE UND MATT quetschten sich in ein Taxi und fuhren Richtung Manhattan 50 West Street und The Hideout. Morgen würden sie zu einer zweiwöchigen Spielreise aufbrechen, also würden sie heute ihren Sieg über die Cincinnati Coyotes feiern.

„Alles, worum ich dich bitte, ist, dass du dich nicht wie ein Arschloch aufführst. Ist das zu viel verlangt?" Jake richtete diese Aufforderung an Matt Jackson.

„Halt einfach die Schnauze", sagte der Catcher leise.

Dan fing an zu lachen. „Klingt vernünftig."

„Das gilt auch für dich", sagte Matt und zeigte anklagend mit einem Finger auf seinen Freund.

„Keine Geschichten. Keine falschen Namen, einverstanden? Kein ‚ich schmeiß mich an die erste Braut, die mir vor die Augen kommt.' Und wehe, ihr macht euch an Valerie ran!", sagte Dan.

„Hast wohl Angst vor ein bisschen Wettbewerb?", fragte Matt.

„Wenn jemand wie Jake mir Konkurrenz machen würde, dann vielleicht. Aber bei dir. Ganz sicher nicht!"

Matt lehnte sich in seinen Sitz zurück und runzelte die Stirn.

Jake stieß Dan in die Seite. „Kannst du dich noch daran erinnern, wie er mal einer Braut erzählt hat, sein Name sei ‚Pancho Villa'?"

„Und sie wusste nicht mal, wer Pancho Villa war, aber Jackson wollte trotzdem mit ihr ins Bett", sagte Dan.

„Bis er sagte, er könnte kein Wort Spanisch sprechen. Danach wollte sie nicht mehr zu ihm nach Hause", krächzte Jake.

„Dann hat er ihr erzählt, dass er ein Pro-Baseballspieler ist, und das hat sie ihm nicht geglaubt. Weißt du noch, was sie gesagt hat?" Dan konnte kaum noch sprechen, so sehr lachte er.

„Ja, na klar! Sie sagte, und ich zitiere wörtlich: ‚als Nächstes erzählst du mir, du seist George Bush.'"

Jetzt konnten Jake und Dan sich nicht mehr halten. Sie beugten sich vor Lachen, bis ihnen die Tränen in die Augen schossen. Selbst Matt konnte nicht lange wütend auf sie sein. Er stimmte in ihr Gelächter mit ein. Die Männer kicherten immer noch, als das Taxi vor dem Club zum Halten kam. Sie stiegen aus, gaben dem Fahrer ein großzügiges Trinkgeld und gingen in den Club.

Es war dunkel, Musik spielte und einige wenige Gäste tanzten. Es war erst zehn Uhr, die Nacht war noch jung. Als seine Augen sich an das Dämmerlicht gewöhnt hatten, schaute Dan sich nach Valerie um. Er sah, wie sie an der Bar mit einem älteren Mann etwas trank.

Jake griff nach seinem Arm. „Führ dich nicht wie ein Arschloch auf. Sie ist es nicht wert."

„Nimm nicht die Hand, mit der du pitchst", sagte Matt und hielt Dans zur Faust geschlossene rechte Hand fest. „Komm, er hat recht, sie ist es wirklich nicht wert."

„Geh es langsam an", riet ihm Jake.

Dan holte tief Luft und ließ sich von seinen Freunden zur Bar begleiten. Sie bestellten Bier. Dan schlenderte zu seiner Freundin, die mit dem Rücken zu ihm saß. „Hey, Val", sagte er, zwanglos und freundlich.

Sie zuckte zusammen und drehte ihren Kopf nach hinten. Selbst in dem schummrigen Licht konnte er die Röte in ihren Wangen erkennen. Er hatte sie in flagranti erwischt, beinahe jedenfalls. Sie warf ihm ein nervöses Lächeln zu. „Ich dachte, du wärst schon aus der Stadt?"

„Offensichtlich dachtest du das", sagte er und schaute ihr direkt in die Augen. „Nein. Wir fahren erst morgen. Hey, Kumpel, wir brauchen hier ein bisschen mehr Platz." Dan zwängte sich zwischen Valerie und den anderen Mann.

„Die Lady ist mit mir hier, Junge. Warum verschwindest du nicht?"

Dan wurde wütend. „Val?"

„Tut mir leid, Dan. Ich meine, Jim hier ist Präsident einer Firma. Er ist nicht regelmäßig wochenlang unterwegs. Verstehst du?"

Dan nickte. „Ja. Ich weiß. Glaub mir, ich weiß das. Aber bist du sicher, dass er auch wirklich das ist, was er dir erzählt?"

Einen Augenblick lang wurde ihr Gesicht von Zweifeln überschattet.

„Ich muss Ihnen eigentlich nichts beweisen, aber hier ist meine Karte." Der Fremde holte aus seiner Brusttasche eine Visitenkarte und reichte sie Dan. Der riss sie in kleine Stücke und warf sie in den Drink des Mannes. „Was zur Hölle? Dafür bezahlen Sie!" Der Mann, Jim, erhob sich.

Dan schmiss einen Zwanziger auf den Tresen. „Das ist für dich, Arschloch", sagte er und kehrte zu seinen Freunden zurück.

Wut brannte in seinem Bauch. Zumindest hatte er nicht die Kontrolle verloren. Das letzte Mal, als er in eine ‚Situation' an der Bar geraten war, als es um ein anderes Mädchen ging, hatte er von der Liga eine Zwanzigtausend-Dollar-Strafe aufgebrummt bekommen. Sie war es nicht wert gewesen. Genauso wie diese hier.

Er füllte seinen Mund mit Bier und hoffte, das kühle Nass würde seine Wut auslöschen. *Diese doppelgesichtige Zicke. Wie oft hat sie es im letzten Jahr mit anderen Männern getrieben, während ich unterwegs war?* Die Demütigung brannte in ihm. Er war ein Pitcher in der Major League, ein All-Star. Keine Frau spielte einfach so mit ihm. Sie warfen sich ihm ständig an den Hals, vor allem, wenn sie zu Auswärtsspielen reisten. Er würde sich mit jeder heißen Braut vergnügen, die er auf dieser Reise traf.

Matt legte seine Hand auf Dans Schulter. „Kennst du die Definition des Wortes ‚Schlampe' aus dem Wörterbuch?"

Dan starrte seinen Freund verständnislos an.

„Ich habe grade auf meinem Handy nachgeschaut. Da steht nur ‚Valerie'."

Dan verschluckte sich an seinem Bier.

Kapitel Drei

Dan Alexander schob sich einen weiteren Kaugummi in den Mund, als der Bus aus dem Parkplatz Richtung Kennedy Airport anfuhr. Zwischen dem nördlichen Manhattan, wo das Hingus-Stadion neben dem Hudson River stand, bis zum Flugzeug lag eine halbe Stunde Fahrt. Genug Zeit, um über sein völlig verkorkstes Sozialleben nachzudenken.

Sie würden nach Orlando, Atlanta, Miami und Boston reisen. Drei Spiele in jeder der vier Städte innerhalb von zwei Wochen. Dazwischen noch ein bis zwei Tage Reisezeit. Er sollte im letzten Spiel in Orlando und Miami pitchen, dann im zweiten Spiel, wenn sie zurückkamen.

Ihr Manager Cal Crawley legte die Einsätze der Pitcher immer soweit auseinander wie möglich und erzielte damit ein Minimum an sechs Erholungstagen zwischen den Spielen für jeden von ihnen. Manchmal klappte das nicht, aber zur Zeit machte das Dans Leben bedeutend leichter. Da sie so wenig Freizeit haben würden, fragte er sich, wie er überhaupt ausgehen sollte, um Frauen aufzureißen. Wenigstens konnte er darauf zählen, dass Matt und Jake mitkommen würden.

Die drei anderen Infield-Spieler Nat Owen, Skip Quincy und Bobby Hernandez würden auch mit ihm mitgehen. Aber sie mussten jeden Tag spielen, also hieß das für sie frühe Nachtruhe und Einschränkungen beim Alkoholkonsum. Aber niemandem wurde verboten, sich flachlegen zu lassen. Solange man um zehn zu Hause war, musste man nicht allein bleiben.

Dan würde gegen die Miami Sharks zum Einsatz kommen. Sie waren nicht die größten Rivalen der Nighthawks, aber es hieß, dieses Jahr sei ihr Team sehr stark geworden. Er freute sich schon darauf. Cal Crawley sah sich die Informationen an, die er über die neuen Mitglieder des Teams erhalten hatte. Mit Matt Jackson besprach er die Strategie, wie sie gegen die neuen Gegner pitchen sollten.

Ihr Flugzeug kam beim Sonnenuntergang in Orlando auf. Dan hatte gerade seine wenigen Habseligkeiten ausgepackt, als Matt an seine Tür klopfte.

„Lass uns gehen. Ich bin am Verhungern."

„Nach Essen, oder nach Frauen?", fragte Dan und griff nach seiner Jacke mit dem Nighthawks-Logo.

„Beides. Komm jetzt."

Sie trafen sich mit den anderen Infield-Spielern in der Lobby, und zu sechst machten sie sich auf zu einem lokalen Restaurant für ein wenig Tex-Mex-Küche. Nach dem Abendessen kehrten sie ins Hotel zurück. Fünf von ihnen würden am nächsten Tag spielen, alle außer Dan. Die Männer schlurften grummelnd in ihre Zimmer, während Dan zur Bar ging und dort nach ein wenig Abwechslung suchte.

Er schob seinen Hintern auf einen Barhocker und bestellte ein Bier. Er fragte sich, was er als Nächstes tun sollte, als sich eine Frau an das Klavier setzte. Er nahm das Bier und setzte sich an einen Tisch in der Nähe der Musik. Er fühlte sich auf einmal sehr einsam. Es war das erste Mal in diesem Jahr, dass er keine Frau an seiner Seite hatte, mit der er die Nacht verbringen konnte, und es gefiel ihm gar nicht. Vor Valerie hatte er Anna. Und vor ihr Jesse. Mit keiner von ihnen war es ihm ernst gewesen. Er war ein Aufreißer gewesen, und er hatte es genossen.

Eine Rothaarige mit zu viel Make-up ließ sich neben ihm nieder. Dan vermutete, dass sie sich prostituierte. Er hatte noch nie mit einer

Professionellen geschlafen, und hatte nicht vor, etwas daran zu ändern.

„Hey, Großer, wie geht‘s dir denn?“, fragte sie.

Sein Blick glitt über ihre Kurven. Sie brachte sie gut zur Geltung.

„Mein Name ist Gloria. Wie steht‘s mit dir?“ Sie streckte ihre Hand aus.

„Dan“, sagte er und schüttelte sie.

„Ich hab dich hier noch nie zuvor gesehen. Bist du neu in der Stadt? Auf Geschäftsreise?“

„Nein. Ich spiele Baseball. Morgen haben wir ein Spiel hier.“

„Ein Profispieler, hm? Cool. Ich liebe Athleten.“ Sie kam näher.

Sie war verführerisch. Normalerweise saßen drei oder vier Frauen in einer Bar, die sich für ihn interessierten. Er konnte sie sich aussuchen. Wenn das heute der Fall gewesen wäre, würde er nicht zögern. Aber Gloria war die einzige Frau hier. Und auch wenn er einsam war und es nötig hatte, er weigerte sich, für Sex zu bezahlen. Er hatte es nie, und würde es auch heute Abend nicht tun. Ein schneller Blowjob für einhundert Dollar reizte ihn nicht sonderlich.

Dan nahm sich gerne Zeit im Bett, aber für eine Prostituierte war Zeit Geld. Es tat gut, dass eine Frau sich für ihn interessierte, sehr sogar, aber er brauchte niemanden, die ihn mit Dollarzeichen in ihren Augen ansah. Er trank sein Bier aus, bezahlte beim Barkeeper und verbeugte sich höflich vor Gloria, bevor er die Bar verließ.

Vor zwei Monaten, als er dreißig Jahre alt geworden war, hatte sich etwas bei ihm verändert. Er war das jüngste von drei Kindern in seiner Familie, und der einzige, der noch nicht verheiratet war. Zum ersten Mal in seinem Leben dachte er darüber nach, sich niederzulassen und eine Familie zu gründen. Vielleicht war es an der Zeit, eine Frau zu finden, die es ernst meinte, eine, die er mit nach Hause nach Indiana nehmen konnte.

Da keinerlei Kandidatinnen für eine Heirat am Horizont auftauchten, kam ihm die einzige attraktive Frau, die er in der letzten

Zeit getroffen hatte, in den Sinn – Holly. Er hatte noch nicht herausgefunden, was es eigentlich mit ihr auf sich hatte. Nun, da er wieder ein freier Mann war, wuchs seine Neugier. Er würde sich von Bud zum Abendessen einladen lassen, wenn er wieder in New York war, und mit ihr ein wenig auf Tuchfühlung gehen. Dort würde er genug Zeit haben, mit ihr ins Gespräch zu kommen. Und außerdem würde er auch noch eins von Nancys leckeren Gerichten dazubekommen.

Er zog sich aus und legte sich ins Bett. Morgen würde er trainieren. Ein Pitcher durfte seinen Arm nicht lange ruhen lassen. Als er sich auf der großzügig bemessenen Matratze ausstreckte, kehrten seine Gedanken zum sexy Hot-Dog-Girl zurück. Warum verkaufte so ein hübsches Mädchen Würste? Mit dieser offenen Frage in seinem Kopf schlief er ein.

DER BUS BRACHTE DAS Team zum Ocelot-Stadion. Dan rannte vor der Erwärmung. Er und Matt joggten zusammen vor den meisten Spielen. Nach fünf Meilen setzten sie sich auf die Bank und öffneten Wasserflasche um Wasserflasche. Nachdem er wieder zu Atem gekommen war, wandte sich Matt an seinen Freund: „Und, hast du letzte Nacht jemand flachgelegt?“ Matt trank weiter.

„Nee. In der Bar war nur eine Hure“, sagte Dan.

„Hast du jemals mit so einer …?“

Dan schüttelte seinen Kopf und legte die Flasche wieder an die Lippen. „Du?“

„Nein. Brauchte ich nie.“

„Wann war dein letztes Mal?“, fragte Dan und warf seinem Freund einen Seitenblick zu.

„Nicht so lange her.“

„Wann?“

„Ein paar Monate vielleicht.“ Matt zuckte mit den Schultern.

„Hast du jemals mit einer Frau geschlafen?“

Matts Gesicht errötete. „Denkst du, ich bin noch Jungfrau? Scheiß auf dich. Ganz bestimmt nicht! Ich hatte eine feste Freundin auf der High School."

„Was ist mit ihr passiert?"

„Ihre Eltern sind umgezogen. Wir haben uns aus den Augen verloren." In Matts Stimme war ein sehnsuchtsvoller Unterton, einer, den Dan noch nie bei ihm gehört hatte.

„Ich verstehe."

„Es war uns ernst. Ihr Name war Kirstie." Matt schaute zum Himmel auf. „Sie war wirklich hübsch."

Dan klopfte ihm auf die Schulter. „Darauf wette ich. Darauf wette ich."

Matt schniefte kurz und stand auf. „Ich muss Payton aufwärmen." Jackson ging zum Bullpen, zu Manny Payton, der für das nächste Spiel aufgestellt war.

Dan nickte. Er hatte nicht gewusst, dass sein Freund mal etwas Ernstes mit einem Mädchen gehabt hatte. Er fragte sich, warum Matt so unbeholfen mit Frauen war. Er zuckte die Achseln. *Vielleicht ist er einfach schüchtern. Hat sein Selbstbewusstsein verloren, als er Kirstie verlor.* Der Gedanke an die High-School-Zeit brachte auch bei Dan Erinnerungen hoch. Er war in seinem letzten Jahr auch ernsthaft liiert gewesen. Sie waren zusammen geblieben, bis er seine erste Saison im professionellen Baseball gespielt hatte. Sie war mit einem Jurastudenten zusammengekommen, während er bei einem Auswärtsspiel gewesen war, und hatte ihn nach seiner Rückkehr vor vollendete Tatsachen gestellt. Er war niedergeschmettert gewesen.

Ihm kam wieder zu Bewusstsein, wie es gewesen war, fest mit einer Frau zusammen zu sein – eine, auf die man bauen konnte, und mit der man regelmäßig im Bett landete. Zumindest hatte er damals gedacht, dass er ihr vertrauen konnte. Er hatte etwa ein Jahr mit Liebeskummer zu kämpfen gehabt. Dann hatte er sich entschlossen, dass ihm das niemals wieder passieren würde, und hatte das Thema feste Beziehung hinter sich gelassen. Nun fragte er sich, ob er damals die richtige Entscheidung getroffen hatte. Konnte er sich wieder binden? Oder war er zu lange ein Frauenheld gewesen, als dass er einer Frau lange treu sein könnte? Mit dem letzten Verrat von Valerie war Vertrauen endgültig eine Baustelle bei ihm geworden.

„Alexander, komm. Wie müssen dich aufwärmen", sagte Buzzy, einer der Trainer, der seine Finger in einen Fanghandschuh schob.

Dan schob die Frage aus seinem Kopf und ging zu dem Mann in den Bullpen, dem Trainingsareal der Pitcher. Als sie mit der Erwärmung fertig waren, zog Dan seine Jacke an und suchte sich einen guten Sitzplatz auf der Bank. Orlando war nicht ihr schwierigster Gegner, nicht mal ansatzweise in der Nähe der Ligaspitze, aber wenn man nicht jedes Mal einhundert Prozent gab, konnte man überrascht werden.

Nat Owen war der erste Baseman der Hawks und ihr Leadoff Hitter, der erste Schlagmann. Er lockerte sich in der Batter's Box, bevor er seinen Stand einnahm. Owen schlug nicht viele Homeruns, aber er war ein zuverlässiger Schläger von Singles und Doubles. Sein Job war es, seinen Hintern auf die Base zu kriegen, vielleicht eine zu stehlen und die Home Base zu erreichen, wenn Jake ‚Slugger' Lawrence einen über die Tribüne bekam. Owen schlug rechts. Ihr Pitcher schoss von links.

Matt näherte sich Dan. „Wir lassen dich mitspielen, auch wenn du bestimmt gewinnst, immerhin sitzt du auf der Bank", sagte der Catcher und warf Dan eine Kappe, gefüllt mit Fünf-Dollar-Noten, in den Schoß.

Dan steckte ebenfalls einen Fünfer aus seiner Hosentasche hinein. „Bin dabei." Dan hielt den Rekord für die meisten Bomben-Mädels, die er gefunden hatte. Die anderen schimpften über ihn und behaupteten, dass er immer dann gewann, wenn er nicht spielte. Ihm war heute eigentlich nicht nach dieser Wette zumute. Frauen waren gerade ein wunder Punkt bei ihm, aber er wollte seinen Ruf nicht gefährden.

Matt setzte sich neben seinen Freund und sie wandten ihre Aufmerksamkeit Owen zu. Der erste Pitch – Strike. Dan gab seinem Kumpel einen Kaugummi. Matt schob ihn in seinen Mund und ließ seine Augen nicht eine Sekunde von dem Batter. Owen schlug beim nächsten Pitch. Es knallte. Nat traf, und der Ball machte eine Kurve über dem Kopf des Shortstops. Ein Base Hit im Center Field. Sicher an der ersten Base nahm Owen seinen Schlaghelm und die Gelenkschützer ab.

Skip Quincy, der Shortstop, war als nächstes dran. Owen entfernte sich schon von seiner Base, um einen Vorsprung beim Laufen zu haben. Er und Bobby Hernandez lagen gleichauf in ihrem Rennen um den Titel des besten Base-Stealers ihres Teams. Bei einem linkshändigen Pitcher hätte der große Abstand von der sicheren Base gefährlich werden können, aber er wusste, dass Quincy immer sofort traf. Owen trat zur Seite, um den Vorsprung noch ein wenig zu erweitern, lehnte sich aber trotzdem leicht wieder zur ersten Base hin. Er wollte die Konzentration des Pitchers stören, ihn nervös genug machen, dass er einen schönen, einfachen, fetten Fastball direkt in der Mitte der Strike Zone auf seinen Teamkameraden abfeuerte.

Das Ausholen und der Wurf – genau das, worauf Nat gehofft hatte, und Quincy verpasste seine Chance nicht. Die zwei Spieler hatten zusammen gespielt, seit sie bei den Nighthawks angefangen hatten. Die gegnerischen Pitcher hatten nie mitbekommen, dass die zwei Infielder gemeinsame Sache machten. Quincy schwang den Schläger, der den Ball traf. Er segelte über den Kopf des Left Fielders und prallte an der Wand ab für einen Standup-Double – ein sicheres Erreichen der zweiten Base.

Als Skip Quincy die erste Base erreichte, war der schnelle Nat Owen schon auf der dritten. Er erreichte die Home Base nur einen Herzschlag vor dem Ball. Skip trabte zur zweiten Base und die

Nighthawks gingen in Führung – eins zu null. Das Team erhob sich im Dugout, um Nat zu begrüßen und High-Fives auszutauschen. Der Manager, meist ein stoischer, steingesichtiger Mann während der Spiele, ließ ein leichtes Lächeln sehen.

„Cal liebt es, wenn seine Strategie funktioniert", sagte Dan zu Matt.

Ein weiterer schneller Spieler, der für seine Fähigkeiten im Base-Stealing bekannt war, Bobby Hernandez, der zweite Baseman der Nighthawks, trat auf die Home Base. Er konnte sowohl rechts- als auch linkshändig schlagen, was er jeweils für seinen Vorteil ausnutzte. Er stellte sich rechts neben der Home Base auf. Die Männer sahen zwischen Skip auf der zweiten Base und Bobby vor dem Schlagen hin und her. Die Anspannung erhöhte sich, als Skip näher an die dritte herantrat und noch seinen Vorsprung ausbaute. Gefährlich, denn es machte ihn angreifbar für einen Pickoff der Feldspieler.

Dan bemerkte, dass Bobby zweimal blinzelte, als er zu Skip hinüberschaute, der nickte. Sie planten ein Hit-and-Run-Spiel, bei dem der Runner zwei Bases überquerte, während der Schlagmann sicher die erste Base erreichte. Bobby konnte besser lange Bälle schlagen als Nat oder Quincy. Daher erwarteten die Ocelots, dass er einen weiten Ball schlagen würde. Aber dass Bobby zweimal blinzelte, bedeutete ihren Überraschungsspielzug. Sie hatten nicht oft die Möglichkeit, ihn auszuprobieren. Sie hatten grünes Licht vom dritten Base-Coach. Skip riskierte einen weiteren Schritt weg von der Base, bog seine Knie und ließ seine Hände und Arme locker, als der Pitcher ausholte.

Der Ball raste auf die Home Base zu, und Bobby hielt den Schläger mit beiden Händen vor sich, um zu bunten. Es klappte perfekt, und der Ball rollte ins Infield. Skip war auf halbem Weg zur dritten Base, bevor der Pitcher realisierte, was gerade passiert war. Als er den Ball ins Feld warf, konnte Bobby nur noch zur ersten Base vorrücken.

Der Verteidiger der ersten Base versuchte, den Zugang zu blockieren. Bobby, der durchaus schnell sein konnte wenn nötig, raste nach vorn und sah seine Chance, die Base doch noch zu erreichen. Es gab eine Kollision und beide Spieler gingen zu Boden. Der erste Baseman rollte auf dem Boden herum und hielt seinen Knöchel. Bobby hatte ihn aus Versehen getreten. Natürlich wäre das nicht passiert, wenn er die erste Base nicht blockiert hätte.

Der Schiedsrichter rief für Bobby ein Safe aus. Skip, der mit dem Kopf nach vorne gerutscht war, wovor Crawley ihn bestimmt schon tausend Mal gewarnt hatte, war sicher auf der dritten Base. Und nun ging ihr Aufräumer, ihr bester Schlagmann, All-Star und Träger des World Series Most Valuable Player Awards, Jake Lawrence, zum Schlagmal. Die Nighthawk-Fans jubelten, als er seinen Schläger schulterte. Dan sah, wie dem Pitcher der Schweiß übers Gesicht lief. Für den Bruchteil einer Sekunde hatte er Mitleid mit dem Mann auf dem Pitcher's Mound. Er war selbst schon einige Male in dieser undankbaren Position gewesen.

Matt stand auf und schlenderte zum On-deck-circle, um sich aufzuwärmen.

Jakes Augen verengten sich, als er beim ersten Pitch einen Ball erhielt, also einen Wurf außerhalb der Strike Zone. Beim zweiten Wurf war es dasselbe. *Scheiße! Wollen sie Jake die erste Base schenken, um Matt danach ins Aus zu knocken?* Sein Kumpel Matt konnte nicht so gut schlagen wie Jake, aber treffen tat er. Cal nannte Jackson gerne einen „Clutch-Hitter“, einen Schlagmann, der auch unter psychischem Druck den Ball traf. Und das tat Matt fast immer.

Es gab eine Auszeit, als der Catcher sich kurz mit dem Pitcher beriet. Er schaute zu Matt herüber. Die Männer flüsterten noch kurz, dann nickte der Pitcher und der Catcher ging wieder zurück zu seinem Posten. Nat Owen ließ sich bei Dan nieder.

„Diese Arschlöcher schenken Jake einen Walk, um an Matt heranzukommen“, sagte Dan.

„Ja. Idioten. Denen steht eine große Überraschung bevor." Nat schob sich einen Kaugummi in den Mund, als der Schiedsrichter den vierten „Ball" ausrief.

Mit einem Gesicht, das Abscheu ausdrückte, ging Jake zur ersten Base. Er beugte seine Knie und legte seine Handflächen darauf ab, der Home Base zugewandt. Matt positionierte sich auf dem Schlagmal und verengte die Augen. Dan hielt den Atem an und kreuzte seine Finger. Niemand trifft jedes Mal. Baseballspieler haben zu viele Spiele in jeder Saison, als dass sie jedes Mal Vollgas geben könnten, aber hier stand es auf Messers Schneide. Matt würde entweder Held oder Loser sein.

Der Rest des Teams im Dugout stand auf, alle Augen auf Jackson gerichtet. Der erste Pitch war ein Ball, ebenso der nächste. Das Gesicht des Pitchers war schweißüberströmt. Dan bemerkte, wie Matts Knöchel weißer wurden, als er seinen Griff um den Schläger noch fester werden ließ. Dan verstand, dass das Matts Signal war – er würde beim nächsten Wurf schlagen. *Das ist es. Das wird sein Pitch. Jetzt oder nie.* Dans Kiefer mahlten.

Die Menge war still, als der Pitcher den Ball losließ. Und da kam er, direkt in der Mitte der Strike Zone, genau wie Jackson es mochte. Er schwang den Schläger hart. Es gab einen lauten Knall und der Ball raste davon wie als wäre er aus einer Kanone geschossen worden. Er flog hoch, höher und höher. Matt ließ den Schläger fallen und rannte los, voller Geschwindigkeit auf die erste Base zu.

Bobby umrundete die dritte und Jake ließ die zweite Base hinter sich. Die Outfielders, die Matt falsch eingeschätzt hatten, beeilten sich, zum Randstreifen des Feldes zu kommen. Der Center Fielder sprang hoch in die Luft, den Arm ausgestreckt, den Handschuh offen. Dan sog scharf Luft ein und hielt den Atem an. Der Ball flog weiter auf seiner Bahn, etwa eineinhalb Meter über dem Handschuh des Outfielders. Er flog über die Mauer! Ein Dreier-Homerun!

Dan sprang auf und tanzte mit Nat und Skip durch den Dugout. Crawley nahm seine Kappe ab und schwenkte sie in der Luft hin und her. Matt lief mit dem riesigsten überheblichen Lächeln die Bases ab, das Dan jemals gesehen hatte. Jake und Bobby warteten bei der Home Base auf ihn. Dann gaben sie sich High-Fives, bevor sie zum Dugout kamen. Dort wurde Matt von seinen Teamkameraden mit Glückwünschen, Umarmungen und Schulterklopfen umlagert.

„Fast ein Grand Slam", sagte er, als er seinen Durst stillte.

„Das war Spitze, Kumpel", sagte Dan.

Ihre nächsten drei Schlagmänner erhielten ein Out, und es gab einen Seitenwechsel. Matt zog die Schutzkleidung des Catchers über, zog den Handschuh an und ging zur Home Base.

Woody Franklin, ein Relief Pitcher, welcher im Spiel für den Starting Pitcher einwechselte, setzte sich zu Dan. Er hatte ebenfalls Geld in ihren Wettpool gesteckt. „Schon eine heiße Braut gesichtet?", fragte er.

„Ich bin zu sehr mit dem Spiel beschäftigt."

„Jetzt könnte unsere große Chance sein", antwortete Woody.

Vier Punkte Vorsprung ließen Dan etwas entspannen. Er lehnte sich zurück und schaute sich im Stadion um. Seine Zuversicht, dass sein Team den Ocelots keine Punkte schenken würde, gab ihm den Luxus, sich umzusehen. Obwohl er derzeit nicht über das andere Geschlecht nachdenken wollte, hatte es ihm schon immer Spaß gemacht, die Zuschauerränge nach hübschen Frauen abzusuchen.

„Bingo!", sagte Woody und deutete auf eine Brünette mit D-Brüsten und einem tief ausgeschnittenem Top. Sie beugte sich ein paarmal nach vorn, was Woody Pfiffe ausstoßen ließ. Sie hatte langes, dunkles Haar und trug roten Lippenstift.

„Wow! Du gewinnst", sagte Dan und wandte seine Aufmerksamkeit wieder dem Spiel zu.

Die Ocelots schafften noch drei Runs, aber Jake erzielte einen Grand Slam – ein Homerun, bei dem alle Bases besetzt sind – und brachte den Spielstand damit zu acht zu drei. Die Nighthawks stellten sich unter die Dusche und bestiegen dann den Bus zum Flughafen.

Der nächste Halt: Atlanta, gegen die Athletics.

WÄHREND DAS TEAM UNTERWEGS war, war Holly arbeitslos. Die Hot-Dog-Verkäufer wurden nur bezahlt, wenn sie verkauften – keine Arbeit, keine Bezahlung. Sie hatte nicht viel zu tun, außer zu lesen und Nancy etwas von der Hausarbeit abzunehmen. Nach einer Woche ans Haus gefesselt trat die Furcht vor Entdeckung hinter der Langeweile zurück. Sie wagte sich hinaus, um die Nachbarschaft zu erkunden.

Die Straßen rund um das Stadion im nördlichen Manhattan hatten wenige Hochhäuser. Das Haus der Magees mit vierzehn Stockwerken war das höchste innerhalb von mindestens zehn Wohnblöcken. Die meisten lebten in Mietwohnungen oder alten Stadthäusern mit großen Terrassen. Waschsalons, Feinkost- und Spirituosengeschäfte, Modeläden, Bars, kleine Supermärkte, Diners und Restaurants von Küchen aus aller Welt bevölkerten die Hauptstraßen. Einige waren auch in den Seitengassen zu finden. Sie ging die Kurve am Kennecy Place entlang und fand dort ein Cafe mit dem Namen ‚Hawk‘s Nest‘."

Sie trat ein und bestellte einen Latte mit einem Schokoladencroissant. Die Kundschaft war gemischt. Vor allem Studenten. Das Northern Manhattan Community College war nur zwei Straßen entfernt. Auf ihrem Weg zurück in das Apartment der Magees schaute sie in drei kleine Modeboutiqen, für Lisas Ball. In zweien von ihnen sah sie eine gute Auswahl, nicht zu altmodisch, aber auch nicht zu freizügig. Sie ging noch in einen Supermarkt und kaufte Steaks, Kartoffeln und Salat-Toppings. Heute würde sie einmal Abendessen für Nancy kochen, zur Abwechslung.

Holly hatte nicht gewusst, was sie erwarten würde, als sie in das altmodische Apartment einzog. Sie hatte mit Misstrauen gerechnet, eine Außenseiterin zu sein, auf sich selbst gestellt und unbeachtet. Stattdessen hatte man sie in die Familie aufgenommen wie eine lange verloren geglaubte Cousine. Sie saß mit an ihrem Tisch und vor dem Fernseher und hatte sogar die Rolle einer großen Schwester für ihre zweite Tochter eingenommen.

Jeden Morgen dankte sie Gott für ihr großes Glück. Und jeden Tag entspannte sie sich mehr und mehr. Sie hatte keine Angst mehr, dass Flash oder der Staatsanwalt sie finden könnten. Obwohl sie immer noch nachts nicht das Haus verließ, war ihr das nun zur Gewohnheit geworden, und geschah nicht aus Angst. Sie genoss es, mit den Magees zusammen zu sein. Sie lachte über Buds Witze, lernte von Nancy zu kochen und tauschte sich mit Lisa über Musik und den neuesten Tratsch über Celebrities aus. Tatsächlich fühlte sie sich hier mehr zu Hause als mit ihrer eigenen Familie. Bei dieser Erkenntnis schämte sie sich ein wenig, denn sie fragte sich, welche Rolle sie selbst dabei gespielt hatte.

Sie steckte den Schlüssel in das Schloss der Wohnungstür und hörte beim Öffnen Nancys schiefe Töne, die mit dem Radio mitsang. Holly schlurfte in die Küche.

„Nimm die Schürze ab. Heute koche ich mal", sagte Holly und zog an der Schleife an Nancys Rücken.

Die ältere Frau zierte sich, aber Holly akzeptierte kein ‚Nein' als Antwort. Sie packte ihre Einkäufe aus und bereitete alles vor. Die Kartoffeln kochten und der Salat war angerichtet. Sie ließ sich auf das Sofa fallen, neben Nancy.

„Ich weiß nicht, was ich noch tun kann. Die Wäsche ist durch. Das Haus sauber. Jetzt machst du auch noch das Essen."

„Lass uns einen Film schauen. Hier", sagte Holly und zappte durch das Programm. „Das klingt doch gut. *Weil es dich gibt.* Den liebe ich." Sie erhöhte die Lautstärke und machte es sich gemütlich.

In der Werbepause machte Nancy Popcorn. Sie kicherten und unterhielten sich. Ein Teil ihres Herzens wünschte sich, Holly hätte das mit ihrer eigenen Mutter tun können. War es ihre Schuld gewesen? Hatte sie ihre Mutter von sich gestoßen, so wie Lisa es bei Nancy tat?

Lisa trottete schmollend ins Zimmer und beschlagnahmte einen Sitz auf der Couch. „Müssen wir das schauen?"

„Ja. Holly und ich schauen einen Film. Du kannst gerne mitmachen, aber wir schalten nicht um."

„Ich brauche einen eigenen Fernseher. Welcher Film ist das?"

Es dauerte nicht lange, und Lisa klebte am Bildschirm. Sie nahm eine Handvoll Popcorn und schaute mit den älteren Frauen zu. Nancy legte einen Arm um die Schultern ihrer Tochter, aber das Mädchen schüttelte sie ab. Mit einem Seufzer lehnte sich die Mutter zurück und wandte ihre Aufmerksamkeit wieder dem Film zu.

Das Abendessen war besser als erwartet. Lisa machte Holly ein Kompliment, die sich unwohl fühlte. Sie wollte nicht mit Nancy um Lisas Anerkennung konkurrieren. Nancy nahm es gelassen und schloss sich an. Sie behauptete, Holly müsse mit ihr verwandt sein, denn sie machten Steak mit Salat genau in derselben Art und Weise.

Am nächsten Tag sandte Holly Lisa eine Textnachricht:

Kleider-Shopping. Heute. Komm heim.

Sie erhielt keine Antwort, aber fünfzehn Minuten später kam Lisa durch die Tür, mit einem strahlenden Lächeln und begierig darauf, loszulegen.

„Lasst mich wissen, was ihr kauft, und ich komme mit meiner Kreditkarte vorbei", sagte Nancy, die Wäsche sortierte. „Dein Vater kommt heute Abend nach Hause, also seid um sechs zum Essen zurück."

Holly willigte ein. Sie führte Lisa zu *Maria's Fashions* drei Straßen weiter. „Ich habe ein paar süße Kleider zum Tanzen in dem Schaufenster gesehen."

„Ich will nicht süß. Ich will heiß“, sagte Lisa.

Holly nahm sie bei den Schultern und drehte das Mädchen, um ihr in die Augen zu blicken. „Hör mal, hier gibt es ein paar grundlegende Regeln. Erstens, du bist erst dreizehn, also ist heiß nicht vorgesehen.“ Lisa wand sich in ihrem Griff.

„Aber das bedeutet nicht, dass es altmodisch oder hässlich oder so etwas sein muss. Komm mit. Sei offen. Es muss ein Kleid sein, das deine Eltern akzeptieren werden.“

Lisa verzog ihr Gesicht, aber nickte und ging mit Holly mit.

Eine kleine Glocke klingelte, als sie die Tür des kleinen Geschäfts öffneten.

Sie wurden von einer lächelnden Hispana begrüßt. Holly erklärte, wonach sie suchten, und sie brachte ihnen einige Kleider zum Anprobieren.

„Pink ist für Babys“, sagte Lisa und runzelte die Stirn beim ersten.

„Wirklich? Das ist meine Lieblingsfarbe“, antwortete Holly und betrachtete das Kleid.

Lisas Augen weiteten sich. „Tatsache?“

„Japp.“

Holly empfahl drei andere, die Lisa anprobieren sollte. Das Mädchen hatte naturblondes Haar und hellblaue Augen. Sie hatte etwa Hollys Größe. Da sich ihre Figur noch entwickelte, mussten sie ein Kleid finden, das nicht zu eng anlag. Von den dreien, die sie anprobierten, gefiel Holly das aus Satin in dunklem Preußischblau am besten. Lisa konnte sich nicht entscheiden.

Sie gingen in zwei weitere Läden. Lisa probierte alles an, was Holly ihr vorschlug. Nach dem dritten Geschäft waren sie müde und hungrig. Holly lud das Mädchen zu einem Snack im *Hawk's Nest* ein. Lisa wollte einen Latte Macchiato, aber legte sich schließlich auf eine heiße Schokolade mit einem Scone fest.

„Also, welches Kleid gefällt dir am besten?", fragte Lisa, bevor sie an ihrem Getränk nippte.

Holly lachte. „Das erste! Ehrlich. Das Blau hat einen sehr schönen Ton. Es lässt das Blau deiner Augen strahlen."

„Aber die Ärmel sind aufgebauscht."

„Ja, und es hat einen herzförmigen Ausschnitt. Sehr feminin. Hübsch. Und nicht zu aufreizend. Ich denke, deinen Eltern wird es gefallen."

„Würdest du es denn tragen?" Lisa verengte ihre Augen.

„Natürlich! Als ich zu meinem ersten Ball gegangen bin, sah mein Kleid ganz ähnlich aus. Aber es war ein dunkles Pink."

„Wirklich?"

„Wirklich." Holly aß das letzte Stück ihres Scones.

Sie wählte Nancys Nummer, beschrieb das Kleid und bot an, es nach Hause zu bringen. Nancy stimmte zu. Lisa und Holly kehrten zu *Maria's Fashions* zurück. Holly zahlte. *Das ist das Wenigste, was ich für sie tun kann.*

„Also, wo ist dieses umwerfende Kleid, das meine Lisa zum Star des Abends machen wird?", fragte Nancy zur Begrüßung.

„Komm, probier es an", sagte Holly und reichte dem Mädchen die Einkaufstasche.

An diesem Abend genossen sie reichhaltige Manicotti-Pasta, Lisas Modenschau und eine selbstgemachte Schokoladentorte, um Bud willkommen zu heißen. Er sprang bei Auswärtsspielen für Trainer ein, die nicht fahren konnten. Holly lachte, aß und hörte Buds Geschichten an. Ihre Eltern hatten selten mit ihr zu Abend gegessen. Sie hatte ihr Essen alleine verschlungen, manchmal vor dem Fernseher. Sie genoss die Möglichkeit, ein Teil dieser Familie zu sein, egal, wie flüchtig diese Erfahrung sein mochte. Sie fasste den Entschluss, dieselbe Wärme und Fürsorglichkeit, die sie in der Magee-Familie beobachten konnte, auch eines Tages in einer eigenen Familie an den Tag zu legen.

„Übrigens, Dan Alexander hat angedeutet, dass er sich über eine Einladung zum Abendessen freuen würde“, sagte Bud und schnitt sich ein Stück der saftigen Torte mit seiner Gabel ab. Er wandte sich Holly zu. „Er ist einer von Nancys größten Fans.“

„Ich habe eine Lammkeule in der Tiefkühltruhe. Sein Lieblingsessen.“

„Großartig. Wann?“

„Wie wär's mit Freitag?“

„Nein, wir spielen am Samstag. Ginge Sonntag?“

„Passt für mich“, sagte Nancy und stand auf. „Mehr Torte?“

Er klopfte auf seinen Bauch. „Nein, danke. Ich bin voll.“

Holly fragte sich, warum ein hübscher Single und bekannter Athlet wie Dan seinen Abend mit einem Paar mittleren Alters verbringen wollte. Vielleicht konnte sie sich verdrücken und einen Film schauen?

„Holly, dir wird Dan gefallen. Er ist richtig witzig. Und er liebt meine Gerichte“, sagte Nancy.

Okay, das war es dann mit ihrem Plan. Sie musste zumindest beim Essen dabei sein. Sie schluckte. Sie fühlte, wie sich Anspannung in ihr ausbreitete. Sie hatte schon zu lange das Leben einer Nonne geführt. Aber vielleicht war jetzt nicht der richtige Moment, diesen Rekord zu unterbrechen. Immerhin, Dan Alexander war ein Mann, den man nur schwer ignorieren konnte.

„Ich hoffe, ihr entschuldigt mich, aber ich bin gerade an einer spannenden Stelle in dem Thriller, den du mir gegeben hast, Nancy. Ich würde dann gehen?“, fragte Holly.

„Natürlich, Liebes. Du musst doch nicht fragen.“

Die junge Frau schlüpfte hinaus. Nach spannender Unterhaltung war ihr nicht – sondern nach Romantik.

Kapitel Vier

Nach ihrer Reise kehrte Dan in sein Apartment zurück. Er hatte in sieben Innings gepitcht und den Sharks nur einen Run gelassen. Die Nighthawks hatten Miami geschlagen und er hatte ihnen den Sieg gebracht. Er legte seine Sporttasche bei der Tür ab. Die Wohnung glänzte makellos. Alles aus Chrom und Glas, schwarz und weiß. Das Wohnzimmer strahlte. Er lächelte. Seine Haushälterin Angela hatte einen guten Job gemacht.

Er öffnete den Kühlschrank und nahm sich ein Bier. Er öffnete es und stellte sich vor das bis zum Boden reichende Fenster, das zum Hudson River und New Jersey hinaussah, als er einen Schluck trank. Lichter blinkten über den Fluss. Es gab an seinem Ufer einige hoch aufragende Wohnblöcke und auch Einfamilienhäuser in der Ferne. Er fragte sich, wie es den Familien in diesen Wohnungen so erging. Waren sie glücklich? Liebten sie sich? Hatten sie Kinder? Oder bestand ihr Leben daraus, sich abzuplagen? Waren sie gefangen in lieblosen Ehen, überwältigt von dem Geschrei nerviger Kinder? Er erschauerte.

Das Familienleben in seiner Kindheit war eine gemischte Erfahrung gewesen. Seine Eltern hatten glücklich gewirkt. Aber als sein älterer Bruder wegen Drogen Probleme bekam, löste sich alles auf. Ihr friedlicher Haushalt bestand danach aus Anschuldigungen, Gegenanschuldigungen und Brüllen. Feindseligkeit lag in der Luft. Über den größten Blödsinn wurde gestritten. Er hatte dort weggemusst, und Baseball hatte ihm diese Fluchtmöglichkeit verschafft.

Dan war der Minor League mit achtzehn beigetreten und hatte nie zurückgeschaut. Mehrere Jahre später hatte sein Bruder einen Entzug gemacht und hatte sein Leben wieder in den Griff bekommen. Im Haushalt der Alexanders war wieder Frieden eingekehrt. Dan genoss seine Besuche bei ihnen, aber es hatte Spannungen gegeben, wenn Sam da war. Dan kam normalerweise für die Feiertage um Weihnachten heim, aber blieb den Rest des Jahres in New York oder Florida.

Sein Handy klingelte.

„Hey, Bud, was gibt's?"

„Nancy möchte, dass du am Sonntag mit uns zu Abend isst. Sie sagt, es gibt Lammkeule."

„Das mag ich am liebsten. Ich werde da sein. Wann?"

„Warum kommst du nicht schon um sechs, dann können wir noch ein paar heben? Am Montag ist kein Spiel."

„Wir sehen uns. Und danke."

Er steckte das Handy in seine Hosentasche und grinste. Er sah so aus, als würde er Hot-Dog-Girl bald näher kennenlernen können.

Er trank sein Bier aus und blickte weiter in die Dunkelheit hinaus. Er fragte sich, ob eines dieser Lichter jemals für ihn angelassen werden würde. Würde er eines Tages eine glückliche Familie haben? Oder einen Fehler machen, sich scheiden lassen, wie so viele Profisportler?

Er stellte die Flasche weg und ging zu seinem Entspannungsplatz. Nachdem er den Fernseher eingeschaltet hatte, legte er eine DVD ein und streckte sich auf der Couch aus. Cal Crawley hatte ihm ein Video der besten Batter der Liga in die Hand gedrückt. Dan studierte sie gern – ihre Stände, ihren Schwung und vor allem die Pitches, die sie sich zum Schlagen auswählten.

Als das Video zu Ende war, ging er in sein Schlafzimmer. Das große Bett sah einladend aus. Er war müde, doch der Gedanke, alleine einzuschlafen, deprimierte ihn.

Sein Telefon klingelte wieder. Es war Valerie. Er runzelte die Stirn, als er abnahm. „Was willst du?"

„Dass wir uns wieder vertragen."

„Vertragen?"

„Ja. Es gibt keinen Grund, wütend zu sein."

„Wir haben uns nicht gestritten. Wir haben uns getrennt."

„Ich habe nur mit einem anderen Typen etwas getrunken. Nur ein Drink. Ich bin einsam, wenn du wegfährst."

„Darauf wette ich." Dan lief auf und ab.

„Ich brauchte jemanden zum Reden. Das ist alles."

„Ihr schient recht vertraut miteinander."

„Da war nichts. Was machst du heute Abend? Kann ich rüberkommen?" Ihre Stimme flirtete mit ihm.

Dan geriet in Versuchung. Es war schon schöner, mit einer Frau Sex zu haben, als alleine, und es hatte sich zu viel angestaut, um es ganz sein zu lassen. Aber mit Valerie? Seine Instinkte warnten ihn. Er würde auf keinen Fall zu einer zurückgehen, die ihn betrogen hatte. „Ich denke nicht, Val."

„Ach, komm schon. Vergeben und vergessen."

„Für Betrug gibt es keine Vergebung. Ich wünsche dir ein schönes Leben", sagte er und beendete das Gespräch.

Seine Lenden protestierten. Nur einige Wochen zölibatär zu leben waren für seinen Schwanz zu lange gewesen. Er nahm die Fernbedienung zur Hand und schaltete den TV wieder ein. Er mochte es, ein wenig visuelle Begleitung zu haben, wenn er sich darum kümmerte.

Das Mädchen auf dem Bildschirm hatte braune Haare. Seine Gedanken überschlugen sich, und er hätte schwören können, dass sie wie das Hot-Dog-Girl aussah. Er stellte sich ihr Gesicht auf der nackten Frau im Film vor, und es regte sich bei ihm etwas. Blut pumpte so schnell in seinen Schwanz wie ein Rennwagen eine Runde beim Indy 500 fährt. Er setzte sich auf, als Lust durch seine Adern schoss.

Würde sie so heiß sein, wie er sie sich vorstellte? Oder eben nur eine Braut, die Snacks im Stadion verkaufte?

Er würde warten müssen, um es herauszufinden.

HOLLY VERBRACHTE DEN Rest der Woche damit, nach einer Möglichkeit zu suchen, wie sie dem Abendessen mit Dan Alexander aus dem Weg gehen konnte. Ihr fiel nichts ein. Nancy würde keine Entschuldigung akzeptieren. Die junge Frau hatte Nancy im Verdacht, dass sie schon immer mal jemanden verkuppeln wollte. Das war offensichtlich ihr erster Versuch. Sie hatte Dan derartig in den Himmel gelobt, dass Holly seinen Namen nicht mehr hören konnte.

Für Nancy war er ein Gott und konnte nichts verkehrt machen. Holly hatte einen anderen Eindruck von ihm. Er war vermutlich einer, der mit den Frauen spielte, ein Aufreißer, für den sie nichts weiter als eine neue Kerbe an seinem Bettpfosten sein würde. Oder jedenfalls dachte *er* das. Ihr Gesicht verhärtete sich. Sie würde ihm die Realität schon vor Augen führen. Ihm konnten die Eier abfallen, bevor sie mit ihm schlafen würde. Sie hasste es, Nancy enttäuschen zu müssen, aber sich mit einem berühmten Sportler einzulassen, während sie auf der Flucht war, würde ihre Überlebenschancen nicht gerade erhöhen.

Die Nighthawks hatten am Sonntag ein Heimspiel. Holly arbeitete in den Rängen.

„Hot Dogs! Kaufen Sie ihre Hot Dogs hier! Hot Dogs!“ Sie ging eine Treppe nach oben und eine weitere wieder nach unten und hielt ihre Augen nach potentiellen Kunden offen. Sie hatte selten Zeit, etwas vom Spiel selbst mitzubekommen. Bud hatte sie vorgewarnt. Wenn man sie erwischte, wie sie das Spiel anschaute, während Kunden nach Essen verlangten, würde man sie feuern. So waren die Regeln.

Dan spielte noch nicht. Sie konnte ihn im Bullpen bei der Erwärmung sehen und betete, dass er sie nicht bemerkte. Sie hatte versucht, ihre Verkaufsfläche hinter die Spielerbank verlegen zu lassen, sodass er sie nicht würde sehen können, wenn er eine Pause dort einlegte.

Sie wusste, dass Nancy sich für das Abendessen extra ins Zeug legen und nochmal die ganze Wohnung auf Vordermann bringen würde, obwohl das eigentlich gar nicht nötig war. Dan Alexander als Gast zu haben war eine Ehre für die Magees. Holly schnaubte.

Es ist ja so ein hohes Tier. Dabei kocht er auch nur mit Wasser. Ihr privilegierter Hintergrund hatte sie mit vielen berühmten Persönlichkeiten bekannt gemacht. Ihre Eltern hielten regelmäßig Spendensammlungen für Gouverneure und Senatoren ab. Sie finanzierten Spielfilme und verkehrten mit der Elite Hollywoods. Ransom Merrill, ihr Vater, war reich zur Welt gekommen. Sein Vater hatte eine Bank besessen und geleitet. Ransom hatte eine Milliarde Dollar geerbt und sein Leben damit verbracht, daran festzuhalten.

Die Merrills waren Snobs und liebten es, sich mit anderen reichen und berühmten Menschen zu umgeben. Sie waren vom täglichen Leben Millionen anderer Menschen meilenweit entfernt – jegliche Haushaltsplanung oder Geldsorgen kannten sie nicht. Holly war ganz genauso gewesen, bis sie Lang Green im College kennengelernt hatte. Der hübsche ältere Student hatte ihr alles über Privilegien beigebracht, über Verantwortung, die Mittelklasse, die Unterschicht, und über Sex.

Das war der Zeitpunkt, wo die Spaltung zwischen ihr und ihren Eltern ihren Anfang genommen hatte. Als Lang ihr die Augen öffnete, wie egoistisch und anmaßend ihre Eltern sich verhielten, verwandelte sich ihr Stolz auf sie zusehends in Scham. Innerhalb der nächsten fünf Jahre verschlechterte sich ihre Beziehung zu ihrer Familie immer weiter, bis Holly auf dem Höhepunkt dieser Entwicklung eine Beziehung mit Flash Kincaid einging, der wegen Mordes,

Drogenhandel und Prostitution verhaftet wurde, während sie im Zeugenschutzprogramm landete.

Jeden einzelnen Tag seitdem wünschte sie sich, sie könnte die Uhr zurückdrehen. Und jetzt betrat dieser vermutlich-arrogante Verführer-Pitcher die Szene. Er war das Letzte, was sie jetzt noch brauchte. *Brrr.*

Für eine Weile blieb es ruhig. Sie lief den ganzen Weg nach unten, näher an den Bullpen heran, was ihr die Möglichkeit gab, Dan pitchen zu sehen. Er warf mit offensichtlichem Selbstvertrauen. Sein langer, kräftiger Körper bewegte sich anmutig. Er schien sich vollkommen vertraut mit dem Baseball in seiner Hand zu fühlen. *Peng, peng, peng,* der Ball traf den Handschuh mit voller Wucht. Sie konnte es hören.

Und dann passierte es. Ihr wurde klar, dass ihr Starren ihm irgendwie bewusst geworden sein musste, denn er hielt auf einmal inne. Er schaute auf, und ihre Blicke trafen sich. Er lüftete seine Kappe, nickte ihr kurz zu und lächelte, dann trainierte er weiter.

Holly hörte auf, zu atmen. Die Fans um sie herum schauten sich um, wen er gegrüßt hatte. Hitze stieg in ihren Wangen auf. Sie drehte sich um, rannte die Stufen empor und rief „Hot Dogs! Hot Dogs!“ Sie schaute einmal kurz über ihre Schulter zurück. Sie konnte sehen, wie er sie anlachte, und das ließ sie noch schneller rennen. Er hatte sie dabei erwischt, wie sie ihn angeglotzt hatte. Nun würde er denken, dass sie etwas von ihm wollte. *Scheiße!* Sie zog ihre Kappe weiter über ihre Stirn und hielt ihren Kopf gesenkt, während sie sich auf ihren Job konzentrierte.

Was bin ich bloß für eine Idiotin? Jetzt denkt er, ich hätte Interesse, und er wird sich zweimal so heftig an mich heranmachen! Sie biss die Zähne zusammen, verkaufte einige Hot Dogs und betete, dass das Spiel schnelle vorbei gehen möge. Aber niemand beeilt sich bei einem Baseballspiel. Der Spielstand gegen die Pittsburgh Wolves blieb bei zwei zu zwei bis zum siebten Inning.

Die Wolves schlugen einen Solo-Homerun in die Tribüne. Cal Crawley ging raus auf den Mound, um den Pitcher aus dem Spiel zu nehmen. Sie fragte sich, wann er Dan aufs Spielfeld holen würde. Aber Dan war ein Starting Pitcher, einer, der das Spiel eröffnete, und nicht in der mittleren Phase des Spiels dazu stieß. Moose Macafee ging rein. Dan verließ den Bullpen und ging zur Spielerbank. Sie sah, dass er nach ihr Ausschau hielt und ging hinter einer Säule in Deckung. Ihr Atem ging stoßweise. Sie riskierte einen Blick, um zu sehen, ob er seine Aufmerksamkeit wieder anderen Dingen zugewandt hatte.

Sie atmete erleichtert auf und ging zurück zum Imbissstand, um ihre Vorräte aufzufüllen. Während sie weg war, erreichte Macafee gegen die nächsten zwei gegnerischen Schlagmänner ein Strikeout. Als sie zurückkehrte, war Skip Quincy am Schlagen. Er erwischte einen Dribbler und kam sicher auf die erste Base. Bobby Hernandez schied mit einem Strikeout aus. Dann war Jake Lawrence an der Reihe. Der Slugger nahm seinen Stand ein. Es wurde still auf der Tribüne. Holly fand einen Standort, wo sie mit ihrem Wagen niemandem die Sicht nahm.

Lawrence schlug die ersten beiden Pitches – ein Ball und ein Strike. Mit dem lauten Krachen eines zerbrochenen Schlägers brachte Jake einen direkt in die Ränge. Der Ball wurde so hart geschlagen, dass er in der dritten Reihe landete, in den Händen eines glücklichen Kindes. Skip lief zur Home Base, und Jake folgte ihm. Die Hawks führten vier zu drei.

Die Pitcher hielten den Spielstand und brachten die Batter der gegnerischen Mannschaft nacheinander zum Ausscheiden. Das Spiel war schnell vorbei. Holly beeilte sich, ihren Wagen abzugeben. Wenn sie schnell war, könnte sie vor Dan bei den Magees sein. Immerhin würde er bestimmt in der Umkleide duschen. Ein Bild von ihm, wie er nackt unter dem Wasserstrahl stand, fuhr ihr durch den Kopf.

„Dein Geldbeutel?“, fragte Bud und nahm ebendiesen von seinem Tresen, um ihn ihr zu überreichen.

„Oh, klar“, sagte sie, „den hätte ich fast vergessen.“ Sie öffnete ihn und übergab ihm die Summe für die Zutaten, die sie beim nächsten Spiel benötigen würde.

„Du bist mit deinen Gedanken wohl ganz woanders?“, fragte er, legte das Geld in die Kasse und schrieb in seinem Notizbuch eine Zahl neben ihren Namen.

„Nein, nein, nur ein wenig erschöpft. Das war schon ein Spiel, oder?“ Sie steckte den nun leichteren Beutel in ihre Tasche.

„In der Tat. Es ist immer großartig, wenn wir gewinnen.“

„Bis später“, sagte sie zu Bud und ging hinaus auf die Straße.

Sie hatte nicht vorgehabt, eine Dusche zu nehmen, aber sie würde es tun. Und was sollte sie anziehen? Die Zeit ihres Nachhausewegs grübelte sie über ihre limitierte Garderobe nach, und versuchte sich zu entscheiden, was sie anziehen sollte, wenn sie sich saubergeschrubbt hatte. Sie entschied sich für ihre beste Jeans und ein süßes pinkes Shirt mit einem Rundhalsausschnitt. *Ein kleiner Vorgeschmack auf etwas, das er niemals bekommen wird.* Sie grinste, als sie den Schlüssel ins Schloss steckte.

„Du siehst zufrieden wie eine Katze aus, die sich gerade den Kanarienvogel genehmigt hat“, sagte Nancy. „Unter die Dusche und zieh dich um. Ich brauche dich hier, damit du den Tisch deckst.“

„Wo ist Lisa?“

„In ihrem Zimmer, am Telefon. Seit wir für sie das Kleid gekauft haben, plant sie jede Sekunde dieses Balls mit ihren Freundinnen im Voraus.“

Holly lächelte und klopfte an Lisas Zimmertür. Sie wartete nicht auf eine Antwort und steckte ihren Kopf hinein. „Deine Mutter braucht dich zum Tischdecken.“

„Aber ich rede gerade mit Tiffany. Es ist wichtig!“

„Mir egal. Du bist trotzdem noch ein Mitglied dieser Familie. Hilf deiner Mutter, oder ich tauche bei dem Ball auf."

„Das würdest du nicht tun!" Lisas Augen wurden tellergroß.

„Führ mich nicht in Versuchung."

Die Dreizehnjährige legte auf und war blitzschnell auf ihren Füßen.

„So ist's brav. Ich muss jetzt ins Bad und mich umziehen."

„Ins Bad? Warum?"

„Weil ich dreckig bin und stinke? Reicht das nicht als Grund?"

„Aber nicht etwa wegen Dan Alexander, oder?", fragte Lisa in einem singenden Tonfall.

Verdammt, dieses Kind hat einen guten Radar! „Der Tisch? Erinnerst du dich?", sagte Holly und schloss die Tür zum Zimmer des Teenagers.

Im Bad zog sie ihre Uniform aus und drehte das Wasser auf. Die Wärme entspannte sie. Sie schrubbte sich mit einem Schwamm, bis ihre Haut kribbelte. Aber es half nicht dabei, das sinnliche, selbstgefällige Lächeln, welches Dan ihr heute zugeworfen hatte, aus ihrem Kopf zu verbannen. Sie hatte es bis in ihre Zehenspitzen gefühlt. Und als sie es sich wieder in Erinnerung rief, fühlte sie tief in ihrem Bauch eine Reaktion. Verdammt, er war wirklich attraktiv.

Ja, er wusste es, aber hey, was wahr ist muss wahr bleiben.

UNTER DER DUSCHE FÜHLTE Dan, wie prickelnde Vorfreude seinen Körper erfüllte. Er würde mit dem Hot-Dog-Girl zu Abend essen. Als er sie vom Spielfeld aus angesehen hatte, war sie wie eine verängstigte Maus geflohen. Eine Frau, die sich nicht vor Begeisterung überschlug, ihn zu beeindrucken oder versuchte, ihn zu verführen, faszinierte den Pitcher. Sie würde eine Herausforderung werden, aber er fühlte sich ihr gewachsen. Er mochte es, wie ihr Hintern wackelte, wenn sie rannte und ihr Haar hin- und herschwang.

Nachdem er mit Duschen fertig war, ging Dan zurück in die Umkleide. Jake Lawrence zog sich gerade an. Er klopfte sich ein wenig Aftershave auf die Wangen.

Dan schnüffelte. „Was ist das?"

„*Ooh La La for Men.*"

„Riecht gut. Kann ich mir was davon ausleihen?"

„Gibst du's mir auch zurück?" Jake hob eine Braue und grinste.

Dan knuffte seinen Teamkameraden in die Schulter.

„Hey, pass bloß auf. Das ist mein Schlagarm."

„Was bist du, ein zartes Blümchen? Ich hab dich kaum berührt." Dan griff nach der Flasche.

Jake warf sie ihm zu. „Hier. Begieß dich ruhig damit. Hast wohl ein heißes Date?"

„Er isst zu Abend mit dem Hot-Dog-Girl", warf Matt ein, der barfuß in den Raum watschelte.

„Ach, so ist das?" Jake blickte zu Dan, der sich mit dem Parfüm einnebelte.

Der Pitcher zog beige Hosen und ein weißes Hemd über, welches den Hals freiließ. Er schlüpfte in eine blaue Sportjacke und stopfte eine Krawatte in seine Jackentasche, für den Fall, dass Bud eine tragen würde. „Nur ein Abendessen bei Bud." Dan wich dem Blick seines Freundes aus.

„Bullshit. Du kannst mich nicht verarschen. Das Hot-Dog-Girl wird da sein. Ich habe selbst schon ein Auge auf sie geworfen", sagte Matt und schlang sich ein Handtuch um die Hüften, als er seinen Spind öffnete.

„Ich lass es dich wissen, wenn ich kein Interesse habe."

„Deine abgelegten Damen will ich nicht haben."

„Wie schade. Ich war zuerst da."

„Wer in drei Teufels Namen ist Hot-Dog-Girl?", fragte Nat Owen.

Dan gab das Aftershave an Jake zurück und hob die Hand, als er aus der Tür ging. Wer war Matt, dass er dachte, das Hot-Dog-Mädchen würde ihn Dan vorziehen? Was für ein Vollidiot.

Er klingelte bei den Magees. Er fühlte, wie ihn eine leichte Aufgeregtheit durchdrang. *Verdammt, ich bin doch keine fünfzehn mehr. Das ist nicht mein erstes Date. Werd erwachsen.* Aber er konnte das Gefühl nicht abschütteln. Die Tür wurde mit einem Summen geöffnet, und Dan schob sie auf und trat in das Gebäude.

In dem Augenblick, in dem sich der Fahrstuhl öffnete, konnte er den Lammbraten riechen. Sein Magen knurrte. Niemand konnte so kochen wie Nancy. Die Tür stand einen Spalt offen, also ging er hinein.

„Oh, Dan, du bist da", sagte Nancy und stürmte auf ihn zu, um ihn zu begrüßen. Sie wischte ihre Hände an ihrer Schürze ab. Er umarmte sie fest und küsste sie auf den Kopf. Bud begrüßte ihn mit einem Händeschütteln.

Holly erschien. Sie lächelte unsicher. Seine Augen wurden weit, als er ihren Anblick vom Kopf bis zum knackigen Hintern in sich aufnahm. Ihr Haar wellte sich sanft um ihre Schultern. Das pinke Top in der Farbe ihrer geröteten Wangen hatte sich ein wenig abgesenkt und ihn dazu verleitet, einen Moment zu lang ihren Busen anzustarren. Die eng anliegende Jeans umschmeichelte ihre Hüften und ihren unglaublichen Arsch. Er fühlte den unwiderstehlichen Drang, ihn zu kneifen. Seine Hände öffneten und schlossen sich einmal an seiner Seite. Er war sprachlos.

„Ich denke, wir sind uns schon einmal begegnet. Mein Name ist Holly", sagte sie und streckte ihre Hand aus.

Er schloss beide Hände um ihre. „Ja, das stimmt."

Ihre Blicke trafen sich. Ihm wurde die Unsicherheit in ihrem Gesicht bewusst und er trat einen Schritt zurück und ließ sie los. *Bedränge sie nicht.* Er hatte noch nie gesehen, wie eine Frau vor ihm zurückschreckte. Viele buhlten um seine Aufmerksamkeit, überschlugen sich regelrecht, damit er sie bemerkte. Holly schien zu versuchen, im Hintergrund zu bleiben. Es war unmöglich, so gut, wie sie aussah, und in diesem Outfit. Er konnte seine Augen nicht von ihr abwenden.

„Ich schaue besser mal nach den Kartoffeln", sagte Holly und kehrte in die Küche zurück.

„Wie wär's mit einem Bier?", fragte Bud.

Als Dan sich herumdrehte, um zu antworten, sah er, wie selbstgefällig Nancy dreinsah.

Sie hatte ein zufriedenes Lächeln auf den Lippen und hob ihre Augenbrauen. „Sie ist hübsch, nicht wahr?"

Er war nicht leicht in Verlegenheit zu bringen, doch nun spürte Dan, wie ihm die Hitze ins Gesicht schoss. Er hatte Nancy noch nie für eine Kupplerin gehalten. Anscheinend hatte er sich geirrt. Er griff nach dem Bier, das Bud ihm anbot und setzte sich aufs Sofa. Das lief überhaupt nicht so, wie er es erwartet hatte.

„Wo ist Lisa?", fragte er.

Wie auf Bestellung erschien der Teenager auf der Bildfläche. „Hi, Dan", murmelte sie und textete ohne aufzublicken weiter auf ihrem Handy.

„Hi, Tweenie Bird." Er war stolz darauf, diesen dummen Spitznamen erfunden zu haben. *Gefällt er ihr überhaupt noch?*

Sie sah auf und lächelte ihn an. Zumindest eine weibliche Person freute sich über seine Aufmerksamkeit.

Stimmen drangen aus der Küche zu ihnen.

„Was machst du hier?"

„Die Kartoffeln wenden."

„Hinaus! Raus hier. Dan sitzt ganz alleine auf der Couch", sagte Nancy.

„Aber die Kartoffeln", protestierte Holly.

„Den Kartoffeln geht's blendend. Nun geh schon."

Dan rutschte auf der Couch hin und her und fragte sich, warum er überhaupt gekommen war, wenn sich niemand mit ihm unterhalten wollte. Bud hatte es sich in seinem Lehnsessel bequem gemacht und hob die Flasche an seine Lippen. Nun, vielleicht nicht niemand, aber nicht der *Richtige.*

Holly kam zu ihnen. Der einzige Sitzplatz, der noch übrig war, da Lisa und Bud sich die Stühle geschnappt hatten, war auf dem Sofa, neben Dan. Sie ließ sich nieder und starrte auf ihre Hände.

„Ein Glas Wein, Holly?", fragte Bud.

Sie nickte. Er stand auf und goss ihr einen Merlot ein.

„Danke", sagte sie und nahm das Glas in Empfang.

„Also, erzähl mal. Wo kommst du her?", fragte Dan.

„Nirgendwoher", sagte sie und blickte ihn nicht an.

„Komm schon. Jeder kommt doch von irgendwo."

„New York City."

„Eine Einheimische?" Er hob die Brauen. „Es passiert nicht oft, dass man jemandem begegnet, der hier geboren und aufgewachsen ist."

Sie lächelte.

„Planst du, ein Hot-Dog-Girl zu bleiben? Oder ist das ein Schritt zu einer anderen Karriere?"

Ihr Kopf schnellte nach oben. „Hot-Dog-Girl?"

„Du weißt schon, ein Mädchen, das Hot Dogs verkauft."

Sie schob ihr Kinn nach vorn. „Das ist ein ehrlicher Beruf."

„Was hast du gemacht, bevor du bei Bud angefangen hast?"

Sie wurde bleich und schluckte.

„Es tut mir leid, bin ich zu neugierig? Ich dachte nicht, dass das zu persönlich ist, aber wenn du nicht antworten möchtest, ist das natürlich in Ordnung."

„Ist es das? Du denkst bestimmt, ich habe mich vorher prostituiert. So war es nicht. Das wollte ich nur noch mal deutlich machen."

„Nein, nein, daran habe ich nie gedacht", log er.

„Darauf würde ich wetten“, murmelte sie.

Es lief überhaupt nicht so, wie er es geplant hatte. Er hatte nicht erwartet, gleich einen Homerun zu landen, aber dass er gleich ins Abseits geraten würde, hatte er sich ebenfalls nicht vorstellen können.

„Wo kommst du her?“, fragte sie.

„Indiana.“

„Oh. Da war ich noch nie.“

„Sehr viel Landwirtschaft, Ackerbau.“

„Oh, du bist also Landwirt?“

„Meine Familie. In der dritten Generation.“

„Also ein Landei.“

Er grinste. „Das war ich vielleicht, aber schon lange nicht mehr.“

„Das Hot-Dog-Girl und das Landei. Klingt wie ein Countrysong.“

Er lachte mit ihr zusammen. Ihre Augen fingen an zu leuchten und ihr Lächeln wurde breiter und zeigte ihre perfekten Zähne. Er wollte ihre weichen, rosa Lippen küssen. „Der war gut.“

„Wie bist du zum Baseball gekommen?“ Sie trank einen Schluck Wein.

So schnell wie die Wolken sich zusammengezogen und ihm die Sicht versperrt hatten, so schnell waren sie auch wieder verschwunden. Er erzählte die Geschichte seiner Flucht zum Baseball und dass ihn sein Talent in die Major League und zum Erfolg gebracht hatte. Sie hing an seinen Lippen und wandte ihren Blick nicht von seinem Gesicht. Sie stellte auch intelligente Fragen. Er war noch nie so von einer Frau bezaubert gewesen, einfach nur, weil sie eine gute Zuhörerin war.

Es war offensichtlich, dass sie lieber ihm zuhörte, als über sich selbst zu sprechen. Das war ungewöhnlich, dachte er. Es war kein schlechter Charakterzug, da er selbst eher redselig war. Trotzdem machte sie ihn neugierig. Sie war ein wenig mysteriös – er wollte mehr über sie wissen. Sie mochte verschlossen sein, aber er würde nicht lockerlassen. Er musste wissen, wer sie war, und warum sie nicht über ihre Vergangenheit sprechen wollte. Offensichtlich musste er sich etwas anderes einfallen lassen, als sie direkt zu fragen, was ihm lediglich eine Abfuhr eingehandelt hatte.

„Das Abendessen ist fertig. Kommt bitte zu Tisch", verkündete Nancy.

Dan stand auf und bot Holly seine Hand an. Sie nahm sie. Ihr Griff war sicher und fest, als sie sich hochzog. Die Haut unter seinem Daumen war seidig weich. Er wollte sie streicheln, aber beherrschte sich.

DAN ZUZUHÖREN, ALS er sein Leben vor ihr ausbreitete, gab Holly die Gelegenheit, seine Gesichtszüge genauer zu studieren. Seine Nase und das Kinn waren gerade und wirkten entschlossen und maskulin. Hohe Wangenknochen formten sein Gesicht. Als er geendet hatte, trafen sich ihre Blicke und ein Schauer wanderte ihren Rücken hinauf. Sein Blick war fragend und durchdringend.

Als sein Blick zu ihren Lippen wanderte wurde sie von dem überwältigenden Verlangen erfasst, ihn zu küssen. Sie griff fester in die Lehne der Couch. Ihre Atmung beschleunigte sich für einen Moment, bis sie sich wieder im Griff hatte. Ein würziger Duft kitzelte ihre Nase. Vermischt mit dem Geruch eines frisch gebügelten Hemdes war es wie ein Aphrodisiakum, und ihr wurde heiß.

Sie war entsetzt über die Reaktion ihres Körpers auf den attraktiven Mann und schluckte. Sie betete für eine Ausrede, wie sie dieser Situation entkommen konnte. Als zum Abendessen gerufen wurde, stieß sie den Atem aus, von dem sie gar nicht bemerkt hatte, dass sie ihn angehalten hatte. Sie konnte ihm die Hilfe zum Aufstehen nicht abschlagen. Er zog sie hoch, als wiege sie nicht mehr als eine Feder.

Er war so stark, dass sie sich wegbeugen musste, damit sie nicht in seinen Armen landete.

Sicher, es war lange her, dass sie mit einem Mann zusammen gewesen war, aber das war nicht der richtige Zeitpunkt, sich auf jemanden einzulassen. Und was würde passieren, wenn er herausfand, dass sie mit einem Gangster geschlafen hatte, auch wenn sie damals noch nicht wusste, wer Flash wirklich war? Ein kurzer Schauer rann durch sie hindurch. Nein, das würde nicht gut enden, und sie hätte wieder ein gebrochenes Herz.

Aber etwas an Dan war so offen, so einfach und natürlich. Er schien einer der guten Jungs zu sein. Sie fürchtete sich davor, ihren Instinkten zu vertrauen, und war daher niemandem außer Jory und einigen Freunden in Pine Grove nahegekommen. Nancy und Bud mochten Dan, sogar Lisa machte keine Ausnahme. Er zog Holly an wie ein Magnet Metall anzog. Es würde nicht einfach sein, ihm zu widerstehen, aber sie musste es versuchen ... oder?

Natürlich setzte Nancy Dan direkt neben Holly. Ihre Freundin versuchte so offensichtlich, sie zusammenzubringen, dass der jungen Frau die Röte in die Wangen schoss, sobald sie in Nancys strahlendes Gesicht blickte. Jory hatte Bud nur das Nötigste von Hollys Geschichte mitgeteilt. Sie war sicher, dass Nancy keine Ahnung hatte, welchen Skandal und schlechte Presse es für Dan bedeuten würde, wenn sie etwas miteinander anfingen und es herauskam.

Er verdiente es nicht, zusammen mit Holly durch den Schmutz gezogen zu werden. Es war ihr Fehler gewesen, ihr schlechtes Urteilsvermögen, und sie musste sich den Folgen alleine stellen – wenn sie dazu bereit war. Sie entschloss sich in diesem Moment, Dan aus ihrem Leben herauszuhalten. Ihr Herz sehnte sich nach einer Umarmung, einer einfachen Umarmung von ihm. Einsamkeit lag ihr tief in den Knochen, und seine Aufmerksamkeit zog sie an. Der Gedanke an körperliche Zuneigung von ihm wärmte sie und weckte ein Bedürfnis in ihr, das sie lange unterdrückt hatte und sich nun weigerte, wieder zu verschwinden. Sie seufzte und scheute die schlechten Tage, die auf sie in der Zukunft warteten.

„Alles in Ordnung?“ Dan schaute zu ihr herüber und drückte kurz ihre Hand.

„Ja, alles okay.“

„Das klingt aber anders.“ Er runzelte die Stirn.

„Danke. Es ist gerade alles ein wenig kompliziert. Mein Leben ist derzeit ziemlich durcheinander. Ich kann es nicht erklären. Halte dich besser von mir fern.“ Sie sah ihm in die Augen.

„Ich bin noch nie vor einer Herausforderung weggerannt, und ich werde jetzt nicht damit anfangen“, murmelte er eine leise Antwort, die nur für ihre Ohren bestimmt war. Er hielt eine Sekunde inne, dann sagte er: „Du hast keinen Freund, oder?“

Sie grinste. „Nein. Wenn es nur das wäre.“

Nancy brachte das Lamm mit den gegrillten Kartoffeln. Hollys Magen knurrte. Sie war am Verhungern und hatte seit Ewigkeiten nichts mehr so Appetitanregendes gesehen oder gerochen. Naja, außer vielleicht Dan Alexander.

Bud hatte das zarte, saftige Fleisch in der Küche vorgeschnitten. Gebräunte Kartoffeln umrahmten die Platte. Lisa trug eine Schüssel mit Rahmspinat. Bud kam zuletzt, mit Nancys besonderem Zimt-Eichel-Squash.

„Das ist ein Festmahl. Single-Männer wie ich essen sowas sonst nie“, sagte Dan.

„Reich mir deinen Teller“, sagte Nancy zu ihm.

Die ältere Frau teilte ihren sabbernden Fans das Essen aus. Es war für eine Weile still, wenn man von den Geräuschen der Messer und Gabeln absah, die gegeneinander klirrten.

Holly kaute langsam und genoss das vielfältige Aroma. Ihre Mutter hatte nie selbst gekocht. Sie hatten immer einen Koch daheim gehabt, ein Zimmermädchen, eine Putzfrau und eine Partyplanerin – die Liste ging noch weiter. Der Koch hatte Talent gehabt, aber die

Mahlzeiten waren immer formell gewesen, nicht so vertraut wie bei den Magees.

Sie sah zu, wie Dan sein viertes Stück Fleisch aufspießte. Er hatte einen guten Appetit und räumte zweimal so viel Essen ab wie sie. Ihm dabei zuzuschauen machte sie an. Sogar beim Kauen war er sexy. Holly wischte ihren Mund ab, legte ihr Besteck auf den Tisch und starrte Dan an.

„Was ist?“, fragte er und schaufelte ein Stück Kartoffel in seinen Mund.

„Ich schätze, das ist wirklich dein Lieblingsessen.“

„Ja. Magst du kein Lamm?“

„Ich liebe es sogar. Aber ich habe genug gegessen. Ich will nicht fett werden.“

Dans Blick glitt über sie. „Da besteht keine Gefahr. Für mich siehst du perfekt aus.“

Freude erfüllte sie. Wann war das letzte Mal, dass ein Mann ihr ein Kompliment gemacht hatte? Sie konnte sich nicht erinnern.

„Morgen ist Playland Day im Stadion“, sagte Bud und füllte seine Gabel mit Spinat.

„Was bedeutet das?“, fragte Holly.

„Playland, der Vergnügungspark in Rye? Sie vergeben einige Freikarten und so etwas, an die ersten einhundert Kinder“, antwortete Bud.

Sie nickte.

„Die Zuschauerränge werden also voller Kinder sein. Das heißt mehr Arbeit für dich, Holly. Sie machen ganz schön viel Unordnung“, redete Bud weiter.

„Das ist schon okay.“

„Ich habe eine Goldkarte bekommen. Freier Eintritt für vier Personen. Möchtest du mit, Lisa?“, fragte ihr Vater.

„Sicher! Kann ich drei Freunde mitnehmen?“

„Nein. Du bist zu jung. Du kannst mit deiner Mom gehen.“

„Nein, danke. Da bleibe ich lieber zu Hause."

Es wurde still im Raum. Nancy stand vom Tisch auf und ging hinaus.

„Sieh, was du gemacht hast", sagte Bud. „Du hast deine Mutter verletzt."

„Dad, niemand in meinem Alter geht mit der Mutter ins Playland."

Innerhalb einiger Minuten kam Nancy zurück. Ihre Augen waren leicht rot unterlaufen.

Lisa starrte auf ihren Teller. „Sorry, Mom."

Nancy wedelte mit ihrer Hand. „Ich versteh das schon. Teenager. Aber du bist zu jung, um ohne einen Erwachsenen zu gehen."

„Kann ich mitkommen?", fragte Holly.

„An einem Tag, wo nicht gespielt wird? Sicher", sagte Bud.

Lisa sprang auf und rannte zum Kalender. „Schau mal. Nächsten Dienstag, da ist Bildungstag für Lehrer. Keine Schule."

Nancy ging zu ihrer Tochter und prüfte das Datum. „Sie hat recht."

„Ich schätze, ich könnte Ersatz für dich finden", sagte Bud.

„Ich bin nicht zum Pitchen eingesetzt. Kann ich auch kommen?", fragte Dan.

Holly drehte sich schnell zu ihm um und starrte ihn an.

„Warum nicht? Dann kann Lisa auch jemanden mitbringen", sagte Nancy.

„Ich fahre euch. Soll ich gegen Mittag vorbeikommen?" Dan wischte sich den Mund ab und lehnte sich zurück.

„Für mich passt es", sagte Nancy. „Holly?"

„Sicher. Warum nicht?" Sie versuchte zu lächeln. *Ist das ein Date?*

Dan lächelte ihr zu.

„Kann ich gehen? Ich muss Sarah anrufen", sagte Lisa mit strahlenden Augen und einem breiten Lächeln.

„Sicher, Süße, geh nur“, sagte Bud.

„Danke, Dad. Danke, Mom.“ Lisa blieb stehen, um ihre Eltern zu umarmen.

„Ja, danke“, sagte Dan und schaute dabei Holly an. „Was ist dein Lieblings-Fahrgeschäft?“

„Weiß nicht. Ich war noch nie da. Was ist denn deins?“

„Der Liebestunnel. Auch ‚Die alte Mühle‘ genannt.“

Kapitel Fünf

Holly schnallte ihren Wagen fest. Sie verkaufte genug, um die Rohware selbst zu bezahlen. Bud belud den Wagen mit Hot Dogs im Brötchen und sie ging auf die Tribüne hinauf. Die Nighthawks beendeten eine Serie von drei Spielen gegen die Miami Sharks. Es stand unentschieden, da beide Teams jeweils einmal gewonnen hatten. Dies war das entscheidende Spiel im Match, und Dan Alexander war als Pitcher eingesetzt.

Sie lächelte, als Bud ihr einen großartigen Aussichtspunkt hinter der Home Base zuwies. Bei sich dachte sie, dass er sie wohl miteinander verkuppeln wollte, genau wie Nancy. Ob es nun so war oder nicht, sie würde das Spiel gut verfolgen können, wenn sie gerade wenig verkaufte. Sie legte ihre Hand auf ihr Herz, als die Nationalhymne spielte. Es war leicht, Dan auf dem Spielfeld zu finden, da er größer war als die anderen Spieler. Natürlich schadete es auch nicht, dass sein Nachname auf dem Rücken seiner Sportkleidung stand. Er stand aufrecht da und erwies der Hymne seinen Respekt.

Sie hatte sich ein Buch besorgt, *Baseball für Dummies.* Sie hatte jeden Abend seit dem gemeinsamen Essen darin gelesen. Holly hatte sich nie für Baseball interessiert und wusste wenig darüber. Aber nun immerhin um einiges mehr als noch vor vier Tagen.

Immerhin waren es nur noch zwei Tage bis zu ihrem Date im Playland. Sie wollte nicht dumm wirken und viele ignorante Fragen über den Sport stellen. Also las sie. Sie war sich sicher, dass sie inzwischen einen ‚Ball' von einem ‚Strike' unterscheiden konnte und ein ‚Hit-and-Run' von einem ‚Bunt'. Holly pries ihre Waren an, als sie die Stufen hinauf- und hinunterstieg.

„Hot Dogs! Kaufen Sie Hot Dogs!"

Dan ging zum Mound und warf einige Pitches mit Matt Jackson zur Erwärmung, bevor der erste Batter erschien. Sie erinnerte sich, dass die Heimmannschaft die ‚Last Licks' bekam, das heißt, sie durften im letzten Inning des Spiels schlagen, und die Auswärtsmannschaft schlug dafür im ersten Inning, also jetzt. ‚Last Licks' hieß diese Regel schon, als sie noch zur Grundschule ging.

Ihr Herz raste, als sie zusah, wie der große Mann Anlauf zum Wurf nahm. Sie war gefangen zwischen dem Verlangen, ihre Augen zu schließen, vor Angst, es könnte ein ‚Ball' werden, also ein Fehlwurf außerhalb der Strike Zone, und ihrem Wunsch, ihm bei der Arbeit zuzusehen. Schließlich entschied sie sich für einen Mittelweg und hielt ein Auge geöffnet. *Bäm!* Erster Strike. Sie klatschte in die Hände. Als die Leute um sie herum sie anstarrten, ließ sie ihren Kopf hängen und eilte die Treppe hinunter zu einem Mann, der etwas kaufen wollte.

Eine kühle Brise linderte ein wenig die Julihitze, als die Teams ihren Kampf auf dem Feld austrugen. Es stand unentschieden – Null zu Null. Sie erkannte dies aus ihrem Buch als ‚Pitcher's Duel'.

Grimmige Entschlossenheit spiegelte sich auf Dans Gesicht und ließ sie einen Moment innehalten, um ihm zuzusehen.

„Jetzt schlägt ‚Lucky' Larry Caterson, Lady. Er schafft es immer, bei Alexander einen Run hinzulegen", sagte er Zuschauer in der Nähe von Holly.

Sie nickte. „Heute vielleicht nicht", antwortete sie und kreuzte hinter dem Wagen ihre Finger.

Es gab einen lauten Knall. Caterson hatte den Ball getroffen. Er segelte immer weiter nach oben und raste auf den Warning Track zu, den Warnstreifen, der einem Outfielder die unmittelbare Nähe des Zauns signalisierte, wenn er versuchte, den Ball zu fangen. Chet

Candeleria im Right Field rannte rückwärts, die Augen immer auf den Ball gerichtet. Die Flugbahn änderte sich und der Ball begann zu fallen, als der Feldspieler in die Luft sprang, die Arme bis zum Anschlag ausgestreckt, den Handschuh geöffnet. Er schloss sich, als der Spieler auf seine Knie fiel, von der Kraft des Schlags heruntergedrückt und aus der Balance gebracht. Er stand auf und wedelte mit seinem Fang herum, dann galoppierte er zur zweiten Base, um Dan den Ball zurückzuwerfen. Die Fans tobten.

Holly hatte nicht bemerkt, dass sie ihren Atem angehalten hatte. Ein Lächeln umspielte ihre Lippen, als die Luft entwich.

„Auf jeden Fall nicht heute, Lady", sagte der Mann grinsend.

Sie strahlte den Pitcher an. Und wie als seien sie telepathisch verbunden drehte er sich zu ihr um und sah zu ihr hoch.

Peinlich berührt sprang Holly auf und zog ihren Wagen an ihren Bauch heran. „Hot Dogs! Kaufen Sie Hot Dogs!", rief sie und ging die Treppe wieder nach oben.

Dan überlistete auch die nächsten beiden Schlagmänner und nun waren die Hawks an der Reihe, ihren eigenen Batter aufs Feld zu schicken. Nat Owen bekam ein Strikeout, aber Skip Quincy schaffte einen Walk, konnte also zur ersten Base gehen, da der Pitcher der Sharks viermal hintereinander einen ‚Ball' geworfen hatte. Bobby Hernandez schlug einen ‚Sacrifice Bunt' ins Right Field, damit Skip auf die zweite Base vorrücken konnte. Danach schlug Jake Lawrence einen in die Tribüne und die Nighthawks lagen nun in Führung – Zwei zu Null.

Holly feuerte sie an, auch wenn es schwierig war, hinter dem Wagen auf und ab zu springen. Die erste Hälfte des nächten Innings würde wieder das auswärtige Team schlagen. Danach, in der Mitte des siebten Innings, war es Tradition, innerhalb von etwa zehn Minuten einige Dehnübungen zu machen. Auch die Zuschauer wurden nun animiert, sich noch schnell mit Snacks einzudecken, denn der Verkauf würde nach dem traditionellen ‚Seventh Inning Stretch' eingestellt werden. Dan schritt zum ‚Pitcher's Mound'. Nachdem Holly einem Kunden drei Hot Dogs in die Hand gedrückt hatte, stand sie still da und sah ihm zu. Als die Fans aus Miami sich hinsetzten, schaute er auf und ihre Blicke trafen sich. Er hob kurz seine Kappe zum Gruß und lächelte.

Sie kicherte, als ein Kribbeln durch ihren Körper schoss.

Die Fans in ihrer unmittelbaren Umgebung suchten nach der Person, die er gegrüßt hatte.

„Das kann sie nicht sein. Sie ist die Hot-Dog-Lady", sagte eine Frau zu einem Mann neben ihr.

„Sie ist so heiß wie die Hot-Dogs, die sie verkauft", antwortete er.

„Sie ist es. Sie ist es. Hey, Lady, können Sie für mich ein Autogramm besorgen?" Ein anderer Mann hielt ihr ein Stück Papier entgegen.

Holly blickte wütend erst zu ihm und dann zu Dan, der weiter grinste. Dann ging sie die Treppe weiter nach oben. Die Kamera zoomte auf sie zu und zeigte ihr Bild auf dem großen Bildschirm. Zum Glück hatte sie der Kamera den Rücken zugedreht, als sie sich auf der Tribüne nach oben bewegte.

„Hot Dogs! Kaufen Sie Hot Dogs!"

Sie nutzte jede freie Minute, um den Fortgang des Spiels zu beobachten und hoffte, dass Bud es nicht bemerken würde. Dan beherrschte es meisterhaft und wirkte auf dem Mound kühl wie Eis, vollkommen konzentriert. Er und Matt Jackson waren wie eine gut geölte Maschine. Einmal, als gerade zwei Balls und ein Strike geworfen worden waren, nahm Matt eine Auszeit und ging zu dem Pitcher. Sie sprachen kurz miteinander. Danach warf Dan einen Sinker, der kurz vor dem Schlagmann durch eine starke Drehung nach unten sank. Strike.

Holly konnte nicht anders – sie war beeindruckt. Dan ließ einen Homerun durch, die anderen acht gegnerischen Schlagmänner bekamen entweder ein Strikeout oder Groundout – sie erreichten nicht einmal die erste Base. Die Nighthawks gewannen zwei zu eins. Als er auf seinem Weg zurück zum Dugout in die Tribüne schaute, zeigte sie ihm gehobene Daumen. Er nahm noch einmal seine Mütze ab, dann verschwand er in der Menge von Glückwünschen, Schulterklopfen, Faustchecks und High-Fives seiner Teamkameraden.

Holly gab ihren Wagen ab und ging nach Hause. Dan Alexander beanspruchte zu viel ihrer Zeit und Aufmerksamkeit. Wenn er pitchte, konnte sie gerade so Senf und Ketchup auseinanderhalten, mit Zwiebeln oder ohne, wenn sie einen Hot Dog verkaufte. Sie wollte ihm nur noch dabei zusehen, wie er ausholte und warf. Selbst wenn er am Schlagen war, konnte er hin und wieder einen Single herausschlagen.

Übermorgen hatten sie ihr *Date* im Playland. Sie würde Lisa zwischen sie schieben und ihn danach abblitzen lassen, eine Ausrede erfinden. Er hatte erwähnt, dass er sie gerne in einen Club mitnehmen würde, nachdem sie Lisa abgesetzt hatten. Sie hatte sich darauf gefreut, sogar ein Kleid bei Maria's Fashions dafür gekauft. Aber nicht jetzt. Sie mochte ihn zu sehr. Sie wollte ihn nicht mit ihren Problemen belasten.

Beim Abendessen redeten sie viel über Dans Gewinn diesen Nachmittag. Bud beschrieb Nancy einige der Spielzüge, die interessiert zuhörte. Lisa war wie immer gelangweilt, aß schnell auf und fragte, ob sie gehen könne. Holly war still. Sie hörte Bud gerne zu, wie er das Spiel beschrieb, und ihr war nicht nach Reden zumute. Was sollte sie schon sagen?

„Ich bin etwas müde. Ich würde gerne auf mein Zimmer gehen", sagte Holly.

„Aber natürlich. War das Essen ausreichend?", fragte Nancy.

„Ich bin nicht sehr hungrig", sagte die junge Frau.

„Ich kümmere mich um den Abwasch. Ruh dich aus. Du siehst fertig aus", sagte Bud.

Holly schloss die Tür hinter sich, zog sich aus und legte sich aufs Bett. Sie brauchte freundschaftliche Unterstützung. Sie nahm ihr Handy und wählte Jorys Nummer.

„Wie zur Hölle geht's dir?"

„Ganz okay. Bud und Nancy sind großartig. Bitte danke Nan nochmal von mir. Ihr Zuhause ist besser als mein richtiges."

„Das meinst du doch nicht ernst."

„Doch, tue ich. Aber vielleicht war das auch meine Schuld. Ich war ziemlich unausstehlich als Teenager", sagte Holly.

„Ich habe gestern das Spiel verfolgt. Hat der Pitcher etwa dich gegrüßt?"

„Ähm, ja."

„Wow! Dan Alexander ist an dir interessiert?"

„Nicht wirklich. Ich bin nur eine Ablenkung. Das Hot-Dog-Girl."

„Ja, klar. Als würde ich dir das abkaufen. Hast du in letzter Zeit mal in den Spiegel gesehen?"

„Okay, vielleicht ist da schon eine gewisse Anziehung vorhanden."

„Und bei dir auch?"

„Ich weiß, ich sollte nicht. Aber er ist so heiß, und so nett!"

„Sei vorsichtig, Holly. Wenn die Kamera voll auf dein Gesicht draufhält, und sei es nur einmal ... Ich meine, Flash Kincaid schaut vielleicht zu."

„Er liebt Baseball. Und ist ein Fan der Nighthawks."

„Bitte, geh kein Risiko ein", sagte Jory.

„Werde ich nicht."

Jory brachte Holly auf den neuesten Stand, was die Gerüchteküche in Pine Grove anging, und wie es ihrem Mann Trent ging.

„Ich muss Schluss machen. Habe morgen ein Spiel", sagte Holly.

„Gute Nacht. Sei vorsichtig."

„Danke, Jory. Du hast mein Leben gerettet."

Holly legte auf und legte sich aufs Bett. Sie kaute auf ihrer Lippe und dachte darüber nach, wie sie den Kameras ausweichen könnte. Sie konnte Dan nicht sagen, dass er sie nicht grüßen sollte, wenn er pitchte.

„Hey, Dan, wie wär's, wenn du mich ignorierst, wenn du spielst? Weißt du, die Kamera könnte auf mich draufzoomen, und der Mann, der mich umbringen möchte, damit ich nicht gegen ihn aussagen und ihn hinter Gitter bringen kann – wo er hingehört – würde mich erkennen und verfolgen."

Allein der Gedanke daran versetzte sie in Panik. Sie stellte sich den Schock in seinen Augen vor, und wie er sich von ihr entfernte. Wenn sie ihn wirklich loswerden wollte, würde das vermutlich ausreichen. Nein, sie musste einen anderen Weg finden. Vielleicht sollte sie sich verkleiden. Die Vorstellung von ihr, wie sie Schnauzbart mit Brille trug, brachte sie zum Kichern. Sie schloss ihre Augen. Morgen würde sie eine Antwort finden. Bis dahin musste sie sich ausruhen.

MORGENS KAM IHR EINE Idee. Sie borgte von Nancy eine Schere und erfand einen Grund, schon früh ins Stadion zu gehen. Das Spiel würde erst um zwei beginnen, aber sie war schon mittags da. Sie trat in die Damentoilette ein, setzte ihre Kappe ab, blickte in den Spiegel und atmete tief durch. Es reichte nicht aus, dass sie ihre Locken gefärbt hatte. Es war Zeit für drastischere Maßnahmen.

Sie griff sich ein Haarbüschel und öffnete die Schere. *Schnipp!* Sie schnitt es etwa auf Höhe ihres Ohrläppchens ab. Ihre Augen wurden weit, und sie keuchte auf. Jetzt konnte sie nicht mehr aufhören – sie musste weitermachen, solange sie den Mut dazu hatte.

Es dauerte nur ein paar Minuten, ihr Haar kurz zu schneiden. Sie stopfte die abgeschnittenen Enden in den Mülleiner. Sie zitterte, als sie in den Spiegel blickte und immer wieder zu sich selbst sagte: „Es sind nur Haare. Sie werden nachwachsen. Es sind nur Haare. Sie werden nachwachsen."

Aber als ihr bewusst wurde, was sie getan hatte, füllten sich ihre brennenden Augen endgültig mit Tränen. Sie schluchzte. Sie ließ sich auf den Toilettensitz sinken, bedeckte ihr Gesicht und heulte laut los. Sie erwartete nicht, dass sie jemand hören würde, zwei Stunden vor dem Spiel.

Das Knarren ungeölter Angeln erweckte ihre Aufmerksamkeit. Sie schniefte und rollte sich etwas Toilettenpapier ab, um sich die Nase zu putzen. Jemand kam herein.

Dann hörte sie eine tiefe Stimme sagen: „Hallo? Hey, also, ja, ich bin ein Kerl, aber, sind Sie in Ordnung?"

Es war Dan Alexander. Sie legte ihre Hände über ihren Mund.

„Hallo? Lady?"

Sie hörte, wie sich ihr Schritte näherten und wischte ihr Gesicht mit ihrem Handrücken ab. Ein Schatten fiel über ihre Beine. Sie flüsterte ein schnelles Gebet und blickte zu ihm auf. Besorgte Augen schauten zu ihr zurück.

„Holly! Was hast du gemacht?"

Ihre Augen wurden erneut feucht, als sie darum kämpfte, ihre Emotionen unter Kontrolle zu bekommen. „Ich habe mir die Haare geschnitten."

„Geht man als Frau da nicht normalerweise zum Friseur?"

„Naja ..."

„Ich meine, wie viele Frauen schneiden sich ihre Haare auf der Stadiontoilette?"

„Ähm, vermutlich nicht allzu viele." Ihre Tränen wollten nicht versiegen.

„Was ist denn los?" Seine Sorge um sie schien ehrlich zu sein.

„Ich bin nicht verrückt. Du musst nicht in der Klapse anrufen oder so."

„Warum hast du das dann getan?"

„Das kann ich dir nicht sagen. Ich musste es tun. Und zwar jetzt."

„Wenn du es mir nicht sagen willst, kann ich dich nicht dazu zwingen. Ich dachte aber, wir wären Freunde …" Er entfernte sich langsam.

„So ist es nicht. Ja, wir sind Freunde. Darum geht es nicht. Bitte, vertrau mir. Du möchtest das sowieso nicht wissen", plapperte sie, stand auf und folgte ihm, als er sich der Tür näherte.

Er hielt inne. Ein Lächeln stahl sich auf seine Lippen. „Es sieht schon süß aus."

Sie drehte sich herum, um sich im Spiegel zu betrachten. Ihr Haar, das kurz zuvor noch lang und üppig gewesen war, sah nun eher wie eine lange Mütze aus, die auf ihrem Kopf saß. Er legte seine Hand auf ihren Kopf und wuschelte ihr durchs Haar. Gefühle drückten ihr die Kehle zu. Sie hasste diesen Look, aber er sah das offensichtlich anders.

„Du siehst zwar aus wie eine Zwölfjährige, aber es ist nicht schlecht. Vielleicht solltest du eine Friseurin nochmal nachschneiden lassen."

„Dir gefällt es?"

Er nickte. „Ja. Es sticht heraus. Jede Frau hat dieselben langen Haare, weißt du, was ich meine?"

Sie hatte noch nie so darüber gedacht. Mit seinem Daumen fing er eine Träne auf, die einfach nicht von ihrem Gesicht heruntertropfen wollte. Sie bauschte die kümmerlichen Reste ihrer Locken mit ihren Fingern auf.

„Morgen im Club will man bestimmt deinen Ausweis sehen."

„Das ist schon okay. Ich habe einen."

„Bei dir ist jetzt alles in Ordnung?" Er zeigte ihr ein sexy Grinsen.

Sie nickte.

„Gut. Ich muss jetzt los", sagte er und öffnete die Tür. „Hey, erzähl niemandem von den Jungs, dass ich hier war, okay?"

„Vielleicht." Seine Augen wurden weit, aber sie winkte ab und lachte. „Dein Geheimnis ist bei mir sicher aufgehoben."

Er küsste ihre Wange und machte sich auf den Weg zur Umkleide. Holly berührte den Punkt, wo seine Lippen sie eben noch berührt hatten, auch wenn es noch so kurz gewesen war, und seufzte.

Sie setzte ihre Kappe wieder auf. Nun saß sie besser als vorher, wo sie ihre Haare darunter hatte stopfen müssen. Sie sandte Jory eine Textnachricht:

Hab mir die Haare abgeschnitten. Flash wird mich so niemals erkennen.

Jory antwortete:

Du hast jetzt eine Glatze???

Holly kicherte und tippte.

Nee. Nur kurz. Sieht eigentlich gar nicht so schlecht aus. Dan gefällt's.

Dan? Was hat der denn damit zu tun?

Lange Geschichte. Ich erzähl's dir heute Abend.

Okay. Ich werde nach dir Ausschau halten.

Holly ließ ihr Handy in ihre Hosentasche gleiten und ging zur Warenausgabe. Nun hieß es, aufladen und loslegen.

DAN WAR VERWIRRTER als jemals zuvor. Was zur Hölle machte sie da, schnitt ihre Haare auf der Frauentoilette? Und sie sagte ihm nicht, warum. Er dachte, das Abendessen bei den Magees würde ihn mit genügend Infos versorgen, um sich ein Bild von ihr zu machen, aber es hatte nur noch mehr Fragen aufgeworfen. Ihre Anziehungskraft auf ihn hatte es allerdings kein bisschen verringert.

Cal Crawley steckte seinen Kopf in die Tür. „Bunt-Training, Dan."

Dan zog sich um und folgte Matt Jackson auf das Trainingsfeld hinten. Mehrere Pitcher waren schon da.

„Wo ist Riley? Er sollte das doch eigentlich machen. Ich muss in einer halben Stunde raus aufs Feld“, fragte Matt.

Der andere Catcher tauchte auf. „Sorry.“

„Viel Glück, Matt“, sagte Dan und gab seinem Freund einen leichten Schlag auf die Schulter.

„Schauen wir mal, ob du es heute schaffst, den Ball ordentlich hinzulegen“, antwortete er und grinste.

Dan fand es schwer, sich zu konzentrieren. Seine Bunts mussten besser werden, aber dafür schien heute nicht der Tag zu sein. Er erwischte sich dabei, wie er immer wieder zur Tribüne herüberschaute und versuchte, einen Blick auf Holly zu erhaschen.

„Komm schon, Dan. Du machst überhaupt keine Fortschritte“, sagte Riley.

„Ja, ja. Das ist nicht gerade meine Stärke.“

„Umso mehr Grund, zu trainieren.“ Riley hockte sich hin. Einer der Relief Pitcher holte aus und warf den Ball in die Mitte der Strikezone, dem Bereich zwischen Brust und Knie des Batters. Dan nahm seine Position ein, aber der Ball traf den Schläger und flog nach oben. Der Pitcher lief ihm nach und fing ihn auf.

„Du bist Out. So soll es nicht sein“, sagte Riley.

„Ich weiß, ich weiß.“

„Was ist los?“ Riley stellte sich neben Dan und folgte seinem Blick. „Das Hot-Dog-Mädchen?“

„Was weißt du über sie?“, knurrte Alexander.

Riley lachte. „Über sie weiß doch jeder Bescheid. Vielleicht, weil du während des Spiels immer auf sie hinweist.“

Verlegenheit ließ Dans Gesicht glühen. Er hatte nicht bemerkt, wie viel Aufmerksamkeit seine kleinen Stunts erregt hatten, vor allem bei seinen Teamkameraden. „Okay, okay. Lass es uns nochmal versuchen.“

„Wir wiederholen das so lange, bis du einen aufs Feld knallst, den der Pitcher nicht mehr fangen kann“, sagte Riley, schob sich einen Kaugummi in den Mund und zog seine Catcher-Maske übers Gesicht.

Dan nahm den Schläger zur Hand und ging wieder in Position.

„Bleib mit deinem Kopf beim Spiel, Alexander", sagte Riley beim Kauen.

Dan wusste, dass der Catcher recht hatte. Er konnte es sich nicht leisten, sich von einer Frau ablenken zu lassen. Je besser er traf, eine Base erreichte, oder einen ihrer Runner mit einem Bunt weiterbrachte, desto wahrscheinlicher war es, dass man ihn weiter spielen ließ. Wenn er im Schlagen besser wurde, auch wenn das nicht seine Hauptaufgabe war, dann könnte er bei den nächsten Vertragsverhandlungen mehr Geld herausschlagen.

Dan war klar, dass er mit Glück noch fünf Jahre pitchen konnte. Also musste er so viel Geld wie möglich in dieser Zeit verdienen. Er wusste noch nicht, was er nach seiner Karriere tun würde, aber was auch immer es sein würde, Geld würde dabei sicherlich helfen.

Er atmete tief durch und konzentrierte sich ganz auf den Ball. Langsam kam er wieder in die Zone. Der Pitcher holte aus und warf in hohem Bogen ins Out. Dan schwang den Schläger nicht.

„Worauf wartest du? Eine Einladung mit Gravur?", grollte Riley.

„Ich werde einen ‚Ball' doch nicht schlagen, Arschloch."

„Wen nennst du hier ein Arschloch?"

„Dich natürlich."

Riley stand auf. „Das Training ist für dich vorbei. Verzieh dich."

„Kommt schon, Jungs. Beruhigt euch." Ein Pitcher kam vom Mound und legte je eine Hand auf die Schulter der beiden. Er sprach leise mit ihnen.

Dan ging wieder zurück auf die Home Base und Riley hockte sich wieder hin. Er warf wieder und wieder, bis Dan drei gute Bunts schaffte. Auch wenn er Schlagtraining jeder Art verabscheute, weil er einfach nicht gut darin war, wusste er, dass er auch das meistern musste.

„Gut gemacht, Alexander. Du bist erlöst. Der Nächste?", sagte Riley, spuckte seinen Kaugummi aus und wickelte schon einen neuen aus seinem Papier.

Dan übergab dem Batboy den Schläger.

Er war überrascht, wieviel Schweiß er allein bei seinen Versuchen, den Ball zu bunten, produziert hatte. Er schnupperte kurz an seiner Achselhöhle und ging zur Umkleide, um zu duschen. Nachdem er damit fertig war, zog er sich saubere Spielkleidung an und ging zu seinem Team, um den Rest des Spiels vom Dugout aus zu verfolgen.

Während die anderen sich auf die Philadelphia Bucks konzentrierten, die gerade drei zu zwei gegen sie gewannen, schaute Dan auf die Tribüne und hoffte darauf, Holly zu entdecken.

„Du kannst nicht mitspielen. Hast deine fünf Dollar nicht gesetzt", sagte Skip Quincy.

Dan grinste. „Schon okay. Dann gewinnt ausnahmsweise mal jemand anders."

„Du denkst, du hast es drauf, hmm?" Skip hob eine Braue.

„Ich halte nun mal den Rekord beim Ausspähen heißer Mädels, also ja, ich schätze, das tue ich."

Skip lachte. „Da hast du wohl recht."

Als er Holly sah, ließ er seine Augen nicht mehr von ihr. Mit einem Teil seiner Aufmerksamkeit beim Spiel und dem Rest bei seinem Mädchen. Aber sie war nicht sein Mädchen. Wollte er das denn überhaupt? Es war zu früh, das zu sagen. Morgen, wenn sie den Tag im Vergnügungspark verbracht hatten, und den Abend anderen Vergnügungen widmen würden, dann würde er es wissen. Zumindest hoffte er das.

Kapitel Sechs

Holly fuhr sich mit einer Bürste durch ihre kurzen Locken. Zumindest brauchte sie wenig Zeit für ihren neuen Look. Sie trug enge Jeans und ein türkises, rund ausgeschnittenes T-Shirt. Mit einem so jungenhaften Bob hoffte sie, ihr Busen würde klar machen, dass sie eine Frau war.

Sie holte tief Luft, als sie sich an den abwegigen Blödsinn erinnerte, den sie gestern erzählt hatte, als sie zu den Magees zurückgekehrt war, mit kurzen Haaren. Nancy hatte es für sie nachgeschnitten. Als sie in die Augen der älteren Frau geblickt hatte, war Holly klargeworden, dass sie sie nicht hatte täuschen können. Nancy hatte ihr einen wissenden Blick zugeworfen und genickt, aber sie hatte nicht gelächelt. Lisa fand Hollys neue Frisur großartig und hatte ihre Mutter angebettelt, dass sie sich auch die Haare schneiden lassen durfte. Nancy hatte nachgegeben. Es waren schließlich nur Haare.

Ein wenig Extra-Mascara und Eyeliner gaben Hollys Aussehen etwas Dramatisches. Der neue Schnitt war chic und hob sie aus der Masse heraus. Dan hatte recht. Oder hatte er ihr nur schmeicheln wollen und hatte ihr das Blaue vom Himmel erzählt? Hasste er ihre neuen Haare, dachte, sie wäre verrückt, dass sie ihm nicht gesagt hatte, warum sie das tat? Sie zitterte. *Ich muss auf ihn völlig gestört wirken.* Heute würden sie ins Playland gehen. Sie würde mitspielen und sich verziehen, wenn sie heimkehrten.

Er hatte ihr versprochen, sie danach noch zu einem Club mitzunehmen, aber sie bezweifelte, dass er es wirklich ernst meinte. Vor allem nach dieser Situation mit der Schere. Das war schon okay.

Er spielte ohnehin weit jenseits ihrer Liga. Warum sollte er mit dem Hot-Dog-Girl ausgehen? Natürlich würde das nicht passieren. Er war nur höflich. Oder?

Lisa klopfte an ihre Tür. „Sarah ist da. Bist du fertig?"

„Komme", rief Holly.

Die zwei Mädchen flüsterten miteinander, schrieben Nachrichten auf ihren Handys und kicherten, als Holly zu ihnen kam.

„Hi, Sarah, schön dich zu treffen."

Nancy stand da und räusperte sich. „Bitte setzt euch, Mädels. Wir müssen die Grundregeln besprechen."

Lisa stöhnte auf. „Mom! Nicht jetzt!"

Holly hob ihre Hand. „Hör mal, wenn du deiner Mutter nicht zuhörst, tust, was sie dir sagt, und sie mit Respekt behandelst, dann endet dieser Ausflug bereits hier."

Lisa lehnte sich zurück. „Okay, okay."

Nancy grinste Holly an und sagte: „Erstens, hör auf Holly und mach, was sie sagt, ohne Nachfragen! Zweitens, ihr müsst zusammenbleiben. Ihr könnt nicht getrennt Attraktionen besuchen, ohne dass entweder Holly oder Dan mitkommen. Und ihr bleibt auch nicht alleine. Bleibt immer beieinander, oder bei Holly oder Dan. Und drittens, übertreibt es nicht mit dem Süßkram. Eis ist okay, aber Zuckerwatte *und* Liebesäpfel geht nicht – davon esst ihr nur eins. Viertens, ihr geht, wenn Holly und Dan sagen, es ist Zeit. Fünftens, geht nicht einfach mit jemandem davon, selbst wenn ihr einen Freund trefft. Ist das alles?" Sie drehte sich zu Holly um.

„Das scheint das Wichtigste zu sein. Alles behalten, Mädels?"

Sie nickten. Sarah antwortete: „Jawohl."

Es klingelte an der Haustür. Lisa drückte den Buzzer, und die Mädchen hüpften auf und ab und quietschten vor Freude.

„Ich kann's nicht fassen, dass Dan Alexander mit uns mitkommen wird!", rief Sarah. „Er ist so riesig!"

„Und alt genug, um euer ... naja, euer älterer Bruder zu sein." Nancy drohte mit dem Zeigefinger.

„Er kommt nur mit, weil Holly dabei ist. Er steht auf sie", sagte Lisa.

Holly fühlte, wie ihre Wangen rot wurden. Die Aufmerksamkeit der Gruppe wurde von einem Klopfen an der Wohnungstür abgelenkt. Lisa zog sie auf.

„Kommt, Ladies. Ich habe in der zweiten Reihe geparkt", sagte Dan und hielt einen Moment inne, um ausgiebig Hollys Figur zu bewundern.

Sein Blick ließ Hitze in ihr aufsteigen. Sie starrte ihn an. Er trug ein kurzärmliges, hellgrünes Sporthemd, den obersten Knopf hatte er offengelassen, und ein wenig Brusthaar lugte darunter hervor. *Kein Unterhemd!* Die Farbe passte zu den grünen Tupfern in seinen haselnussbraunen Augen. Seine beigen Hosen lagen eng an seinen Hüften.

Mit gekämmten Haaren und einer frischen Rasur sah er wie ein hübscher Kerl aus der Vorstadt aus, der mit seiner Tochter und ihrer Freundin einen Ausflug machen wollte. Ein Hauch seines sexy Aftershaves stieg ihr in die Nase. Der irgendwie erdige Geruch gefiel ihr, genauso wie der Gedanke, dass er so attraktiv wie nur möglich für sie sein wollte. Und damit hatte er Erfolg.

Holly nahm ihre Handtasche, umarmte Nancy und komplimentierte die Teenager aus der Wohnung. Dan öffnete die hinteren Türen des Autos für die Mädchen und vorne für Holly. Sie glitt in seinen eisblauen SUV von BMW. Die Ledersitze hatten noch diesen neuen, luxuriösen Geruch.

„Schnallt euch an. Du auch", sagte er und sah zu Holly.

Sie leckte ihre Lippen. Er sah hinter dem Steuer so souverän aus wie auf dem Mound. Die Muskeln seiner Unterarme bewegten sich, als er anfuhr und das Steuer drehte. Innerhalb von Sekunden zischten sie den West Side Highway entlang auf ihrem Weg zum Rye Playland.

Holly erklärte ihm die Regeln, die Nancy aufgestellt hatte, und er stimmte zu. Sie öffnete das Fenster an ihrer Seite, um die Luft des späten Frühlings hineinzulassen. Die Temperatur war perfekt, weder zu heiß noch zu kalt. Die frische Brise ließ sie mit sich davonfliegen. Für diesen einen Tag war sie nicht auf der Flucht, oder ein Hot-Dog-Girl, sondern das Date von einem fabelhaften Profi-Baseballspieler, auf dem Weg zu einem spaßigen Abenteuer voller Fahrten mit viel Geschrei, süßer Zuckerwatte und unter ganz normalen Leuten sein.

Sie lehnte sich zurück und war entschlossen, jede einzelne Minute zu genießen. Letzte Nacht, in der Dunkelheit, hatte sie der Wahrheit nicht mehr entkommen können. Es war ihr Schicksal, sich dem Staatsanwalt zu stellen, denn sie musste das Richtige tun, und sie konnte sich nicht für immer verstecken. Aber jetzt, in diesem Moment, würde sie loslassen, sie selbst sein, und Spaß haben. Ein Lächeln wollte ihre Lippen nicht verlassen.

Dan streckte seinen Arm zu ihr aus und drückte ihre Hand, während er sie anlächelte. Seine Berührung wärmte mehr als nur ihre Finger. Sie konnte die Chemie zwischen ihnen nicht länger verleugnen. Sie würde nachgeben, sich amüsieren, auf der Welle mitschwimmen, anstatt sich ihr entgegenzustemmen. Sie würde heute Dan Alexanders Freundin sein – und über das Morgen nicht nachdenken.

Sie fuhren in die Straße ein, die zum Parkplatz führte. Dan bezahlte die Parkgebühren und sie verließen den Wagen. Der Geruch der alten, hölzernen Fahrgeschäfte mischte sich mit dem süßen Aroma von Zuckerwatte und Karameläpfeln. Das Geräusch der Achterbahnwagen ging unter den Schreien der Insassen unter. Die Luft knisterte vor Vorfreude.

„Ich möchte auf die Wild Mouse und den Dragon Coaster", sagte Lisa.

„Und den Tilt-A-Whirl und dieses Ding, wo man auf Baumstämmen im Wasser sitzt“, fügte Sarah hinzu.

Dan führte sie zum Kiosk, wo die Tickets verkauft wurden. Er zeigte ihre goldene Eintrittskarte vor und erhielt ein Büchlein voller Tickets für jeden von ihnen. Sie liefen den Hauptweg entlang und schauten sich um.

Holly war noch nie zuvor in einem Vergnügungspark gewesen. Sie fand die altmodische, kitschige Atmosphäre bezaubernd. Mädchen von der Park Avenue gingen nicht in Vergnügungsparks, wo sich das gewöhnliche Volk tummelte. Tatsächlich gingen sie überhaupt nicht an solche Orte. Sie starrte die Fahrgeschäfte an, die Imbissbuden, die Menschenmassen und sie atmete ihn tief ein, den ganz eigenen Geruch von Playland. Die Musik, die Geräusche, Schreie und die Lawine an Gerüchen prasselte auf sie ein, überwältigte und beglückte sie.

Sie wurde von all diesen Dingen mitgerissen, und erklärte bei jeder Attraktion, dass sie darauf fahren wollte. Dan verflocht seine Finger mit ihren.

„Du bist zum ersten Mal hier?“, fragte er.

Sie nickte.

„Du warst noch nie zuvor im Playland?“, warf Lisa ein.

„Wo bist du aufgewachsen?“, fragte Sarah.

„New York City.“

„Auf jeden Fall eine unterprivilegierte Kindheit“, sagte Dan. „Natürlich war ich auch noch nie hier. Aber dafür in anderen Vergnügungsparks.“

„Ich nicht. Das ist das erste Mal“, gab Holly zu.

„Okay, Mädels, wohin sollen wir sie als erstes mitnehmen?“, fragte Dan.

„Auf den Dragon Coaster!“ Die Mädchen schrien mit einer Stimme und deuteten nach rechts.

Sie gingen den breiten Weg entlang, hielten hin und wieder an, um Attraktionen zu bewundern, die Holly schon allein beim Zusehen übel werden ließen. The Whip sah unschuldig genug aus, bis der Wagen ans Ende kam. Es faszinierte sie. Es sah nicht ganz so überwältigend aus wie die anderen Fahrten.

„Hier ist es!", rief Lisa und zeigte auf ihr Ziel.

Dan schaute zu Holly. „Möchtest du?"

Sie nickte. „Ich kann die Kinder doch nicht in Verlegenheit bringen, wenn ich schon bei der ersten Fahrt kneife, oder?"

„Du kannst tun, was auch immer du willst, Süße", sagte er.

Sie wandte sich ihm schlagartig zu, genau im richtigen Moment, um zu sehen, dass er rot wurde. Vielleicht war ihm das „Süße" nur aus Versehen herausgerutscht? „Lass uns gehen", sagte sie und nahm seine Hand.

Sie stellten sich an der Schlange an und waren bald an der Reihe, auf den nächsten Wagenzug zu warten, der sie mitnehmen würde. Die Mädchen hüpften schon auf und ab.

„Das ist das beste hier", sagte Sarah.

„Und das gruseligste", fügte Lisa hinzu. „Vor allem, wenn man ganz vorne sitzt."

„Oh ja! Im ersten Wagen! Wir müssen da rein!", antwortete Sarah.

Hollys Magen drehte sich um. Sie war nicht bereit für ‚gruselig'.

„Du kannst jederzeit Nein sagen", flüsterte Dan.

Sie schüttelte ihren Kopf. Die Wagen fuhren ein, und die Mädchen rannten nach vorn zum ersten. Dan und Holly setzten sich in den Wagen direkt hinter ihnen. Holly ging zuerst, er folgte ihr. Der Mann, der für den Dragon Coaster zuständig war, sah müde aus. Er zog die Eisenstangen über ihre Gürtellinie und sicherte sie damit. Dann kehrte er zu der Schaltstelle zurück, warf ihr ein schwaches Lächeln zu und zog den großen, hölzernen Hebel zurück. Sie setzten sich langsam in Bewegung.

Dan ließ seinen Arm nach hinten um sie gleiten und seine Finger schlossen sich um ihren Oberarm. Der Wagen stieg und stieg immer weiter, höher und höher. Es schien niemals enden zu wollen. Hollys Herz begann schneller zu schlagen. In ihrem Hinterkopf dröhnte das alte Klischee „was hoch kommt, kommt auch wieder runter“. Ihr Griff um die Stange, die sie in ihrem Sitz hielt, wurde fester, bis ihre Knöchel weiß hervortraten.

Plötzlich fuhren sie waagerecht weiter, in einem Halbkreis. Ihre Geschwindigkeit erhöhte sich. Holly konnte die Abfahrt vor ihnen sehen. Panik durchschoss sie. Als der Wagen den vertikalen Fall begann, schrie sie aus voller Kehle.

Dan hielt sie fest an sich gedrückt. Eine ihrer Hände umklammerte die Eisenstange, während die andere sich in sein Hemd krallte. Und der Wagen raste weiter, runter, runter, runter. Es war, als würden sie direkt zur Erde fallen. Das Blut floss aus ihrem Kopf. Gerade als sie ihre Augen schloss, sicher, dass sie auf das Pflaster prallen und sterben würden, endete ihr Fall und der Wagen fuhr wieder aufwärts.

„Öffne deine Augen, Holly. Es ist okay. Das Schlimmste ist vorbei“, sagte Dan.

Die Mädchen im vordersten Wagen schrien und lachten einfach weiter. Holly klammerte sich an Dan, als hinge ihr Leben davon ab.

„Es ist okay, Süße. Es ist okay.“

Aber die Fahrt war noch nicht vorbei. Hoch und runter, dann einen gewundenen Pfad entlang in einen dunklen Tunnel. Holly schrie und vergrub ihr Gesicht an Dans Brust. Inzwischen hatte er sie komplett in seine Umarmung gezogen. Ihr Körper zitterte. Niemals zuvor in ihrem Leben hatte sie so viel Angst gehabt, außer als Flashs Männer gekommen waren, um sie zu holen.

Bevor sie noch einmal Luft holen konnte, war die Fahrt zu Ende. Der Wagenzug hielt an und die Stange hob sich. Holly versuchte, ihre zitternden Hände zu kontrollieren, und stolperte beim Aussteigen. Dan hielt sie fest und drückte sie an sich.

„Das war großartig! Ich will nochmal fahren", sagte Sarah.

„Ich auch", ließ sich Lisa vernehmen.

„Nochmal?" Holly bekam kaum Luft.

„Wir müssen uns einen Moment hinsetzen", sagte Dan, seinen Arm immer noch um Holly geschlungen. Er begleitete sie zu einer Holzbank. Sie ließ sich darauf fallen. Ihre Atmung war flach.

„Alles okay mit dir?", fragte Lisa.

„Ich bin zu Tode erschrocken. Und ihr wollt nochmal fahren?"

Die Mädchen nickten.

„Warum versuchen wir nicht etwas anderes? Wie können hierher zurückkommen, nachdem wir ein paar nicht ganz so wilde Fahrten ausprobiert haben", schlug Dan vor, der Holly besorgt ansah.

„Ich will keine Spielverderberin sein."

„Bist du auch nicht. Hier gibt's noch viel zu sehen", sagte er. „Lasst uns gehen."

„Wie wär's mit The Whip? Sieht aus, als könnte es Spaß machen", sagte sie.

Die Mädchen rümpften ihre Nasen, aber kamen trotzdem mit, denn so waren die Regeln. Holly stieg wieder zuerst ein, dann setzte sich Dan neben sie. Sie zogen die Stange nach unten und schon ging es los. Der Wagen stieß hierhin und dorthin, bis er zum Ende herumschwang, sich beschleunigte und Dan gegen Holly warf.

„Sorry", sagte er. Aber sie fand nicht, dass er aussah, als würde er es bereuen, gegen sie gedrückt zu werden. Sie lächelte und es störte sie überhaupt nicht, dass seine harten Muskeln gegen ihre Brust und Seite drückten. Wer hätte gedacht, dass The Whip so ein erotisches Abenteuer sein würde?

Danach hatten die Mädchen Hunger. Sie aßen Hot Dogs mit Senf, Relish-Würzsauce und Pommes Frites dazu.

„Bist du sicher, dass du einen Hot Dog essen möchtest?", fragte Dan, als er für das Essen bezahlte.

„Naja, vielleicht wäre ein Hamburger besser", kicherte Holly.

Während sie aßen, erkannten mehrere Umstehende Dan.

„Guck mal! Dan Alexander!“, rief ein Teenager.

Innerhalb von sechzig Sekunden hatten sich etwa ein Dutzend Menschen um Dan versammelt und baten um Autogramme.

„Entschuldigen Sie, Mrs. Alexander ...“, sagte eine Frau, einen Stift in der Hand, und versuchte, näherzukommen.

Dan schaute zu ihr, dann zu Holly.

„Oh, ich bin nicht seine Frau.“ Sie schüttelte ihren Kopf.

„Tut mir leid für ihn“, murmelte ein Teenager und betrachtete sie eingehend.

Dan lachte kurz auf und signierte für jeden, der danach fragte. Holly trat zurück und überließ Dan diesen wohlverdienten Moment im Rampenlicht.

„Sorry, Ladies. Ich sage nie nein zu einem Fan“, sagte Dan zu Lisa und Sarah.

„Verstehen wir“, antwortete Lisa.

Holly versteckte ein Lächeln hinter ihrer hohlen Hand.

Als Nächstes suchten sie eine schnelle Fahrt auf, die durch einen dunklen Raum mit unheimlichen Figuren führte, die auf sie zukamen. Die Frauen fürchteten sich, während Dan nur lachte. Dann ging es zu den Autoscootern. Sie verbündeten sich gegen Dan, fuhren ihn an und umzingelten ihn, sodass er nicht entkommen konnte.

„Okay, Mädchen, die nächste Fahrt sucht ihr aus“, sagte Dan.

„Dragon Coaster“, riefen Lisa und Sarah im Chor.

„Kann ich zuschauen?“, fragte Holly.

„Sicher. Ich bringe die Mädchen hin und warte, bis sie zurückkommen. Passt das für alle?“, schlug Dan vor.

Die Mädchen schafften es wieder, den ersten Wagen für sich zu beanspruchen. Dan lief die Rampe runter und setzte sich neben Holly.

„Ich weiß, du denkst, das ist die längste Achterbahn der Welt, aber sie werden in ein paar Sekunden schon wieder hier sein. Du wirst sehen“, sagte er, bevor er sich über sie lehnte und seine Lippen gegen ihre presste.

Holly war mehr als nur bereit für diesen Kuss. Sein Arm schlang sich um ihre Schultern und zog sie näher an sich.

„Nehmt euch ein Zimmer“, kicherte ein Mann, der gerade vorbeikam.

Dan löste sich von ihr und errötete. „Tut mir leid. Ich habe mich hinreißen lassen.“

Ich auch, aber das werde ich dir nicht sagen.

Bevor sie ihm antworten konnte, war die Fahrt der Mädchen schon vorbei. Er ging, um sie zu holen, und sie folgten ihm nach unten.

„Zuckerwatte“, brüllte Sarah.

„Zuerst das Riesenrad?“, fragte Dan.

„Okay“, antwortete Lisa.

Hollys Magen zog sich zusammen. Sie hatte Höhenangst, aber sie hatte sich schon wegen dem Dragon Coaster lächerlich gemacht und wollte diesmal nicht zurückstecken. *Vielleicht ist es ja kurz.* Sie und Dan bestiegen den Wagen direkt hinter den Mädchen.

„Die Aussicht wird fantastisch sein. Ich wette, wir können bis nach New York sehen“, sagte er und ließ seinen Arm um sie gleiten.

„Davon werde ich mit geschlossenen Augen nicht viel mitbekommen“, antwortete Holly.

Er hob seine Augenbrauen und drehte sich zu ihr. „Geschlossene Augen?“

„Ich habe Höhenangst.“

„Warum hast du nichts gesagt?“

„Ich wollte es nicht verderben. Ich komme schon klar.“

Aber als sie höher und höher stiegen, lagen ihre Nerven blank. Sie krallte ihre Finger so fest um die Stange, dass sie ein wenig weiß wurden.

„Du hast Todesangst“, sagte Dan.

„Nur ein bisschen.“

Er zog sie an sich und schloss seine Arme um sie. „Das tut mir so leid. Ich hatte keine Ahnung.“

„Es ist nicht deine Schuld.“

„Halt durch. Es wird bald vorbei sein.“

Sie schloss ihre Augen und vergrub ihr Gesicht an seiner Schulter. Er roch gut. Sein erdiges Aftershave, zusammen mit seinem ureigenen Körpergeruch wurden von der wunderbaren Hitze seines Körpers erwärmt. Holly wäre glücklich gewesen, könnte sie die nächsten zehn Jahre hier verbringen. Er küsste sie auf den Kopf.

„Alles okay bei dir?“

„Ja.“ Sie lenkte ihre Aufmerksamkeit auf seinen Körper und vergaß, wo sie sich befand.

„Wir kommen jetzt runter. Du kannst deine Augen wieder aufmachen.“

Und tatsächlich waren sie nur noch drei Wagen vom Boden entfernt. Sie lösten sich voneinander, gerade rechtzeitig um auszusteigen. Die Mädchen kicherten.

„Ihr habt die Fahrt in einen Liebestunnel verwandelt“, sagte Lisa.

„Nein, haben wir nicht. Holly hat nur Höhenangst, das ist alles.“

„Ganz schön praktisch“, sagte Sarah.

„Zuckerwatte?“ Dan nahm Hollys Hand.

Die zwei Teenager quietschten auf und rannten zur Verkaufsbude.

„Magst du das Zeug?“, fragte er.

„Ich hab es noch nie versucht“, antwortete Holly.

„Du hattest eine ziemlich schwierige Kindheit.“

Die Mädchen teilten sich einen der riesigen, klebrig-süßen Kegel. Holly kostete und verzichtete. Lisa und Sarah aßen den Rest und verklebten sich die Finger. Neben dem Zuckerwattestand gab es einen Souvenirladen. Dan griff in seine Hosentasche und holte seine Geldbörse hervor.

„Möchtest du ein Souvenir? Etwas, das dich an diesen Tag erinnert?", fragte er.

„Ich? Oh, nein."

Er hob die Augenbrauen.

„Ich könnte den heutigen Tag nie vergessen", sagte sie, und Farbe erhitzte ihre Wangen. „Lass uns Hände waschen gehen." Holly suchte nach den Toiletten.

Sie teilten sich auf, als Holly mit den Mädchen hineinging.

„Dan ist in dich verliebt", sagte Lisa, die Wasser über ihre Hände laufen ließ.

„Was? Nein, das denke ich nicht. Er kennt mich kaum."

„Er berührt dich immer wieder. Ich habe mal einen Artikel im Teen-Crush-Magazin gelesen - wenn ein Junge dich immer wieder berührt, dann heißt das, er liebt dich."

„Das stimmt nicht so ganz, Lisa. Dan und ich sind, naja, Freunde. Schätze ich. Ja. Freunde."

„Du kannst es ja leugnen. Wie du willst. Aber so stand es drin", beharrte Lisa und nahm sich ein Papierhandtuch.

Holly gab es nicht zu, aber sie mochte es, wie Dan sich um sie kümmerte. Es war lange her, dass sie so viel Zuwendung und Aufmerksamkeit bekommen hatte. Vielleicht hatte sie die noch nie erhalten.

Um vier war die Gruppe bereit, nach Hause zu fahren.

„Nachts ist es bestimmt cool hier", sagte Lisa.

„Ich wette, du hast recht. Und wenn du achtzehn bist, kannst du zurückkommen und es herausfinden." Holly lenkte die Mädchen zu dem geparkten Auto.

„Ich hatte wahnsinnig viel Spaß. Danke, dass du mich gefragt hast, Lisa. Und danke auch an Holly und Dan", sagte Sarah, als sie sich anschnallte.

„Gerne! Danke, Dan, dass du uns gefahren hast. Es war ein wunderschöner Tag. Ich hatte keine Ahnung, was ich bisher verpasst hatte." Holly wollte ihn küssen, aber da Lisa zusah, begnügte sie sich damit, seinen Arm zu drücken.

Er schaute zu ihr herüber, bevor er anfuhr. „Es war mir eine Ehre, Ladies. Ich war nicht mehr in einem Vergnügungspark, seit ich Indiana verlassen habe."

Etwas in der Art, wie er sie ansah, ließ Hollys Atem stocken, die Wärme in seinen Augen, sein Lächeln. Als sie das Apartment erreichten, gingen die Mädchen zuerst nach oben.

„Warte eine Sekunde", sagte Dan, der die Handbremse betätigte und eine Hand auf ihre Schulter legte.

„Ich werde in einer Minute oben sein!", rief Holly den Teenagern hinterher.

„Heute Abend. Wir gehen zusammen, richtig? Abendessen, dann der Club?"

„Liebend gerne. Aber ich muss mich vorher umziehen."

„Es ist noch Zeit. Soll ich dich um sieben abholen?"

„Das klingt perfekt."

Er lehnte sich zu ihr, um mit seinen Lippen ihre zu streifen. Dann presste er sie an sich, und der Kuss wurde leidenschaftlich. Holly schloss ihre Finger um seinen Hals und hielt ihn an sich fest. Er schmeckte süß, ein wenig wie Zuckerwatte. Als seine Zunge ihre berührte, öffnete sie sich ihm für einen tieferen Kuss. Ein Hupen brachte das Paar wieder in die Realität zurück. Der Mann, der an dem Gehsteig parkte, wollte herausfahren. Sie lösten sich langsam voneinander. Seine Augen waren verhangen mit Lust. Ein Schauer wanderte ihren Rücken herauf.

„Heute Abend. Sieben Uhr."

„Okay."

Sie stieg aus dem Wagen und schaute zu, wie er wegfuhr. Er winkte. Sie berührte ihre Unterlippe, dann hob sie ihre Handfläche, als er beschleunigte. Jeder Gedanke daran, ihn abzuweisen, hatte sich verflüchtigt.

Kapitel Sieben

Als Holly das Apartment betrat, erzählte Lisa ihrer Mutter gerade alles über ihren Tag. Die Mädchen lachten über Hollys Reaktion auf die Achterbahn. Lisa erzählte ausführlich von jeder Attraktion, die sie besucht hatten. Nancy saß gefesselt da; ihre Augen strahlten, als sie ihrer Tochter zuhörte.

„Und Dan steht auf Holly", sagte Lisa und beendete damit ihre Erzählung.

„Nein, das tut er nicht." Holly schüttelte ihren Kopf. „Ich muss mich jetzt umziehen."

„Du gehst noch aus?", fragte Nancy.

„Dan führt mich zum Abendessen aus. Dann gehen wir noch zum Tanzen in einen Club."

Die Teenager brachen in Gelächter aus. „Siehst du!"

Das Hot-Dog-Girl verschwand in ihrem Zimmer. Sie zog ein silbernes Kleid hervor, welches sie für den Abend gekauft hatte. *Naja, vielleicht schwärmt er ein bisschen für mich. Vielleicht ist er auch nur neugierig. Und vielleicht mag ich ihn ja auch.* Sie drängte die Gedanken aus ihrem Kopf, als sie sich unter die Dusche stellte. Heute Abend würde etwas Besonderes werden. Sie dachte, dass sie eine Nacht Spaß verdiente, nach so vielen Nächten voller Furcht.

Nachdem sie sich abgetrocknet hatte, kaute sie auf ihrer Lippe. Das teure Parfüm, das sie mit in das Zeugenschutzprogramm mitgenommen hatte, war zwangsweise in Pine Grove zurückgeblieben. Ihr Duschgel würde für heute ausreichen müssen. Würde so ein berühmter Typ wirklich auf diese abgespeckte Version von ihr stehen? Würde er ein schickeres Modell ihr nicht vorziehen? Sie zuckte mit den Achseln. Ihre Freundin Jory hatte ihr geraten, das Beste aus dem zu machen, was sie hatte, also hatte Holly ihre Zweifel beiseite geschoben und schlüpfte in ihre Unterwäsche. Sie hatte ein Set mitbringen können, einen wunderschönen, pinken BH mit passendem Höschen. Sie lachte leise. Immerhin hatte es mit Sicherheit nicht viel Platz in ihrem Koffer in Anspruch genommen.

Einer der Vorteile ihrer kurz geschnittenen Haare war, dass sie nicht lange zum Trocknen brauchten. Sie benutzte ein Taschentuch, um ihr einziges Paar von Ausgehschuhen zu polieren – schwarze Lackledersandalen. Sie schlüpfte in das silberne Kleid, das ihr gerade über die Knie fiel. Sie konnte ihre Erziehung nicht ganz verleugnen, und in einem Kleid die Straße heruntertänzeln, welches so kurz war, das es auch als Tunika oder T-Shirt durchgehen könnte. Sie hatte sich in solchen Kleidern nie wohlgefühlt. Das ständige Herunterziehen, damit es etwas bedeckte, was es ohnehin nicht tun würde, ließ ihr keine Ruhe.

Heute brauchte sie nichts, um noch nervöser zu werden, als sie ohnehin schon war. Das war ein Date, ein echtes Date, mit einem fantastischen Mann. Ihre Nerven kribbelten. Es war zwei Jahre her, dass sie zum letzten Mal auf einem Date war – da hatten sie Flash verhaftet.

Und es war nicht mit irgendeinem Mann. Mit Dan Alexander, einem ganzen Kerl, berühmt, reich, perfekt – ein Mann, der normalerweise mindestens ein Filmsternchen datete. Das war ihre eine Chance, über sich hinauszuwachsen, mit jemandem völlig jenseits ihrer eigenen Liga auszugehen, und sei es nur für eine Nacht. Sie konnte die Schlagzeile schon sehen – *Hot-Dog-Girl hat Appetit auf mehr.* Sie lachte über ihren eigenen Witz. Ihre Park-Avenue-Eltern wären entsetzt über ihren neuen Spitznamen. Es reizte sie, sich ihre Gesichter vorzustellen, wenn sie es ihnen sagen würde – *falls* sie es ihnen sagen würde.

Anständige Mädchen, die von einer Privatschule kamen, verkauften keine Hot Dogs, ließen sich nicht mit Gangstern ein, oder Baseballspielern. Sie fanden einen netten, ruhigen, langweiligen Bankier und heirateten. Sie beschwerten sie nie, taten oder trugen niemals etwas Geschmackloses und verschwendeten ihr Leben damit, die Persönlichkeit zu sein, die jemand anders ihnen aufgezwungen hatte.

Holly wusste noch nicht, womit sie eines Tages ihr Geld verdienen wollte. Aber sie war erst achtundzwanzig, und kostete das Leben noch in all seinen Facetten aus. Einen Job konnte sie schon ausschließen – Hot Dogs in einem Stadion zu verkaufen. Es war okay für einen Nebenjob, aber nicht mehr. Sie hatte in Pine Grove in einer Bäckerei gearbeitet und es hatte ihr dort gefallen. Hübsche Süßigkeiten zu erschaffen hatte Spaß gemacht. Aber heute Abend würde der pure Genuss für sie werden. Keinerlei ernste Gedanken oder negative Gefühle.

Cinderella kann mit mir nicht mithalten. Dies wird meine Nacht auf dem Ball. Und es wird großartig werden. Sie zog das ärmellose Kleid über ihre Hüften und versuchte, den Reißverschluss auf dem Rücken zu erreichen. Es war unmöglich, ihn ganz alleine hochzuziehen. Da klopfte es an ihrer Tür.

„Bist du fertig? Dan wird in fünfzehn Minuten hier sein", sagte Lisa.

„Komm rein. Du bist gerade richtig. Ich brauche Hilfe."

Das junge Mädchen trat ein und keuchte auf, als sie das Kleid sah. „Das ist das schönste Kleid der Welt! Kann ich das für meinen Ball ausleihen?"

„Du hast schon ein wunderschönes Kleid. Das ist nichts für dein Alter. Könntest du mir bitte mit dem Reißverschluss helfen?"

„War einen Versuch wert," sagte sie und ging um Holly herum. „Danke, dass du Sarah und mich heute mitgenommen hast."

„Hattest du Spaß?"

Sie nickte. „Es war großartig. Du bist echt nett. Nicht wie meine Mom."

„Sag das nicht. Deine Mom ist auch sehr nett."

„Sie ist herrisch. Sagt mir immer, was ich zu tun und zu lassen habe. Ich weiß schon, was ich tue."

„Aber das ist nun mal die Aufgabe einer Mom."

„Ich wette, deine macht das nicht." Lisa zog den Verschluss langsam nach oben.

Tränen brannten in ihren Augen. Doch, Hollys Mutter hatte genau das getan. Immer und immer wieder - „tu dies nicht", „tu das nicht", „tu dies", „tu das". Es hatte sie wahnsinnig gemacht. Hatte ihre Mutter recht damit gehabt? Nicht immer, aber doch manchmal. Und bis heute wusste Holly immer ganz genau, wo ihre Mutter zustimmen und was sie ablehnen würde. Aber Nancy war anders, nicht so streng. „Meine Mutter war immer so zu mir. Und schlimmer. Du hast wirklich Glück mit deiner Mom. Nancy liebt dich sehr. Sie möchte nur, dass du sicher bist und gute Entscheidungen triffst."

„Wollte deine Mutter das nicht auch?"

Gefühle übermannten Holly. Hatte ihre Mutter das gewollt? Vielleicht nicht. Vielleicht hatte sie nur gut vor der Welt dastehen wollen, wie eine gute Mutter aussehen, die beste, die es je gegeben hatte. Holly war verwirrt, aber sie würde sicherlich nicht Lisa erzählen, was die Unzulänglichkeiten von Mrs. Ransom Merrill gewesen waren. „Möglicherweise. Das kann schon sein. Aber wenn du sie vergleichst, dann hast du es definitiv besser."

Lisa war fertig und hängte den kleinen Haken oben noch ein. Holly drehte sich herum.

„Du siehst wunderschön aus."

„Danke." Holly gab dem Teenager eine Umarmung und wünschte sich in diesem Moment, sie wäre wirklich ihre kleine Schwester.

„Ich werde niemals so hübsch sein."

„Oh doch, das wirst du. Sogar noch viel hübscher. Und schlauer. Danke, dass du mir geholfen hast."

Lisa biss sich auf die Lippe, dann platzte es aus ihr heraus: „Ich hoffe, du verliebst dich in Dan und heiratest ihn!"

Holly lachte. „Das ist ein schöner Gedanke, aber ich bezweifle, dass das passieren wird."

Arm in Arm gingen sie ins Wohnzimmer.

DAN WAR EIGENTLICH niemals nervös bei Dates, und so überraschten ihn seine feuchten Handflächen, als er auf der Couch der Magees wartete. Nach diesem fantastischen Tag, der auch ein paar kichernde Teenager mit einschloss, war Dan vollkommen verwirrt, was Holly anging. Sie schien stark zu sein, aber verletzlich, verantwortungsbewusst, aber auch für jeden dummen Witz zu haben – sein Kopf drehte sich von so vielen scheinbaren Widersprüchen.

Ihre Zuneigung zu Lisa und ihre kindlich-staunende Wahrnehmung des Vergnügungsparks, den sie zum ersten Mal betreten hatte, hatten ihn bezaubert. Er konnte sich nicht vorstellen, dass Valerie jemals so einem Date zugestimmt hätte, wo sie selbst nicht im Zentrum der Aufmerksamkeit stand. Der ganze Nachmittag hatte sich um die Mädchen gedreht – mit ein paar verstohlenen Momenten mit Holly ganz allein. Süß in der einen Minute, in der nächsten beinahe panisch, lachend, wie sie ihr Gesicht an seiner Schulter vergrub, all das hatte sein Herz berührt.

Aber sie war das Hot-Dog-Mädchen, und er wusste nicht einmal, wo sie eigentlich herkam. War sie in einem Wohnblock in der Lower East Side aufgewachsen oder in einem Penthouse an der Fifth Avenue? Was hatte eine Frau mit so viel Stil wie sie in einem Stadion verloren, in dem sie Hot Dogs verkaufte? Er hatte keine Ahnung, und sie schwieg.

Er hatte sich auf ihre Zeit nur zu zweit vorbereitet – er plante, Antworten auf seine Fragen zu erhalten, bevor er sich noch mehr auf sie einließ. Er schluckte. Sein gut geschütztes Herz war schon Teil dieser Entscheidung. *Verdammt!* Konnte er das, was sie ihm gesagt hatte, glauben, oder hatte sie dunkle, tiefe Geheimnisse, die ihn endgültig von ihr vertreiben würden? Vielleicht war sie von der Boulevardpresse, versuchte sich ihm anzunähern, nur um eine Story über ihn zu verfassen – *Eine Nacht mit Dan Alexander*? Die Vorstellung ließ ihn schlucken. Er war kurz davor, seine Pläne für diese Nacht noch einmal zu überdenken.

Bevor er sie in seinem Kopf endgültig als hinterhältigste Frau dieser Erde abstempeln konnte, erschien sie vor ihm. All seine negativen Gedanken zerschlugen sich in eine Million kleine Stücke, wie das Glas einer Windschutzscheibe. Sie sah umwerfend aus, dunkles Haar, ein silbernes Kleid und ein tiefer Ausschnitt reizten ihn. Ein leichtes Ziehen in seiner Leistengegend warnte ihn, sich schnell zu verdrücken, bevor er sich lächerlich machte.

„Du siehst wunderschön aus, hinreißend“, quetschte er hervor.

„Danke. Fertig?“

Er nickte und stand vom Sofa auf. Nancy und Bud konnten gar nicht damit aufhören, von ihrem Look zu schwärmen.

Nachdem sie alle Magees zum Abschied umarmt hatte, trat Holly zu ihm. „Ich bin nicht allzu sicher auf diesen High Heels unterwegs. Würde es dich stören ...?“

„Nein, überhaupt nicht. Ich helfe gern.“ Er nahm sie am Arm und führte sie zur Tür. „Ich parke direkt vor der Haustür.“

Sie roch wie ein frischer Morgen auf dem Land. Kein schweres, billiges Parfüm, nur Seife, Wasser und ihr eigener, ganz spezieller Duft – er berauschte seine Sinne. Er lehnte sich näher an sie, um an ihrem Nacken zu schnuppern, der frei vor ihm lag. Er setzte einen schnellen Kuss darauf, in der Privatsphäre des Aufzugs.

„Wo gehen wir hin?“

„Ich wollte dich mit ins Freddie's nehmen, aber dafür siehst du viel zu gut aus. Lass uns ins Chez Maxim gehen."

„Wie du möchtest."

Er öffnete die Autotür für sie, stieg ein und fuhr los. „Das Chez Maxim ist nicht weit vom Club entfernt."

„Welcher Club?"

„The Hide-Out. Da gehe ich normalerweise am Samstagabend hin."

„Es ist nicht Samstag."

„Morgen ist kein Spiel. Für uns ist also Samstag", sagte er und lenkte den Wagen auf den Broadway.

Er fuhr in eine Garage und geleitete Holly zu dem gehobenen französischen Restaurant. Dan wurde warm von dem Oberkellner Paul begrüßt, und obwohl schon Leute warteten, wurden sie sofort an einen Tisch gesetzt.

„Er kennt dich?"

„Ich komme ein paar Mal im Jahr her, und gebe gutes Trinkgeld."

„Mit verschiedenen Frauen?"

Der Oberkellner zog einen Stuhl für sie zurück.

Dan fühlte, wie Farbe in seine Wangen stieg. „Ein paar."

Paul gab ihnen zwei Menüs. Holly schaute sich um. Der Boden war aus einem hellen Holz, fleckenlos und auf Hochglanz poliert. Die Wände waren in einem gedeckten gräulichen Blau gehalten, die Ränder cremefarben gestrichen. Die ebenfalls cremefarbenen Tischdecken waren aus bedrucktem Damast gefertigt und lagen über kleinen runden Tischen. Auch die Stühle hatten dieselbe Farbe. Eine einzelne Kerze brannte in einem Ständer aus Cloisonné-Keramik. Das Porzellan hatte ein Muster aus rosa Schwertlinien an seinen Rändern und Besteck aus Sterling-Silber schließlich vervollständigte das edle Bild.

Sie öffneten die Speisekarten. Alle Gerichte waren sowohl auf Englisch als auch auf Französisch aufgeführt. Dan wählte eine

Flasche Wein, die Paul ihnen empfahl. Der Sommelier entkorkte die Flasche und goss ihnen ein. Hollys Augen weiteten sich, als die goldene Flüssigkeit ihre Zunge berührte.

„Weißt du schon, was du möchtest?", fragte er und versuchte, seine Selbstzufriedenheit zu verbergen.

Sie nickte. „Und was wird es?"

„Das Filet Mignon."

Paul kam, um ihre Bestellung aufzunehmen. Holly lächelte erst ihn und dann Dan an, bevor sie für sie beide in perfektem Französisch bestellte. Dans Mund blieb offen stehen. Paul lächelte breit, antwortete ihr ebenfalls auf Französisch, verbeugte sich kurz, und ging.

„Du sprichst Französisch?"

„Ja."

„Ich hatte keine Ahnung."

„Du hast nie gefragt."

„Wo hast du das gelernt?"

„Auf der Highschool. Dann habe ich es in meinem Jahr auf der La Sorbonne perfektioniert", sagte sie kühl und trank einen Schluck ihres Weins.

„Die Sorbonne? In Paris?"

„Ich merke, du hast davon gehört."

Er lachte. „Ich hab dich wirklich falsch eingeschätzt."

„Was meinst du?"

„Du bist eher aus der Ober- als der Unterschicht."

„So kann man es auch ausdrücken."

Er hob sein Glas. „Auf die Fifth Avenue."

Sie tat dasselbe. „Park Avenue, um genau zu sein."

Er verschluckte sich an seinem Getränk.

HOLLY DURCHSCHAUTE seine Absichten. Sie wollte dieses selbstgefällige Grinsen von seinem Gesicht wischen. Als er den Wein bestellte, wusste sie, dass er versuchte, sie zu beeindrucken. Verdammt, ihr Vater hatte Wein in der gleichen Preisklasse bestellt, wann immer sie essen gegangen waren. Als sie das Menü auf Französisch sah, konnte sie sich nicht beherrschen.

Sie hatte ihren gehobenen Hintergrund lange genug versteckt. Dan war so ein Schatz zu ihr gewesen, sie fand, er hatte einen Teil der Wahrheit verdient, was sie anging, und dies war die perfekte Gelegenheit gewesen. Sie kicherte über seinen geschockten Gesichtsausdruck, als sie bestellt hatte.

Er war so nett zu ihr gewesen, dass sie sicherstellen musste, dass er nicht nur eine gute Tat hatte tun wollen, für das Hot-Dog-Girl, ein Mädchen ohne Familie. Sie wollte nicht die Frau sein, die er zu einem besonderen Abendessen einlud, nur, um ihr einen Gefallen zu tun – ihr zu zeigen, wie man auch leben konnte. Sie wollte mehr von ihm. Und ihn wissen lassen, dass sie all das schon kannte, selbst wenn sie es derzeit nicht mehr hatte. Und dass sie wusste, wie man sich in eleganten, teuren Restaurants benahm.

Der Essen war köstlich, absolut perfekt zubereitet. Sie gab Paul Komplimente für den Koch, auf Französisch natürlich.

Dan nahm zwischen zwei Gängen ihre Hand. Der Wein hatte sie entspannt und sie weniger zurückhaltend werden lassen.

„Die Park Avenue, hm? Da muss sich meine Familie ja verstecken", sagte er zwischen zwei Bissen.

„Da wäre ich mir nicht so sicher. Geld ist nicht alles. So, wie du redest, hattest du eine schöne, normale Kindheit. Mehr als ich je hatte."

„So normal war es auch nicht. Mein älterer Bruder hatte viele Probleme."

„Ich hätte mir ein Geschwister gewünscht."

„Du bist ein Einzelkind?"

Sie nickte und legte ein Stück einer Muschel in ihren Mund.

„Du wurdest bestimmt sehr verwöhnt?" Er hob eine Augenbraue.

Sie kicherte. „Nicht wirklich. Internat, Feriencamps, Kindermädchen, Zimmermädchen, Haushälterinnen. Wenn du das verwöhnt nennst."

Er legte seine Finger um ihre. „Klingt einsam."

„Da hast du recht." Tränen, die in ihren Augen brannten, ließen sie verstummen.

Er hob ihre Hand an seine Lippen und sandte damit ein Kribbeln durch ihren Arm, weiter nach unten. „Du benimmst dich auch nicht verwöhnt", sagte er.

„Und du nicht so, als kämst du aus einer Familie mit Problemen."

„Hat die nicht jede Familie? Ich meine, zu einem bestimmten Grad? Niemand ist perfekt."

„Das nicht, aber die Magees scheinen sich sehr nahe zu stehen", sagte sie.

„Es gefällt dir dort?"

Sie nickte wieder.

Paul brachte eine Platte mit einer Auswahl erlesenen französischen Gebäcks als Dessert.

Holly rieb ihren Bauch. „Ich glaube nicht, dass ich noch etwas runterbekomme."

„Du musst wenigstens eins probieren. Sie sind berühmt für ihre Desserts."

„Okay, vielleicht ein kleines Éclair", sagte sie, trank ihren Wein aus und nahm sich eins mit der kleinen Kuchenzange, die auf dem Tablett gelegen hatte.

„Was zur Hölle machst du eigentlich hier? Ich meine, wenn du wirklich aus einer reichen Familie kommst, warum lebst du dann nicht allein, oder mit ihnen zusammen?"

„Lange Geschichte. Ich kann es dir nicht sagen. Ich wünschte, es wäre möglich, aber es geht nicht."

„Hast du was Schlimmes angestellt? Eine Bank ausgeraubt?" Seine Augen lachten.

Holly ließ ihre Gabel auf ihren Teller fallen. *Wusste er etwas?* Ihr Kopf schnellte nach oben und ihre Blicke trafen sich.

„Verdammt, das ist es, nicht wahr? Du bist auf der Flucht vor dem Gesetz?"

„Nicht so richtig."

„Hast du das Gesetz übertreten?"

„Nein. Nein, das habe ich nicht getan. Ich kann dir nicht mehr erzählen. Bitte frag mich nicht weiter." Sie senkte ihren Blick und aß ihr zweites Éclair.

Einige Schweißtropfen erschienen auf seiner Stirn. „Ich möchte dich nicht fragen, aber – bin ich in Gefahr?"

„Nein. Definitiv nicht. Ich würde nicht mit dir ausgehen, wenn das für dich gefährlich wäre."

Er grinste. „Das dachte ich mir. Aber ich musste fragen. Kann ich helfen?" Er schloss wieder seine Hand um ihre.

Sein sanfter Ton ließ ihr Herz schmelzen. Lang zurückgehaltene Tränen liefen ihre Wangen herunter. Sie tupfte sie mit ihrer Serviette ab. „Niemand kann mir helfen. Ich weiß, was ich tun muss, aber ich bin noch nicht bereit."

Er nickte, als ob er wüsste, wovon sie sprach. Das Mitgefühl in seinen Augen wärmte ihr Herz. Er bezahlte die Rechnung, und sie verließen das Lokal. Er lenkte sie in die Richtung des Clubs.

„Es ist schön hier draußen. Macht es dir etwas aus, zu laufen?", fragte er.

„Überhaupt nicht."

Er nahm ihre Hand, zog sie an sich, und legte seinen Arm um ihre Schultern. Holly ließ ihren Arm um seine Taille gleiten und kuschelte sich an ihn, als sie die Straße entlangschlenderten. Ihre

Handfläche lag auf purem Muskel. Ihn zu berühren gab ihr eine Gänsehaut. Da ihre Cinderella-Nacht weiterging sah sie auf, fand den ersten Stern, und wünschte sich etwas.

„Wünschst du dir was?“

Sie nickte. „Und du?“

„Ich wusste nicht, dass man das sogar auf der Park Avenue macht. Aber Männer tun das nicht.“

Sie hob eine Augenbraue.

„Na gut, na gut. Ich bekenne mich schuldig.“

„Also, was hast du dir gewünscht?“

Er errötete. „Das kann ich dir nicht sagen, oder der Wunsch geht nicht in Erfüllung.“

„Ich habe so ein Bauchgefühl, dass er wahr werden wird, ob du mir davon erzählst oder nicht.“

Er lachte und zog sie an sich für einen leidenschaftlichen Kuss. Er drückte sie gegen einen Laternenpfahl. Seine starke Brust presste sich gegen ihre und ließ ihre Brustwarzen hart werden. Sie stieß mit ihrer Hüfte vorwärts und fühlte, wie er unter dem Stoff seines Anzugs hart wurde. Körper an Körper, Zunge an Zunge, Lippen an Lippen, wuchs das Verlangen zwischen ihnen. Lust floss durch ihre Adern und zwischen ihre Beine.

„Hey, Kumpel, nehmt euch ein Zimmer. Weitergehen“, sagte ein Polizist zu ihnen.

Keuchend lösten sich die Liebenden voneinander.

„Es tut mir leid, aber dieses hübsche Mädchen ... Also, sehen Sie-
“

„Dan? Dan Alexander? Sind Sie das wirklich?“ Das Erstaunen in der Stimme des Mannes ließ Holly kichern.

„Ja“, sagte dieser und nickte.

„Würden Sie mir ein Autogramm für meinen Sohn geben? ‚Für Joey‘?“ Der Polizist suchte in seinen Taschen, bis er ein Stück Papier fand und es dem Pitcher ins Gesicht hielt.

„Natürlich." Dan griff in seine Jackentasche, um einen Stift herauszuholen.

„Den Wimpel gewinnt ihr auch dieses Jahr?"

„Wie werden's versuchen. Joey war's, nicht wahr?"

„Ja. Joey Santoro."

Dan schrieb und händigte dem Mann das Papier wieder aus.

„Danke. Millionenfach Danke. Hey, wenn ihr miteinander hier rummachen wollt, ich werde euch nicht dran hindern."

„Das ist schon okay. Wir haben verstanden. Komm, Dan." Holly nahm seine Hand und drängte ihn vorwärts. Der Polizist tippte sich zum Abschied an die Mütze und patrouillierte weiter. „Das passiert dir häufig, oder?"

„Du meinst, dass ein Polizist mich beim Küssen erwischt? Äh, nein."

Sie knuffte spielerisch seine Schulter. „Du weißt doch, was ich meine."

„Das Autogramm? Ja. Ich liebe meine Fans."

Als sie den Eingang zum The Hide-Out erreicht hatten, hielt Dan Holly die Tür auf. Der Türsteher hielt sie an, bis er den Pitcher erkannte. Er schüttelte ihm die Hand. Dan ließ ein paar Scheine in seine Hand wandern, und sie wurden hereingebeten. Es war dunkel im Club. Auf einer winzigen Bühne spielte eine Band markerschütternd-laute Musik. Die purpurnen Lichter färbten die Haut der Leute, die dadurch seltsam anzuschauen waren. Dan gab ein paar seiner Teamkameraden an der Bar einen Handschlag und versuchte, ihnen Holly vorzustellen, aber es war einfach zu laut. Er nahm ihre Hand und sie gingen auf die Tanzfläche zu. Er lächelte, als er sie durch die Menge führte.

Dan beeindruckte Holly mit seinen Tanzfähigkeiten. Sein Körper bewegte sich im Takt des wummernden Basses. Die Musik schien durch ihn hindurchzufließen, als er langsam näherkam. Im Rhythmus des Songs herumzuwirbeln machte sie an. Jede Bewegung machte ihr ihren Körper bewusst, ihre Hüften, Beine, Füße und Schultern, die sie gegen ihn rieb. Sexuelle Energie brachte sie dazu, sich an seine Hüften und Schenkel zu pressen. Sie hob ihre Arme hoch und stieß mit ihrem Hintern gegen seine Lenden. Er lehnte sich zu ihr herunter und gab ihr einen schnellen Kuss auf ihren Nacken, als er seinen Arm um ihre Hüfte schlang und sie an sich presste. Ihre Becken schwangen in einem Rhythmus. Das war kein Tanz. Das war ein Vorspiel.

Seine Hände bewegten sich zu ihrer Taille und hielten sie sanft fest, führten sie in seinem Rhythmus. Bei seiner Berührung schoss Hitze durch ihren Körper. Sie wollte mehr. Als das Lied endete und die Band sich zu einer Pause zurückzog, gingen Dan und Holly zu ihren Freunden an die Bar. Er bestellte Champagner.

„Leute, das ist Holly“, sagte er und gab ihr ein Glas.

„Doch nicht etwa das Hot-Dog-Mädchen?“, fragte Matt.

Der Pitcher nickte. „Ihr Name ist Holly.“

Sie bot ihnen ihre Hand an, und sie wurde von jedem angenommen. Ihre bewundernden Blicke, mit der sie ihren Körper abscannten, ließ die Nerven ein wenig mit ihr durchgehen. Jeder Spieler nahm Augenkontakt mit Dan auf und zeigte ihm ein Zeichen seiner Zustimmung, von einem Grinsen bis zu gehobenen Augenbrauen. Sie wand sich.

Die Band begann ein langsames Lied zu spielen. Dan setzte ihre Gläser auf den Tresen, als eine Frau zu ihm herüberkam.

„Wie geht‘s, Dan?“

Holly beobachtete die Blonde, wie sie einen Arm um Dan legte.

Er trat einen Schritt zurück. „Hi, Val. Mir geht‘s gut. Bitte entschuldige mich“, sagte er und griff nach Hollys Hand.

Sie sah, wie die Frau sie von oben bis unten musterte und ihre Stirn runzelte. „Nicht schlecht. Aber du kannst Besseres haben.“

„Pass bloß auf“, sagte er und führte Holly zur Tanzfläche. Er zog sie an sich und legte seine langen Arme um sie. Seine Handflächen kamen auf ihren Hüften zur Ruhe.

„Wer war das?“, flüsterte sie in sein Ohr.

„Eine alte Freundin.“

„Ihr seid schon lange getrennt?“

„Anscheinend nicht lange genug“, sagte er und beugte sich hinunter, um ihren Hals zu küssen.

Holly kicherte und legte ebenfalls ihre Arme um ihn. Als sie ihr Kinn nach oben wandte, erhielt sie einen Kuss. Ihr Körper verschmolz mit seinem. Sie schloss ihre Augen und wünschte alle anderen ganz weit fort, aber als sie sie wieder öffnete, waren sie immer noch da.

„Möchtest du gehen?“, fragte er.

„Du kannst meine Gedanken lesen.“

Als das Lied geendet hatte, nahm er ihre Hand und hob seine andere in einem Abschiedsgruß an seine Freunde. Dann gingen sie zur Tür. Holly verschränkte ihre Finger mit seinen und ignorierte den bösen Blick, den ihr die Blonde zuwarf. Sie würde sich von einer hässlichen Stiefschwester nicht ihren Cinderella-Abend vermiesen lassen.

Das Paar spazierte zu seinem Wagen. Die Glocke einer Kirche schlug zehn.

„Es ist noch früh. Möchtest du mit zu mir kommen?“

„Ich dachte, du würdest nie fragen“, sagte sie und strahlte ihn an.

Er navigierte sie durch den Verkehr nach Nord-Manhattan und parkte vor einem luxuriösen Gebäude, das etwa vierzehn Stockwerke hoch war. Der Pförtner öffnete ihnen die Tür.

„Er wird für mich einparken.“ Dan gab ihm ein paar Scheine, zusammen mit den Schlüsseln.

Der Pförtner tippte sich vor Holly an die Mütze und setzte sich hinters Steuer.

„Ich habe zwei Apartments gekauft und sie zusammengelegt", sagte Dan, der seine Wohnungstür aufschloss.

Sie gingen ins Wohnzimmer, wo zwei Wände mit bodenlangen Fenstern ausgestattet waren. Die anderen waren weiß gestrichen. Das Sofa und die Stühle waren schwarz und mit Chromstahl verziert. Es gab einen Kaffeetisch aus Glas und einen quadratischen Esstisch aus dem gleichen Material. Das teilbare Sofa hatte mit türkisen und goldenen Kissen ein paar Farbkleckser erhalten. Ihm gegenüber stand ein gigantischer Flachbildfernseher vor einer wunderschönen Aussicht aus den großen Fenstern.

„Es sieht wunderschön hier aus", sagte Holly und ging vor, um die Aussicht zu genießen.

„Danke. Möchtest du etwas trinken?"

„Vielleicht ein Ginger Ale, wenn du es dahast."

„Kein Alkohol?"

„Willst du mich etwa betrunken machen und verführen?" Sie warf ihm einen koketten Blick zu.

Er trat hinter sie und schlängelte seinen Arm um ihre Taille. „Muss ich denn?" Er strich mit seinen Lippen über ihren Nacken.

Sie lachte. „Nein."

Er ließ sie los und verschwand in der Küche. Holly liebte den Ausblick auf die Lichter hinter dem Fluss in New Jersey. Darunter waren die Straßenlaternen, die den Inwood Park erhellten. Im Norden war das Stadion zu sehen.

„Ginger Ale ist keins da. Geht auch Seven-Up?"

„Gerne."

Einen Moment später erschien er mit dem Getränk in einem großen, kalten Glas voller Eis. Sie nippte. Sie würde diese Erfahrung auf keinen Fall mit Alkohol trüben wollen. Sie wollte vollständig in diesem Moment aufgehen, dieser besten Nacht ihres Lebens.

„Was trinkst du?"

„Cola."

Es gefiel ihr, dass er ebenfalls auf Alkohol verzichtete.

„Und jetzt zum echten Dessert, auf das ich schon gewartet habe", sagte er, nahm ihre Gläser und stellte sie auf den Tisch.

Er nahm sie in seine Arme und sein Mund suchte ihren. Ein Feuer wurde in ihren Lippen entfacht und wanderte schnell südwärts. Sie öffnete sich ihm, und seine Zunge ging auf Wanderschaft. Ein leichtes Keuchen entfuhr ihr. Es war so lange her, dass sie von einem Mann geliebt wurde.

Sie hielt sich an seinen Schultern fest, als seine Hände zu ihrem Hintern wanderten und sie an sich pressten. Hunger wuchs in ihr, als seine Zunge mit ihrer tanzte. Ihr Griff wurde fester und ihr Rücken neigte sich nach hinten und drückte ihre Brüste an ihn.

„Oh, Baby", murmelte er und hob seinen Kopf. Seine haselnussbraunen Augen waren schwer vor Lust und sahen sie direkt an. „Ich möchte nichts überstürzen."

„Tust du auch nicht."

„Du bist keine Journalistin, oder?" Ein Schweißtropfen lief seine Braue entlang.

Sie lachte. „Die versucht, dir heimlich eine Story zu entlocken? Nein, das bin ich nicht."

„Ich wollte nur sichergehen", sagte er, als sein Mund wieder auf ihren sank.

Kapitel Acht

Sein Lächeln wurde breiter. Sie legte ihre Hand auf seine Wange und fuhr mit ihren Fingern durch sein Haar. Sie leckte ihre Lippen und er verstand ihren Hinweis. Dieses Mal war sein Kuss besitzergreifend. Seine Hand fuhr über ihre Rippen und gab ihr eine Menge Zeit, ‚nein' zu sagen oder ihn auf andere Weise zu stoppen. Sie wurde ungeduldig bei dieser vorsichtigen Annäherung. Aber ihr war klar, dass er als berühmter Athlet sich gegen falsche Anschuldigungen sexuellen Missbrauchs oder Vergewaltigung absichern musste.

Als seine Hand sich um ihre Brust schloss, entfachte er ein Feuer in ihr. Sie legte ihren Kopf zurück.

„Muss ich hier noch eine Einverständniserklärung unterschreiben, oder kann es losgehen?"

Er lachte, hob sie hoch und trug sie in sein Schlafzimmer, machte die Tür mit dem Fuß zu. Sein Bett war riesig und mit einer schwarzen Decke und goldenen Kissen bedeckt. Er stellte sie wieder auf den Boden und ergriff von ihrem Mund Besitz. Eine Hand massierte ihre Brüste, während die andere auf ihrem Rücken zugange war, bis sie den Reißverschluss des Kleides gefunden hatte.

Sie legte ihre Handflächen auf seine Brustmuskeln und presste ihre Hüften gegen seine, nur für den Fall, dass er noch eine Ermutigung brauchte. Sie hatten beide seit Wochen diesen Augenblick erwartet. Verlangen brannte zwischen ihren Beinen. Er bewegte seine Hand zu ihrem Knie und hob ihr Bein, um es auf seine Hüfte zu legen. Seine Hand streichelte die Rückseite ihrer Schenkel und glitt nach oben, um ihren Hintern zu umfassen.

Er hatte Fortschritte darin gemacht, ihr Kleid aufzubekommen. Die Luft kühlte die freigegebene Haut zwischen ihren Schulterblättern. Das Mieder lockerte sich. Noch einige Zentimeter, und sie könnte es auf den Boden fallen lassen. Ihre Finger fanden die Knöpfe seines Hemds. Er ließ sie gewähren, als sie seine Krawatte mit einem Ruck freizerrte und ließ ihr Bein los, damit er das Kleidungsstück auf seinen Stuhl werfen konnte. Während er damit beschäftigt war, hatte Holly schon sein Hemd aufgeknöpft. Er zog es aus und riss sich sein T-Shirt über den Kopf. Beides fand ebenfalls einen Platz auf der Stuhllehne.

„Du bist dran."

Sie hörte ihn kaum. Ihre Aufmerksamkeit wurde von seiner nackten Brust gefangen genommen. In ihrem Kopf formte sich das Wort *überwältigend*. Die festen Muskeln waren von einem leichten Flaum dunklen Haars bedeckt. Sie ließ ihre Hände darüber gleiten und drückte ein wenig darauf, um die Festigkeit auszutesten. Er war wie aus Stein. Sie lehnte sich vor und küsste ihn darauf. Ein Schauer durchfuhr ihn.

„Das Kleid. Es ist schön. Aber jetzt zieh es aus", sagte er und öffnete es bis nach ganz unten. Der Stoff bildete eine silberne Pfütze auf dem Boden, aus der sie heraustrat und dabei sich gleich ihrer High Heels entledigte.

„Wow. Du siehst gut aus. Verdammt gut", sagte er. Sein Blick ruhte auf ihrem rosa BH, dem Slip und allem, was dazwischen lag.

Holly zog den Reißverschluss seiner Hose auf. „Den Rest musst du machen", sagte sie.

Er öffnete seinen Gürtel und die Hose lag auf dem Boden, bevor sie einen Wimpernschlag machen konnte. Er trug karierte Boxershorts. Als sie ihren Blick nach unten wandern ließ, bemerkte sie einen Beweis für sein Begehren. Sie leckte ihre Lippen.

„Du liegst zurück", sagte er und griff um sie herum, um ihren BH zu öffnen. Er fiel auf ihre Ellbogen, und sie streckte ihre Arme aus, um ihn ganz zu Boden fallen zu lassen. Er pfiff leise, als er ihre Brüste anstarrte. Sie waren nicht riesig, aber rund und wohlgeformt. Sie war immer stolz auf sie gewesen.

„Hinreißend", sagte er und schloss seine Hände um sie. Er ließ seine Daumen über ihre Nippel reiben und sandte damit eine Schockwelle durch ihren Körper. Sie schob ihre Finger unter den Bund seiner Boxershorts und legte ihre Hände auf seinen Hintern. Er war perfekt. Er sah wie ein Model aus, ein Typ aus einem Kalender, und er gehörte ganz ihr – zumindest heute Abend.

Er kicherte, stellte sein Bein zwischen ihre und hob sein Knie, das er an ihrer Vulva rieb. Er senkte seinen Kopf und leckte an ihrer Brustwarze, während er mit seinen Fingern an der anderen knetete. Er drückte mit seinem Knie fester zu, bis sie stöhnte.

„Gut?", wisperte er.

„Oh, ja."

Sie wandte sich seitwärts und bewegte ihre Hand nach vorn, wo sie sich um sein Glied schloss. Er zuckte bei dem plötzlichen Kontakt zusammen, dann stöhnte er in ihren Busen. Er schob ihre Brüste gegen seine Wangen und murmelte ihren Namen. Holly hob ihr Bein und schlang es um seine Taille. Er ließ seine Hand zwischen ihre Schenkel gleiten.

„Baby", sagte er.

Sie wusste, dass sie feucht war. Er rieb seinen langen Mittelfinger ihre Öffnung entlang, bis er das nachgiebige Höschen beiseitegeschoben hatte. Er streichelte sie, suchte nach der Stelle, die ihr am meisten Lust verschaffen würde. Er war offensichtlich ein erfahrener Liebhaber, denn er fand sie schnell, drückte fester zu und umkreiste sie mit der Spitze seines Fingers.

Das Ausmaß der Hitze, die durch ihren Körper pulsierte, lenkte sie ab. Sie verlor ihren Halt. Er fing sie mit einem seiner starken Arme auf und zog sie fest an sich. Um wieder sicher auf ihren Füßen zum Stehen zu kommen, schlang Holly ihre Hand um seinen enormen Bizeps. Sie streckte sich, um an seinem Hals zu saugen, während ihre andere Hand seinen Schwanz fand.

„Warte. Nur eine Sekunde."

Er trat einen Schritt zurück, hakte seine Daumen in die Seiten ihres Slips und riss ihn nach unten. Sie trat aus der Unterwäsche heraus und zog dann seine Boxershorts ebenfalls herunter. Er warf sie zur Seite. Sie standen direkt voreinander, komplett nackt, und starrten einander an.

„Du bist ein Kunstwerk", sagte er und sein Blick erhitzte ihre Haut.

Sie bemerkte, wie sie von ihrem Bauch aus bis über ihre Brust errötete.

„Du wirst doch jetzt nicht auf einmal schüchtern werden, oder?"

Sie schüttelte ihren Kopf, doch das war eine Lüge.

Seine großen Hände umfassten ihre Hüften. „Komm. Leg dich hin." Er zog die Decke beiseite und bedeutete ihr mit einer ausladenden Handbewegung, als Erste darunter zu schlüpfen.

Sie glitt über die kühlen Baumwolllaken und drehte sich zu ihm um. Sie sah zu, wie er ihr aufs Bett folgte.

„Verhütest du?", fragte er und ließ einen Arm unter sie gleiten, zog sie an sich.

„Nein. Tut mir leid. Es ist wirklich lange her."

„Ich bin der Erste nach einer langen Pause?"

Sie nickte.

„Gut." Mit seiner freien Hand öffnete er die Schublade seines Nachttischs und holte ein Kondom hervor.

Sie vergrub ihr Gesicht an seiner Brust. Er küsste ihren Hals hoch und runter, während er seine Hand zwischen ihre Schenkel gleiten ließ. Er legte seine Hand einen Moment darauf, dann ließ er einen Finger das feuchte Fleisch auf- und abgleiten, bevor er in sie eindrang. Ihre Hüften schossen nach vorn, sie warf ihren Kopf zurück, um ihm in die Augen zu sehen.

„Tu es."

„Keine Eile. Wir haben die ganze Nacht, oder?"

„Ich will dich."

Er kicherte. „Gut, aber für mich musst du dich nicht beeilen. Du kommst zuerst dran."

Sie lachte über das Funkeln in seinen Augen. Er machte in einem steten Rhythmus mit seiner Hand weiter, während er an ihrer Brust saugte. Holly versuchte, sich diesem Sog entgegenzustemmen, zu widerstehen, doch er war unerbittlich. Endlich erreichte ihre Anspannung ihren Höhepunkt, als ihr Verlangen stärker und stärker wurde, bis es sich mit Gewalt Bahn brach, im stärksten Orgasmus ihres bisherigen Lebens. Sie rief seinen Namen, als sie ihre Augenlider zusammenpresste. Er hörte nicht auf, sondern bewegte seine Hand weiter, bis sie in die Kissen zurücksank, erschöpft und zu empfindlich für weitere Berührungen. Sanft löste sie seine Hand von sich. Er schaute auf, als sie ihre Augen wieder öffnete.

„Du bist eine heiße Lady", sagte er.

„Und du ein heißer Mann", antwortete sie.

DAN SCHWELGTE IM ANBLICK von Hollys nacktem Körper. Sie hatte sich auf dem Bett ausgestreckt, in der sinnlichsten Pose, als wäre sie einem Männermagazin entsprungen. Er hatte Fantasien über sie gehabt und war erfreut zu sehen, dass die Realität seine Vorstellungskraft um Längen schlug. Ihre Haut war zartrosa, ihre Nippel ein perfektes dunkles Pink. Seine Finger zitterten ein wenig, als er die Verpackung des Kondoms aufriss. Das überraschte ihn. Er war schon lange nicht mehr nervös gewesen, wenn er mit einer Frau im Bett landete, und er wusste nicht, warum es dieses Mal anders war.

Ihr Moschusduft vermischte sich mit einem frischen Geruch, vielleicht einem Shampoo oder einer Spülung. Oder könnte es einfach der süße Geruch ihrer Haut sein? Ihr kurzes Haar lag ausgebreitet auf dem weißen Kissen, wo es noch dunkler und seidiger wirkte. Ihre Lippen waren leicht angeschwollen und mussten ihre natürliche Farbe angenommen haben, da ihr Lippenstift schon abgerieben worden war. Sie war die schönste Frau, die er seit Ewigkeiten gesehen hatte. Sie hatte etwas Frisches an sich, etwas Unberührtes, fast, als wäre sie noch jungfräulich.

Vielleicht lag es daran, dass sie schon lange keinen Sex mehr gehabt hatte. Oder vielleicht lag es an der Art, wie sie ihn ansah. Ein Licht, ein Leuchten in ihren Augen – war das Liebe, was er sah? Das Glitzern war nicht wie Valeries harter Blick. Ihre fordernde Art hatte ihn so manches Mal seine Erektion gekostet. Aber Holly machte ihn mit ihrem Blick stärker, härter. Als er das Kondom aufzog, war er erstaunt, denn er war hart wie Stahl.

Er wollte keine Liebe. Er wollte Gesellschaft und Sex. Er musste sich um seine Karriere kümmern, bevor sie vorbei war. Holly hatte eine andere Seite in ihm zum Klingen gebracht. Sie war auf eine Art verletzlich, die er nie zuvor gesehen hatte. Nicht abhängig, nicht weinerlich, aber in einer einfachen Art, die sagte: ‚Beschütz mich'. Er lachte leise, als er sich selbst in der Rolle des Beschützers vorstellte, etwas, das er als Kind gespielt hatte. Superman war sein größter Held gewesen.

Er konnte es kaum erwarten, in ihr zu sein. Die Vorstellung, es mit dem Hot-Dog-Girl zu treiben, hatte seine feuchten Träume seit Wochen befeuert. Und nun würden sie Wirklichkeit werden. Aber sie war nicht länger nur das ‚Hot-Dog-Girl'. Nun war sie die liebenswerte Holly Merrill, eine gebildete Schönheit von der Park Avenue, die fließend Französisch sprach und einfach Stil hatte. Das stärkte ihre Anziehungskraft auf ihn hundertfach. Jede Faser seines Körpers war angespannt und bereit.

Ihre Fingerkuppen berührten seinen Unterarm und sandten einen Schauer durch seinen Körper.

Er legte ihre Beine zurecht, wie er sie wollte und beugte sich dann nach unten, um sie zu küssen. Er rieb sich an ihrer Vulva und drang dann sanft in sie ein. Wenn ihr letztes Mal lange her war, musste sie sich sehr eng anfühlen, eine Vorstellung, die ihn noch mehr erregte. Sie nahm ihn mit einem Keuchen auf, die Augen weit.

„Ist das zu schnell? Alles okay?"

„Hör nicht auf." Ihr Blick verband sich mit seinem. Ihre klaren blauen Augen waren mit einem Schleier der Lust bedeckt.

Er drang langsam komplett in sie ein. Sie war so eng, dass er schon nach zwei Sekunden dachte, er müsste kommen. Sie beugte sich zu ihm und küsste ihn. Der glutvollste, sinnlichste Kuss, den er jemals bekommen hatte. Es war in diesem Moment, dass er wusste, dass dies niemals nur ein One-Night-Stand werden würde.

Er trank die Süße ihrer Seele in diesem Kuss, während er immer wieder zustieß. Sie schlang ihre Beine um ihn, bewegte sich mit ihm in seinem Rhythmus. Er ächzte, seine Finger legten sich um ihren Kopf, fühlten ihre weichen Locken. Schweiß brach ihm auf seiner Brust und Stirn aus. Seine andere Hand hielt ihren Hintern, hielt sie fest, als er sie nahm.

„Oh Gott, oh Gott, oh Gott", sagte sie immer wieder, und ihre Stimme wurde mit jedem Wort lauter.

„Komm, Süße. Komm für mich", flüsterte er.

Als hätte er einen Schalter umgelegt, schloss sie ihre Augen. Ihre Lippen öffneten sich leicht und erstarrten, während ihre Hüften sich weiter unter ihm bewegten. Er hatte noch nie so etwas gesehen. Seine Hoden zogen sich zusammen und er wurde von seinem Höhepunkt mitgerissen, der ihm den Atem nahm und Genuss durch seinen ganzen Körper strömen ließ. Keuchend brach er auf ihr zusammen.

„Hey!"

„Oje. Sorry. Sorry“, sagte er und hob sein Gewicht von ihr hoch, das er auf seinen Ellbogen ruhen ließ.

Sie strich mit ihren Fingern seine Braue entlang und fuhr seine raue Wange hinunter. „Das war unglaublich.“

„Ja. So ging es mir auch.“ Er blickte auf sie herab und sonnte sich in ihrem liebenden Blick, der von ihrem ganzen Gesicht ausstrahlte. Noch nie war er so angeschaut worden. Nachdem er Frauen verloren hatte, weil sie ihn während seiner Abwesenheit betrogen hatten, war er zu vorsichtig geworden. Er hatte sein Herz nicht wieder aufs Spiel setzen wollen. Das war leichter gewesen, als wieder als Sandsack für eine wankelmütige Frau herzuhalten. Wer konnte schon seinen vollen Terminkalender mittragen? Reisen, die länger als zwei Wochen dauerten, wieder und wieder, die ganze Saison über. Keine Frau wollte sich an einen Mann binden, der nie zu Hause war.

Aber diesmal war es anders. Er zwinkerte, um sicher zu gehen, dass er in der Realität war, nicht in einem Traum oder einer Fantasie.

„Hey, hübscher Mann“, murmelte sie und drehte sein Haar zwischen ihren Fingern.

Er konzentrierte sich auf ihre Lippen.

„Hast du so Sex mit jeder Frau?“

Er bemerkte, dass sich eine leichte Röte auf sein Gesicht stahl. Er wollte ihr sagen, dass er immer so unglaublich gewesen war. Aber er war schon seit seiner Kindheit ein grauenvoller Lügner gewesen, daher entfuhr ihm die Wahrheit, bevor er sie zurückhalten konnte. „Es gibt für alles ein erstes Mal, schätze ich.“

„Wow. Einfach nur wow.“

Er grinste. Nichts ließ das Ego eines Mannes so nach oben schnellen wie eine befriedigte Frau. Er kam hoch und saß in der Hocke, während er sie betrachtete. „Durstig?“, fragte er.

„Ja.“

„Bin sofort wieder da.“ Er holte ihre Drinks aus dem Wohnzimmer und setzte sich neben sie. Pure Freude floss durch seine Adern.

Wenn er gerade einen Shut-out gepitcht hätte, könnte er nicht glücklicher sein.

Sie trank einen Schluck und betrachtete ihn über den Rand ihres Glases hinweg. Ihr verliebter Blick war durch einen vorsichtigeren abgelöst worden. Sie stellte das Glas ab und griff nach ihrem Kleid.

Er schloss seine Finger um ihr Handgelenk. „Bleib."

„Es ist spät."

„Schlaf hier."

„Das kann ich nicht. Sie erwarten mich."

Dan reichte ihr das Handy. „Ruf Bud an. Sag ihm, dass du heute nicht nach Hause kommst."

Sie hob eine Braue. „Bekommst du von Frauen immer, was du willst?"

„Ich bekomme von Frauen nie, was ich will."

Sie lachte. „Das glaube ich dir nicht."

„Du meinst Sex? Ja. Sicher. Ich bekomme fast jede Frau in einer Bar rum, mit mir zu schlafen. Das wird langweilig, schnell. Das möchte ich nicht. Nicht heute."

Die Vorsicht verschwand für einen Moment aus ihrem Gesicht. Sie beäugte ihn. „Du meinst, ich bin es? Mit der du die Nacht verbringen möchtest?"

Er nickte. „So ist es."

Ihr Gesicht fiel direkt vor seinen Augen ein. Sie legte eine Hand über ihre Augen, aber konnte ihre Tränen nicht verbergen.

Scheiße. Verdammt. Was hab ich getan? „Hey, hey, alles gut. Tu das nicht. Was habe ich gesagt?"

Sie kämpfte darum, sich unter Kontrolle zu bekommen, aber sie brauchte fast eine Minute, bevor sie ihm antworten konnte.

Er näherte sich ihr langsam und rieb ihr mit seiner Hand sanft den Rücken. „Es ist alles gut, Süße. Es ist alles gut."

Sie lehnte sich gegen seine Schulter und legte ihre Arme um ihn. Ihre leisen Schluchzer hallten gegen seine Brust. Dan streichelte ihren Kopf und Rücken und genoss das Gefühl ihrer weichen Haut und Haare.

„Was ist los? Hab ich was Falsches gesagt?"

„Nein, nichts. Ich bin eine Idiotin. Vergiss es. Bitte. Versprichst du es?"

Er umfasste ihre Oberarme und zog sie langsam von sich. Ihr tränenüberströmtes Gesicht war mitleiderregend schön, traurig und niedlich. „Wie könnte ich?"

„Du hast nichts getan." Sie bewegte sich von ihm weg, um ihren Drink zur Hand zu nehmen, und wandte ihm den Rücken zu.

„Es fällt mir schwer, das zu glauben."

„Das hat schon eine ganze Weile in mir geschlummert. Eine Art Traurigkeit. Weißt du, was ich meine? Vielleicht Einsamkeit. Ich habe mich gut mit dir gefühlt." Sie lachte freudlos. „Ich weiß, das muss verrückt für dich klingen. Aber bei dir hatte ich das Gefühl, *gewollt* zu sein. Etwas, das ich lange nicht mehr gefühlt habe." Sie schniefte und griff nach der Taschentuch-Box, die auf seinem Nachttisch stand.

Er nahm sie wieder in seine Arme. „Du *bist* gewollt. Warum bleibst du nicht noch hier?"

Sie nahm ihr Telefon zur Hand und wählte eine Nummer. „Nancy? Ich bin's. Ich bleibe heute Nacht bei Dan. Ist das okay? Gut. Ja. Es ist wunderschön. Wir sehen uns morgen. Danke." Sie legte ihr Handy weg. „Würdest du mich halten? Nur ein Weilchen?"

Er legte sich auf die Kissen und zog sie an sich. Als sie sich an seine Schulter gekuschelt hatte, ihre Hand auf seinen Brustkorb gelegt, zog er die Decke hoch und küsste sie auf den Kopf. Was auch immer ihr passiert war, es musste ziemlich schlimm gewesen sein. Er seufzte.

Ihr Atem wurde ruhig. Er bemerkte bald, dass sie eingeschlafen war. Er lächelte, löschte das Licht und schloss ebenfalls seine Augen. Sie schliefen bis drei Uhr morgens, als er aufwachte und sah, dass sie ihren Mund um seinen Schwanz gelegt hatte. Er riss seine Augen auf. Nein, das war kein Traum.

„Das ist eine schöne Art, aufzuwachen, nicht wahr?", sagte sie.

Er konnte nur nicken. Er überließ sich ihr, und sie bezauberte ihn, brachte ihn dazu, ihr zu verfallen, von seiner Lust gelähmt und unfähig, sich zu bewegen. Gegen seinen Willen brachte er sie dazu, rechtzeitig aufzuhören, sodass er sich ihr ebenfalls widmen konnte. Er ließ sich zwischen ihren Schenkeln nieder und brachte sie innerhalb von Minuten zum Schreien. Dann nahm er sie wieder, voller Energie und Leidenschaft.

Zufrieden rollte sich Dan um Holly zusammen. Sie gab einen tiefen Ton von sich, wie ein Schnurren, als er sie fest umarmte. Sie legte ihre Finger um seinen Unterarm und kam noch näher. Sie schliefen, ineinander verschlungen, bis Sonnenstrahlen den Raum erhellten.

Ihr warmer Körper neben seinem brachte sein Blut in Wallung. Er streichelte ihren Arm, und sie rollte sich auf ihren Rücken. Nachdem er die Decke heruntergezogen hatte, um ihre Brüste zu enthüllen, blickte er auf ihre Schönheit, bevor er sie berührte.

Dieses Mal liebte er Holly langsamer. Als er fertig war, legte er sich neben sie und ließ seine Hand ihre Brust heruntergleiten. Holly fiel auf ihr Kissen zurück und blies sich ein paar Locken aus dem Gesicht.

„Du bist wunderbar", murmelte sie und wandte sich ihm zu.

„Es heißt, Athleten können es besser. Ich bin mir da nicht so sicher, aber was uns an Erfahrung fehlt, das machen wir mit Ausdauer wett."

Sie kuschelte sich an ihn und legte ihre Wange auf seine Brust. Sie schlief wieder ein, während sie dem Schlagen seines Herzens zuhörte.

AUS EINEM TAG WURDEN zwei. Als sie zu den Magees zurückkam, zwei Tage später, zog Holly schnell ihre Uniform über und rannte beinahe den ganzen Weg zum Stadion. Die leichte Empfindlichkeit zwischen ihren Beinen erinnerte sie an Dans Leidenschaft. Er würde heute pitchen, und sie konnte es nicht abwarten, ihn anzufeuern. Mit einem Lächeln so breit wie der Grand Canyon schnappte sie sich ihren Wagen und belud ihn.

Bud kam herein. „Da bist du also. Ich hab mich schon gefragt, wann du wieder auftauchst."

Holly wurde unter seinem Blick rot.

„Das längste Date der Welt?" Er hob eine Augenbraue.

„Ich bin erwachsen, Bud. Bitte, lassen wir es dabei", sagte sie und nahm sich eine Handvoll Servietten.

„Du hast recht. Entschuldigung. Es geht mich ja nichts an." Er drehte sich um.

Sie legte ihre Hand auf seinen Arm. „Es tut mir leid. Ich wollte dich nicht anfahren. Ich bin dir dankbar für alles, was du für mich getan hast. Du hast mir das Leben gerettet. Aber ich musste mal für ein oder zwei Nächte ein normales Leben führen. Spaß haben. Es ist wirklich lange her, dass ich mich einfach entspannen und die Seele baumeln lassen konnte. Dan ist ein wundervoller Mann."

„Tu ihm nur nicht weh, okay?"

Sie lachte. „Es ist wahrscheinlicher, dass ich diejenige sein werde, die mit gebrochenem Herzen zurückbleibt, meinst du nicht?"

Bud schüttelte den Kopf. „Wer bin ich, dass ich das vorhersehen könnte? Ich bin seit zwanzig Jahren raus aus der Dating-Nummer. Als ich die ideale Frau gefunden hatte, habe ich aufgehört, zu suchen."

Sie nickte, richtete ihren Wagen her und ging auf die Tribüne. Sie kam an, als die Nationalhymne gerade endete. Sie erspähte Dan Alexander, der die Kappe auf sein Herz presste. Die Teams gingen zu ihren Dugouts, dann liefen die Nighthawks aufs Feld.

Bevor er mit seiner Erwärmung begann, schaute Dan auf. Er fand Holly, lächelte und lüftete seine Kappe. Inzwischen war das so etwas wie eine Gewohnheit geworden. Die Fans schauten sich nach der Frau um, die er grüßte, aber niemand hatte sie im Verdacht. Immerhin war sie nur das Hot-Dog-Girl. Welcher erfolgreiche Athlet würde sich mit ihr abgeben? Ihre Unsichtbarkeit war ihre Tarnung.

Ein geheimes Lächeln stahl sich auf ihre Lippen, als sie die Treppen hochlief. „Hot Dogs! Kaufen Sie Hot Dogs!"

Sie spielten eine Serie von drei Spielen gegen die Boston Bluejays, ihre Erzrivalen. Danach würden die Hawks zwei Wochen lang auswärts spielen.

Der erste Pitch war ein Strike. Der zweite ebenfalls. Sie stoppte, um zuzusehen, wie Dan dem ersten Schlagmann ein Strikeout verpasste. Das war ein gutes Omen. Er hatte ihr erzählt, wenn er beim ersten Batter ein Strikeout schaffte, dann würde es für sie ein gutes Spiel werden.

Am Morgen, als sie Kaffee im Bett tranken, hatte er über Selbstbewusstsein gesprochen, und wie es sein Spiel beeinflusste. Er war sogar aufgestanden und hatte ihr gezeigt, wie er einen Slider warf, und ihr den Unterschied zwischen einem Sinker und einem Fastball erklärt. Und das alles splitternackt. Holly hatte versucht, ihr Kichern unter Kontrolle zu bekommen, aber hatte ihren Mund hinter ihrer Hand verstecken müssen. Es war verdammt schwer gewesen, sich auf seine Finger zu konzentrieren, während ihr Blick von etwas Anderem angezogen wurde.

Der nächste Schlagmann schaffte einen Single, aber der dritte brachte den Ball im Infield zu Boden und erlaubte damit Skip, Nat und Bobby, erst den einen und dann den anderen Schlagmann des Gegners ins Aus zu befördern. Holly grinste zu Dan herüber, als er den Mound verließ und die Bluejays übernahmen. Dan sah zu ihr hoch und grinste ebenfalls, bevor er seinen Kopf wieder senkte und in den Dugout stieg.

Holly verkaufte weiter, während sie mit einem Auge das Spiel verfolgte. ‚Three up, three down' – der Pitcher der Jays hatte in diesem Inning nur drei Battern gegenübergestanden, von denen keiner hatte punkten können. Nun war wieder Dan dran. Er sah nicht zu ihr auf, und sie verstand, warum. Er musste sich nun vollkommen auf das Spiel konzentrieren. Erst ein Grounder, dann ein Pop-Fly im Infield, beide schnell gefangen. Drei Outs. Es stand immer noch null zu null.

Scuddy Figueroa, der Pitcher der Jays, runzelte die Stirn. Sein Gesichtsausdruck zeigte Holly, dass er sich nicht kampflos geschlagen geben würde. Unter den Zuschauern wuchs die Anspannung, als die nächsten drei Schlagmänner der Hawks zur Home Base gingen. Nun verstand sie, was die Ansager meinten, wenn sie ein ‚Pitcher's Duel' ankündigten. Sie zog mit ihren Zähnen an ihrer Unterlippe, als sie die Ränge ablief.

Dan trat wieder auf den Mound. Dieses Mal schafften die Bluejays sofort einen Single – der Schlagmann war nun an der ersten Base. Als Nächster war ihr Infielder dran. Die Männer auf dem Feld bereiteten sich für ein mögliches Double Play vor, also das gleichzeitige Ausschalten von zwei gegnerischen Spielern. Aber der Slugger der Jays schlug in die Ecke des Left Fields und schaffte einen Double – Boston hatte nun einen Mann auf der zweiten und einen auf der dritten Base. Ihr zweiter Baseman schulterte seinen Schläger und starrte zu Dan herüber. Holly kam ins Schwitzen.

Ein hoher Pop-Fly brachte den Spieler von der dritten Base zur Home Base, aber der Outfielder der Hawks fing ihn aus der Luft, womit der Schlagmann sofort aus war. Schnell beförderten die Feldspieler den Ball zum Slugger der Bluejays, bevor er die dritte Base erreichen konnte. Nun hatte Boston einen Punkt gemacht. Ihr nächster Schlagmann wurde von Dan mit einem Strikeout vom Feld befördert. Er wischte sich mit seinem Ärmel den Schweiß von der Stirn, als er den Mound wieder Figueroa überließ.

Es war die zweite Hälfte des sechsten Innings, und die Hawks waren am Verlieren. Chet Candelaria, ihr Center Fielder, war nun mit Schlagen dran. In dieser Saison hatte er dabei bisher keine gute Figur abgegeben, auch wenn er ein großartiger Defensivspieler war und zu den kräftigsten Spielern des Teams gehörte. Dan war auf dem On-Deck-Circle, auf dem jeweils der nächste Schlagmann auf seinen Einsatz wartete, und wärmte sich auf.

Holly hatte ihn noch nie zuvor schlagen sehen. Chet schoss einen Blooper über den Kopf des Shortstops, der zwischen der zweiten und dritten Base stand, in das Center Field und erzielte einen Single. Nun war Dan dran. Er hatte Holly erzählt, wie nervös ihn das machte. Die Trainer hatten ihn wieder und wieder das Bunten üben lassen, hatte er gesagt. Sie fragte sich, was er nun tun würde.

Dan stand mit dem Schläger über seiner Schulter und starrte zu Scuddy, der als Erstes einen Sinker warf. Ein ‚Ball' – er kam außerhalb der Strikezone, und Dan machte keinen Schlagversuch. Alexander grub seine Zehen in den Dreck und bewegte sie hin und her, schwang den Schläger einige Male, dann schulterte er ihn wieder. Scuddy holte aus und feuerte einen hohen Slider – Ball Nummer Zwei. Dan brach der Schweiß aus. Wieder fuhr er sich mit dem Ärmel übers Gesicht, bevor er seinen Stand einnahm.

Dann hatte Holly erklärt, dass ein Pitcher dem schwächsten Batter des anderen Teams niemals einen Walk schenken würde. Und der schwächste Batter war im Regelfall der andere Pitcher. Scuddy Figueroa war nur zwei weitere schlechte Würfe von genau diesem Ergebnis entfernt, und gefährdete damit die Führung seines Teams. Holly sah, dass auch er sich die Stirn abwischte. Eines war sicher – beide Pitcher waren schweißgebadet. Chet entfernte sich schon weit von der ersten Base. Das ganze Stadion prickelte vor Erregung. Holly kaute auf ihrer Lippe.

Dan hob den Schläger in die Luft, doch gerade als Scuddy ausholte, hielt Dan auf einmal den Schläger vor sich, um zu bunten.

Dieses Mal kam ein Fastball genau in der Mitte auf ihn zu. Dan blockte den Ball, der um Haaresbreite vor der dritten Baseline aufkam und rannte los. Der Ball schlitterte weiter im Fair Territory und Dan holte aus seinen Beinen heraus, was er konnte. Scuddy raste auf den Ball zu, der ihm entgegenhüpfte. Er hob ihn mit bloßen Händen hoch und schoss ihn zum ersten Baseman herüber. Den Bruchteil einer Sekunde zu spät.

Als der Ball nicht an seinem Kopf vorbeizischte, war Dan noch schneller gelaufen und war dem Wurf damit einen Herzschlag voraus gewesen. Der Stadionbildschirm zeigte den Spielzug noch einmal in Zeitlupe. Es wurde ein Timeout ausgerufen, da sich die Bostoner beraten mussten, ob sie das Safe von Dan anfechten sollten oder nicht. Dieser stieß seinen Atem aus und ließ seine Hände auf seinen Hüften ruhen. Er beobachtete den Pitcher.

Stolz ließ Hollys Brust anschwellen. Er hatte gebuntet und die Base erreicht und Chet hatte zur zweiten Base vorrücken können, kurz davor zu Punkten. Gab es etwas, das Dan Alexander nicht konnte?

Auch Cal Crawley nahm ein Timeout und beriet sich mit Dan. Sie fragte sich, was los war. Sie eilte zurück zum Konzessionsstand und nahm Bud in Beschlag, um ihn zu fragen.

„Crawley möchte wissen, ob Dan noch einige Innings weiter pitchen kann, oder ob sie einen Pinch Runner für ihn einwechseln sollten. Das würde einem Relief Pitcher mehr Zeit zum Aufwärmen verschaffen. Obwohl sie damit normalerweise im fünften Inning anfangen."

„Ein Pinch Runner?"

„Die meisten Pitcher werfen so hart und schnell, dass sie im siebten Inning erschöpft sind. Sie werden in den letzten beiden Innings durch einen Relief Pitcher ersetzt. Wenn Crawley Dan im nächsten Inning ohnehin aus dem Spiel nimmt, dann kann er auch einen schnellen Spieler statt Dan auf die erste Base setzen, um eine

Verletzung von Dan auszuschließen. Außerdem ist Dan kein Jesse Owen, wenn du weißt, was ich meine."

„Ich finde, er ist verdammt schnell gerannt", sagte Holly.

Bud winkte ab. „Ich will ihn nicht schlechtreden, aber er ist ein Pitcher, kein Base-Stealer. Wenn Cal stattdessen Bart Carozzi auf die Base setzt, könnten wir einen Double Steal schaffen – und zwei Punkte einheimsen."

„Warum spielt er nicht schon?"

„Carozzi könnte den Ball nicht mal dann treffen, wenn es um sein Leben ginge. Aber Bases stehlen, das kann er."

Holly nickte und bedankte sich bei Bud, dann kehrte sie wieder in ihr Verkaufsrevier zurück, gerade rechtzeitig, um zu sehen, wie Dan durch Carozzi ersetzt wurde. Der Pitcher ging unter einer Runde Applaus vom Feld. Carozzi lehnte sich nach vorn, legte seine Hände auf die Knie und ließ Figueroa nicht aus den Augen.

Nat Owen überraschte alle mit einem Treffer, der in die Zuschauerränge hopste. Alle Spieler rückten zwei Bases vor. Damit war Chet auf der Home Base und Bart stand auf der dritten. Als Nächsten schlug Skip einen Sacrifice Fly, weit ins Outfield hinein, der aus der Luft gefangen wurde. Damit war Skip draußen. Carozzi musste nach den Regeln noch einmal zurück zu seiner Base, als der Ball gefangen wurde, doch er schaffte es danach noch zur Home Base. Nun stand es zwei zu eins für die Nighthawks.

Bobby traf einen Line Drive und sandte ihm zum zweiten Baseman, für ein drittes Aus und damit das Ende des Innings. Chip Sanderson wechselte nun als Pitcher ein, um auch die letzten sechs Batter der Bluejays aus dem Rennen zu schicken. Genau das tat er, und damit verschaffte er den Hawks und Dan Alexander endgültig den Sieg.

Holly strahlte, als sie ihren Wagen zurückbrachte. Bud gab ihr einen High Five.

„Dan war großartig“, sagte sie und fuhr sich mit den Fingern durchs Haar.

„Das ist er. Ich hoffe nur, das kann er auch in den Auswärtsspielen beweisen.“

Hollys Lächeln erstarb. Sie übergab Bud ihren Wagen und verließ das Stadion. Ihre Lippen hatten sich zu einem dünnen Strich verzogen, während sie über Dans Reise nachdachte. Würde er etwas mit anderen Frauen anfangen, wenn er weg war? Sie erinnerte sich an seine Behauptung, dass er jede Frau ins Bett kriegen konnte, die er an einer Bar kennenlernte. Würde er mit einer anderen schlafen? Würde sie besser sein als Holly? Ihr Herz sank. Welche Frau würde wohl nicht besser sein? Niemand sonst brachte so viel Ballast mit in eine Beziehung. War ihr Wochenende mit Dan eine einmalige Sache gewesen?

Holly debattierte mit sich, ob sie Dan anrufen sollte, wenn er nicht in der Stadt war. Sie entschied sich dagegen. Sie würde warten und beten, dass er sie immer noch liebte, wenn er zurückkehrte. Ihre Anspannung setzte sich in ihren Schultern fest. Das würden zwei lange Wochen werden.

Kapitel Neun

Da das Team sich auswärts aufhielt und Lisa bei einer Freundin übernachtete, hatte Nancy die Möglichkeit, mit Holly zu sprechen. Nach dem Abendbrot nahm die ältere Frau die Decke zur Hand, die sie für Lisa zu Weihnachten häkelte. Sie zog die Nadeln heraus, nahm das Garn auf und räusperte sich.

„Ich weiß nicht genau, warum du bei uns bist. Du warst wirklich ein Segen, was Lisa angeht. Bud und ich fühlen uns, als hätten wir eine weitere Tochter erhalten."

„Danke." Holly setzte den Teekessel auf.

Nancy sprach weiter: „Niemand kann für immer davonlaufen. Selbst *The Fugitive* im Film wurde letzten Endes geschnappt."

„Ich weiß", sagte Holly und ließ sich auf die Couch sinken. „Ich habe nachgedacht. Ich habe getan, was ich getan habe, weil ich wütend auf meine Eltern gewesen bin. So ähnlich wie Lisa. Vielleicht verstehen wir uns deshalb so gut. Nicht, dass ihr meinen Eltern irgendwie ähnlich wärt, glaub mir das. Lisa hat sehr viel weniger Gründe, zu rebellieren, als ich damals."

„Es muss wehtun, von deiner Familie getrennt zu sein."

„An manchen Tagen tut es das. Möglicherweise habe ich auch eine Mitschuld an unserem schlechten Verhältnis. Als ich ein Teenager war, habe ich es ihnen nicht leicht gemacht."

„Welcher Teenager tut das schon?" Nancy lächelte und häkelte weiter.

„Das war nicht alles. Als ich nicht die Reaktion bekam, die ich erhofft hatte, überspannte ich den Bogen. Mit Flash Kincaid eine Beziehung einzugehen, das war nur eine idiotische Auflehnung."

Nancys Augen wurden groß. „Du hast Flash Kincaid gedatet?"

Die junge Frau nickte. „Ich war erst vierundzwanzig. Was wusste ich schon? Er war gutaussehend, hatte Geld, stürzte sich mit mir ins Nachtleben, über das Wochenende nach Puerto Rico."

„In deinen Augen hattest du Sterne." Nancy nickte.

„So ist es. Und ich wusste, meine Eltern würden dem nicht zustimmen. Ich wusste, sie würden ihn verabscheuen. Das hatten sie bei jedem Typen getan, mit dem ich was hatte."

„Das klingt hart, ‚verabscheuen'."

„Okay, sie waren ‚nicht einverstanden'." Der Kessel pfiff und Holly stand auf, um in die Küche zu gehen.

„Aber du bist trotzdem mit ihm ausgegangen?"

„Ich dachte, es wäre ihnen ohnehin egal – ich wollte einfach nur Spaß haben." Holly goss das heiße Wasser in eine Teekanne aus Porzellan.

Nancy nickte und arbeitete weiter. Holly stellte Tassen und Untertassen auf ein Tablett, nahm den Tee hinzu und trug alles in das Wohnzimmer. Dann kehrte sie noch einmal zurück, um Milch und Zucker in passenden Porzellanbehältnissen zu holen.

„Also, was ist passiert?"

„Ich wusste nicht, wie er sein Geld verdiente. Ehrlich nicht."

„Hast du dir diese Frage nie gestellt? Ich meine, er ist doch nicht jeden Tag in einem Büro verschwunden, oder?"

„Nein. Er war nie in irgendeinem Büro. Er ist jede Nacht ein paar Stunden weggewesen. Ich dachte, sein Vater sei reich und würde ihn aushalten. Ich war dumm. Blöd. Naiv."

„So war es wohl."

„Ich hatte keine Ahnung, dass er Drogen verkaufte und einen Prostitutionsring betrieb."

„Wie hast du es herausgefunden?"

„Eins seiner Mädchen hat mich angesprochen, in der Frauentoilette seines Lieblingsclubs. Sie hat mir die Wahrheit über Flash erzählt. Das war die Erklärung für die seltsamen Dinge, die passierten, wenn wir zusammen waren."

„Was hast du dann gemacht?"

„Meine Eltern angerufen. Ich hatte wahnsinnig Schiss. Dort waren Männer, die sich in einer Sprache unterhielten, die ich nicht kannte. Sie sahen ziemlich beängstigend aus."

Nancy unterbrach ihre Tätigkeit. „Was dann?"

„Sie waren bei einer Wohltätigkeitsveranstaltung. Sie konnten nicht mit mir sprechen."

„Wirklich?" Nancys Augenbrauen schossen in die Höhe.

„Ja. Also entschloss ich mich dazu, mich aus dem Club zu stehlen, indem ich so tat, als müsse ich auf die Toilette. Ich ging aus der Hintertür und durch die Gasse. Einer von Flashs Männern stand dort. Ich sah, wie er auf einen Mann schoss."

Nancy legte ihre Häkelarbeit zu Seite. „Du lieber Himmel! Was hast du dann getan?"

„Ich bin gerannt. Später habe ich erfahren, dass der Mann gestorben ist."

„Wohin bist du gegangen?"

„Zur Polizei. Sie haben mich ins Zeugenschutzprogramm gesteckt. Aber jemand hat die Information durchsickern lassen, denn Flashs Männer haben mich gefunden. Und deswegen bin ich nun hier."

„Was für eine Geschichte!"

„Es klingt interessanter, als es war."

„Deine Eltern müssen sich solche Sorgen machen."

„Ich weiß nicht. Ich habe sie seit dem Telefonanruf weder gesehen noch gesprochen. Es ist schon eine Weile her." Holly goss den gezogenen Tee in die Tassen.

„Sie *müssen* sich einfach sorgen."

„Vielleicht. Manchmal sehe ich Fotos von ihnen in der Zeitung. Sie machen viel Wohltätigkeitszeug."

„Und die Polizei sucht nach dir?"

„Die Polizei, das FBI, und Flash."

Nancy tätschelte Hollys Hand und nahm eine Tasse. „Das klingt nach einer Menge Stress."

„Ich habe daran gedacht, meine Eltern anzurufen. Mich vielleicht zu entschuldigen. Ich weiß, ich habe sie sehr beschämt."

„Denkst du nicht, sie haben Angst, dass du tot sein könntest?"

„Vielleicht. Wenn ich sie anrufen würde, könnte ich ihnen sagen, wie leid es mir tut. Vielleicht könnte ich nach Hause gehen." Holly gab Milch und Zucker in ihren Tee.

„Das klingt nach einem Plan." Nancy nahm nur Milch und trank einen Schluck.

„Ich würde mich stellen, wenn ich irgendwo hinkönnte. Ich werde nicht zurück ins Zeugenschutzprogramm gehen."

„Gib deinen Eltern eine zweite Chance. Du bist jetzt ein anderer Mensch. Ich wette, das gleiche gilt auch für sie."

„Ich hätte gerne, was du hier hast, Nancy."

Sie wurden von Hollys Handy unterbrochen. Es war Dan.

„Hast du das Spiel gesehen?", fragte er.

Sie ging in ihr Zimmer, um ungestört reden zu können, streifte ihre Schuhe ab und legte sich aufs Bett. Sie sprachen die nächste Viertelstunde über das Spiel, über die Qualität der Matratze in seinem Hotelzimmer, wie Matt sich mal wieder an der Hotel-Bar bei den Frauen ins Aus geschossen hatte, und wie sehr Dan sie vermisste. Als sie auflegte, strahlte sie übers ganze Gesicht. Mit ihm zu sprechen erfüllte ihr Herz. Sie dachte, dass dieser Anruf nur bedeuten konnte, dass er nicht nach anderen Frauen Ausschau hielt. War es Liebe? Könnte schon sein. Sie hasste den Gedanken daran, einen weiteren

Tag ohne ihn verbringen zu müssen, und wünschte sich nichts sehnlicher als eine weitere heiße Nacht in seinem riesigen Bett.

Hot Dogs zu verkaufen war auf einmal gar nicht so schlecht, wenn sie ihm dafür beim Spielen zusehen konnte. Nun nahm er immer seine Kappe für sie ab, wenn er pitchte. Das Geheimnis, wen er mit dieser lieben Geste meinte, war noch nicht gelüftet worden. Holly hatte es niemandem erzählt. Sie wollte Dan so weit wie möglich von ihrer fragwürdigen Vergangenheit fernhalten.

Mit einem Herz voller Liebe und Hoffnung auf das Beste rief sie in der Wohnung ihrer Eltern an.

„Hallo?"

„Mom? Hi."

Stille.

„Ich bin's, Holly."

„Holly? Oh mein Gott? Bist du es wirklich?"

„Ja. Tut mir leid, dass ich nicht eher angerufen habe."

„Wir wussten nicht, ob du noch lebst! Ransom, du musst auch abheben."

Ihr Vater nahm am zweiten Apparat ab. „Holly, wo bist du?"

„Das kann ich dir nicht sagen, Dad. Mir geht's aber gut."

„Ich bin dein Vater."

„Ich kann leider nicht."

Wieder Stille.

„Ich wollte mich bei euch entschuldigen. Ich weiß, dass ihr es schwer mit mir hattet, als ich noch ein Teenager war."

„Teenager? Wohl noch danach!", rief ihr Vater.

„Du warst schon als Baby schwierig", kommentierte Marva.

„Danke, Mom." Holly atmete tief durch. Das könnte schwerer werden, als sie es erwartet hatte.

„Was willst du?" Ransom war immer sofort zur Sache gekommen.

„Ich hatte gehofft, ich könnte heimkehren. Meine Aussage machen, dann wieder bei euch einziehen, wieder eine Familie sein?"

Stille.

Holly biss auf ihre Lippe und sprach in ihren Gedanken ein Gebet.

Immer noch erhielt sie keine Antwort.

Endlich räusperte sich ihr Vater. „Du weiß, wir hatten wegen dir eine Menge Ärger."

„Du meinst, weil ich Zeuge eines Verbrechens wurde?"

„Versuch mir nicht das Wort im Mund herumzudrehen, Tochter. Du weißt genau, was ich meine."

„Einige unserer Freunde reden nicht mehr mit uns. Seit du etwas mit diesem Abschaum angefangen hast", sagte ihre Mutter.

„Wir erholen uns gerade von diesem Skandal."

„Es tut mir leid", flüsterte Holly und versuchte, die Tränen zurückzuhalten.

„Wir verstehen, dass Kinder irgendwann rebellieren müssen. Das hat deine Mutter härter getroffen als mich. Geschäft ist Geschäft, also halten meine Freunde weiter zu mir. Aber deine Mutter wurde gebeten, aus ihrer Bridge-Runde auszutreten und wurde aus dem East Side Cotillion Committee ausgeschlossen."

„Wirklich? Es tut mir so leid für dich, Mom."

„Als wären deren Kinder so toll. Zumindest spritzt du dir kein Heroin", schnaubte Marva.

„Sie hat es inzwischen geschafft, neue Freunde zu finden. Es war nicht leicht für sie."

„Also, was willst du damit sagen?" *Das ist ein schlechter Traum. Ich werde jede Minute aufwachen.*

„Es ist nicht so, dass wir dich nicht wieder haben wollen, Liebes", jammerte Marva.

„Nein, nein, natürlich nicht. Aber das ist gerade nicht der beste Zeitpunkt", ließ sich Ransom vernehmen.

Wieder Stille.

Holly verwarf das letzte bisschen Stolz, das ihr noch geblieben war. „Wann wäre denn ein guter Zeitpunkt?“

„Also, siehst du …“, begann ihre Mutter, dann hielt sie inne.

Holly hörte nur Atemgeräusche.

„Ich weiß nicht. Vielleicht nächstes Jahr?“, sagte ihr Vater.

„Ich kann nicht so lange hierbleiben.“

„Was ist mit dem Zeugenschutzprogramm?“, fragte Ransom.

„Irgendjemand hat mich verraten. Flash hat mich gefunden. Ich musste gehen.“

„Wir hatten gelesen, du seist getürmt, nichts anderes“, sagte Marva.

„Das stimmt nicht. Jemand hat meinen Standort preisgegeben.“

Stille.

„Ich bin weggelaufen, um nicht getötet zu werden!“

Immer noch keine Antwort.

„Also wollt ihr mich wirklich nicht zu Hause haben?“ Holly kniff sich selbst und hoffte immer noch, zu erwachen.

„So ist es nicht“, sagte Marva.

„Natürlich nicht. Wir hätten dich gerne wieder zurück – wenn die Dinge anders lägen. Ich meine, wenn du aussagst und noch ein paar Jahre im Zeugenschutzprogramm lebst, wird irgendwann Gras über die ganze Sache gewachsen sein. Du kommst zurück, und niemand erinnert sich daran. So ist es am Besten“, sagte ihr Vater.

„Das ist eure endgültige Antwort?“

„Wir wussten doch nicht einmal, ob du überhaupt noch lebst“, sagte ihre Mutter.

„Ich habe nichts darüber gelesen. Ich meine, du hast nicht mit der Presse geredet.“

„Natürlich nicht. Niemand möchte etwas von unseren Problemen hören“, sagte Marva.

„Ich habe in einer halben Stunde ein Meeting am anderen Ende der Stadt, Holly. Ich muss mich sputen. Also, haben wir uns verstanden?“, fragte Ransom.

„Allerdings.“

„Gut. Wir werden im Gerichtssaal sein, wenn du deinen Namen reinwäschst. Wir wünschen dir alles Gute. Bleib sicher!“, sagte ihr Vater und legte auf.

„Ja, mein Liebes. Bleib sicher. Viel Glück, Holly. Danke, dass du angerufen hast“, fügte ihre Mutter hinzu.

Das finale Klicken hallte nach wie ein Nagel, der in einen Sarg geschlagen wurde. Hysterie ergriff die junge Frau. Sie war jenseits von Tränen. Ein lauter Schluchzer entfuhr ihr. Sie war verstoßen worden. Am Ende. Ohne Familie. Kein Ort, an den sie hinkonnte. Sie würde nicht hierbleiben können, wenn sie einmal ausgesagt hatte. Sie würde sonst die gesamte Magee-Familie in Gefahr bringen.

Ein Klopfen an der Tür brachte sie in die Gegenwart zurück. Als würde sie unter Wasser gehen, ging Holly zur Tür und öffnete sie einen Spalt.

„Ist alles okay bei dir? Ist was passiert?“, fragte Nancy.

Tränen ließen ihre Sicht verschwimmen, als sie nickte. „Ja, alles in Ordnung.“

„Was ist los? Ist was mit Dan?“

Holly schüttelte ihren Kopf. „In Ordnung“, sagte sie und schloss die Tür.

Panik raste durch ihre Adern. Sollte sie wieder weglaufen, oder aufgeben und aussagen und dem Zeugenschutzprogramm noch eine Chance geben? Keine dieser Lösungen klang nach einem Ausweg. Sie hatte es satt, alleine zu sein, isoliert, müde bis auf die Knochen. Sie vergrub ihr Gesicht in ihrem Kissen und schluchzte. Sie hatte gedacht, dass sie schon ganz unten in den Tiefen der Einsamkeit angekommen war, aber eigentlich hatte sie erst an der Oberfläche gekratzt.

MIT DEM TEAM AUS DER Stadt gab es auch für Holly nichts zu tun. Sie hatte eine weitere Woche frei und entschied sich, nach Pine Grove zu reisen, um Jory zu besuchen. Sie hoffte, dass ein Gespräch mit ihrer Freundin ihr die Klarheit verschaffen konnte, die sie suchte.

Holly hatte ein wenig Geld beiseite gelegt. Sie zog ein paar zerknitterte Scheine aus ihrer Geldbörse, um für die Hin- und Rückfahrt zu bezahlen. Sie hatte den Reißverschluss ihrer Jacke hochgezogen, um sich vor der Kälte dieses Spätsommertages zu schützen, und betrat den Bus. Sie schaltete ihr Handy aus, um das Gespräch mit Dan zu vermeiden, dem sie sich noch nicht stellen konnte. Holly öffnete ein Buch und lehnte sich zurück.

Sie schaffte es nicht, sich auf die Geschichte zu konzentrieren, starrte aus dem Fenster und dachte über ihr Leben nach. Sie wusste, sie musste die zwei Dinge tun, vor denen sie sich am meisten fürchtete – Dan die Wahrheit zu sagen, und sich zu stellen. Die Pflicht, gegen den Mann auszusagen, der den Mord ausgeführt hatte und Flash Kincaid zu belasten vertrieben alle anderen Gedanken aus ihrem Kopf.

Das Verlangen, mit Jory ihre Handlungsoptionen zu besprechen, nagte an ihr. Wegrennen, verstecken, vor der Wahrheit davonlaufen – das alles hatte nicht funktioniert. Man konnte sich Schuld und Verantwortung nicht entziehen – oder der Angst. Sie hatte sich in Dan Alexander verliebt. Wie konnte sie ihn in das alles mit hineinziehen? Wenn sie ihn wirklich liebte, musste sie reinen Tisch machen und sich der Aussage stellen. Sie schüttelte sich, als furchtbare Schlagzeilen durch ihren Kopf schossen. Dan war eine Berühmtheit, von so vielen geliebt und bewundert. Wie konnte sie sein Ansehen in den Schmutz ziehen? Holly kaute an ihrer Lippe. Sie würde ihn sicherlich verlieren. Und was war mit der Gefahr durch Flashs Freunde? Es war schlimm genug, sich ihr selbst auszusetzen. Sie konnte Dans Leben nicht riskieren.

Der Bus fuhr in die Pine Grove Haltestelle ein. Als sie ausstieg, schaute Jory kurz zu ihr und suchte dann weiter unter den anderen Passagieren nach ihr. Holly kicherte. Jory hatte sie noch nie mit kurzen Haaren gesehen.

„Jory! Jory! Ich bin's."

„Hmm?" Jory Stevens drehte sich um. Ihre Augen weiteten sich. „Bist du das, Holly?"

Die dunkelhaarige Frau nickte. Die beiden Frauen umarmten sich und gingen dann zu Jorys SUV. Jorys Mann Trent hatte den Motor laufen lassen, während er auf sie wartete. Sie stiegen ein.

Die Heimfahrt verbrachten sie mit lockeren Gesprächen über Hollys neue Haarfarbe und ihren Job. Als sie sich in ihrem Gästezimmer eingerichtet hatte, tranken sie zusammen vor dem Abendessen ein Glas Wein.

„Sie nennen dich das ‚Hot-Dog-Girl'?", fragte Jory und nahm das Glas, das ihr Mann ihr hinhielt.

„Ja. Die Spieler. Auch die Kunden."

„Wie sind sie so, wenn man sie näher kennt?", fragte Trent und setzte sich neben seine Frau.

„Das Team? Ich kenne nur einen von ihnen näher", sagte Holly und fühlte, wie sich ein wenig Farbe auf ihre Wangen stahl.

„Wen?", fragte Jory und stellte ihr Glas ab.

„Dan Alexander."

„Echt jetzt? Nein. Wirklich? Du datest Dan Alexander?"

Holly nickte. „Ja, ich schätze schon."

„Was meinst du damit, ‚du schätzt schon'?", fragte Trent.

„Wir sind nur ein paar Mal ausgegangen."

„Schläfst du mit ihm?", fragte Jory mit großen Augen.

„Jory!" Holly wandte sich ihrer Freundin zu.

„Naja, man wird ja wohl noch fragen dürfen."

Trent lachte. „Das heißt dann wohl ‚ja'."

„Gut geraten“, sagte Holly und stand auf. Sie füllte ihr Glas auf. „Noch jemand?“

„Das gefällt mir. Du suchst dir gleich das Sahnehäubchen aus, Mädel“, sagte Jory und reichte ihrer Freundin ihr Glas.

Während Jory und Trent das Abendessen vorbereiteten, zappte sich Holly durch das Programm, bis sie bei den Nachrichten hängenblieb. Sie lehnte sich zurück, bis eine Schlagzeile ihre Aufmerksamkeit erregte.

„Leute! Leute! Ihr müsst herkommen!“, schrie sie.

Jory und Trent eilten ins Zimmer und setzten sich zu ihr aufs Sofa. Holly hielt ihren Atem an, als der Nachrichtensprecher sprach.

„Da die Gerichtsverhandlung von Flash Kincaid näherrückt, sendet der New York City Staatsanwalt Al Housman eine verzweifelte Botschaft.“

Der Sender schaltete zu einem Video von Housman.

„Unsere Kronzeugin in der Verhandlung von Drogenhandel und Prostitution, die Flash Kincaid zur Last gelegt werden, sowie der Ermordung von Joseph Malone, ist bisher nicht wieder aufgetaucht. Wir haben seit mehreren Monaten nichts mehr von ihr gehört. Laut unseren Quellen ist sie am Leben und auf der Flucht. Sie soll den Namen Terri Samuels benutzen. Sollten Sie sie kennen, bitte sagen Sie ihr, sie kann diese Telefonnummer anrufen.“ Eine Nummer erschien auf dem Bildschirm. „Beide Fälle werden in drei Wochen verhandelt. Wir können für ihre Sicherheit garantieren, Miss Samuels, wenn Sie zu uns kommen.“

Holly schnappte nach Luft. Jory und Trent schauten sich zu ihr um.

„Du weißt, was du tun musst“, sagte Jory.

Holly nickte. „Aber erst muss ich Dan alles erzählen.“ Furcht ergriff von ihr Besitz. Es hieß, jetzt oder nie. Sie holte tief Luft.

„Bleib stark. Du weißt, du kannst das. Du hast das schon so lange geschafft.“ Jory tätschelte ihre Schulter.

„Ich weiß. Aber Dan macht alles komplizierter."

„Wenn er dich liebt, wird er es verstehen."

„Wird er das? Ich habe mich entschieden, ins Zeugenschutzprogramm zurückzukehren. Ich weiß nicht, wie lange ich darin bleiben muss. Es ist meine einzige Möglichkeit. Wie kann ich ihn bitten, auf mich zu warten?"

„Wenn es sein soll, findet Liebe auch einen Weg."

Die Plattitüden und Anfeuerungen ihrer Freunde konnten Holly kaum helfen. In dieser Nacht lag sie lange wach und dachte darüber nach, wie sie es Dan sagen konnte. Ruhelos zog sie die Decke von sich und ging leise ans Fenster. Sie spähte in die Dunkelheit hinaus, starrte den Mond an und ließ ihren Blick dann über den Hinterhof gleiten. Eine Fledermaus flog am Fenster vorbei und ließ sie aufschrecken. Sie beobachtete einen pummeligen Waschbär dabei, wie er durchs Mondlicht watschelte und auf einen Baum kletterte.

Ihre Gedanken kehrten immer wieder zu ihrem Geliebten zurück. Der Zeitpunkt war gekommen. Noch drei Wochen bis zum Gerichtsverfahren. Er würde Ende dieser Woche zurück sein. Und dann würden sie Abschied nehmen müssen. Schmerz verbrannte ihr Herz. Vorher hatte sie nichts zu verlieren gehabt. Nun stand alles auf dem Spiel. Sie kletterte in ihr Bett zurück und wälzte sich eine weitere Stunde umher, bis sie in einen erschöpften Schlaf sank.

Um sieben wachte sie auf, müde und verzweifelt. Sie hatte fünf Nachrichten von Dan erhalten. Sie konnte es ihm einfach nicht am Telefon sagen. Sie würde warten, bis er zurückkam. Auch wenn es schwer sein würde, ihm dabei ins Gesicht zu sehen, hatte sie entschieden, dass es das richtige war.

DIE NIGHTHAWKS KAMEN am Tag vor ihrer Serie von drei Spielen gegen die Badgers in Baltimore an. Cal Crawley versuchte es immer so einzurichten, dass das Team sich akklimatisieren konnte, bevor sie spielten. Die Badgers würden eine Herausforderung werden, also brauchten die Hawks jeden Vorteil, den sie kriegen konnten.

Dan ging mit Matt und Skip in die Bar des Hotels. Er wollte allein sein und sein Handy gegen die Wand schmeißen, aber die Jungs hingen auf Reisen immer miteinander ab. Sie bestellten Soft-Drinks und kauten Snack-Brezeln an einem kleinen, runden Tisch.

„Du bist schon angepisst und hast dabei noch nicht einmal Butch Johnson gegenübergestanden", sagte Matt und trank seine Cola.

„Halt doch deine Schnauze."

„Hey, Moment mal! Was zur Hölle hab ich denn verbrochen?"

Dan starrte in sein Glas.

„Vermutlich Ärger mit 'nem Mädchen", sagte Skip.

„Holly?", fragte Matt.

„Ich bin grade mal zehn Tage weg, und sie hat mich schon abgeschrieben. Treibt es vermutlich schon mit 'nem anderen."

„So sah sie mir aber nicht aus", sagte Matt.

„Die sind doch alle so. Während man nicht da ist." Dan nahm einen großen Schluck.

„Nein, nicht alle", meinte Skip.

„Doch, alle. Verdammte untreue Flittchen", murmelte Dan.

„Was ist denn eigentlich los?", fragte Matt.

„Ich hab sie fünf Mal versucht, zu erreichen. Keine Antwort. Kein Rückruf."

„Du ziehst aber verdammt schnell Schlüsse", sagte Matt.

„Er hat recht. Du weißt doch gar nicht, was passiert ist. Sie könnte auch krank sein", sagte Skip.

„Ja. Oder tot."

Dans Augen wurden weit. „Was? Das wäre furchbar!"

„Das bezweifle ich zwar. Aber es gibt viele mögliche Erklärungen außer der Möglichkeit, dass sie sich durch ganz Manhattan bumst.

Das wollte ich nur sagen." Matt trank sein Glas aus und gab das Zeichen für eine neue Runde.

„Sowas passiert mir immer. Sie spielen nur mit mir. Gottverdammt, Frauen haben die Treue einer Eintagsfliege. Ich meine, ernsthaft. Da ist ein Typ ein paar Tage weg. Vielleicht 'ne Woche. Und dann antwortet sie nicht mehr auf seine Anrufe."

„Du musst damit fertigwerden, Dan. Morgen musst du pitchen", sagte Skip.

„Ja, ich weiß. Ich schaff das schon."

„Besser wär's", murmelte Matt.

„Was hast du denn damit zu tun?", fragte Dan und ballte seine Fäuste.

„Nichts. Entspann dich, Mann. Komm schon." Matt legte seine Hand auf die Schulter seines Freundes. „Lass sie nicht so nah an dich rankommen."

„Ich dachte sie wäre ‚nur das Hot-Dog-Girl?", fragte Skip.

Matt bedeutete ihm, ruhig zu sein, aber der Shortstop ignorierte es.

„So war es auch, bis ich sie näher kennengelernt habe. Sie ist anders als alle Frauen, mit denen ich bisher ausgegangen bin. Sie ist wirklich was Besonderes. Besser als der Rest. Sie hat Stil, wisst ihr, was ich meine? Zumindest dachte ich das. Und ich dachte, ich würde ihr auch etwas bedeuten."

„Hat sich der Große Verführer etwa verliebt?", fragte Skip, dessen Lippen sich zu einem Lächeln formten.

„Nein, nein. So ist es nicht." Dan schüttelte seinen Kopf.

„Doch, ich denke, genau so ist es. Es war dir doch bisher immer egal. Verdammt, du hast doch sogar Valerie abgeschossen, die heiße Val, sobald du sie mit einem anderen erwischt hattest."

„Valerie ist nicht mal ansatzweise Hollys Liga", murmelte Dan.

„Das ist definitiv Liebe", nickte Matt.

„Gib dem Mädchen 'ne Chance, Dan. Überstürz das nicht."

„Vielleicht“, sagte Dan, trank aus und stand auf. „Ich sollte schon lange im Bett sein. Morgen bin ich dran. Ich muss gehen.“

Er ging langsam zum Fahrstuhl. Er hatte ein schönes Zimmer im noblen Baltimore Savoy. Sein erster Gedanke war gewesen, dass es wunderschön wäre, die Zeit hier mit Holly zu verbringen. Und jetzt wusste er nicht einmal, ob er sie je wiedersehen würde. Was zur Hölle war nur passiert? Es war doch alles gut gewesen.

Er schüttelte seinen Kopf. Seine Erfahrungen ließen ihn den Schluss ziehen, dass Holly eben doch nur eine weitere Frau gewesen war, die es mal mit einem Star hatte treiben wollen. Aber sein Herz widersprach. Konnte er sowas nicht inzwischen besser abschätzen? Verdammt, ja. Er sah sowas aus einer Meile Abstand. Wenn Holly also nicht das wollte, was dann? Und warum ging sie nicht an ihr Handy oder rief zurück?

Er zog sich aus und schlüpfte unter die Decke. Er wollte, dass sie hier war, bei ihm. Sie eintausend Mal zu lieben, bevor er morgen pitchte, würde ihn entspannen, ihn genauer und besser sein lassen. Er löschte das Licht und schloss seine Augen.

Bilder von ihr in seinen Armen kamen zu ihm. Er würde sich vorerst mit Träumen von ihr begnügen müssen. Wenn er zurück nach New York ging, würde sich das alles klären. Dan sprach ein Gebet, dass die Jungs recht hatten, und dass es eine vernünftige Erklärung für ihr Verhalten gab. Er wollte, dass es wahr war, aber seine Erfahrung sagte: Nicht in einer Million Jahren.

Am Morgen war er träge und stöhnte, als der Weckruf erfolgte. Eine lange, heiße Dusche belebte ihn. Die Infielders waren schon beim Frühstück, als er seinen Hintern nach unten in das private Esszimmer bewegt hatte. Nachdem er die Mannschaft begrüßt hatte, lud er sich einen Teller beim Buffet voll und setzte sich zum Essen hin. Vom Kopf des Tisches starrte Cal Crawley ihn an.

„Du bist zu spät. Alles okay, Alexander?“ Der Coach verengte seine Augen.

„Ja", sagte Dan, während er seinen Schinken hinunterschlang.

„Die Badgers haben bisher eine starke Saison gehabt. Sie zielen auf die Playoffs. Diese Spiele gegen sie sind wichtig für uns. Keine Ausrutscher, keine Fehler, verstanden?"

Das Team murmelte seine Zustimmung. Gegen seinen Willen dachte Dan auf der Busfahrt ins Stadion an Holly. Sie wärmten sich ein paar Stunden vor dem Spiel auf. In der Umkleide war die Stimmung angespannter als sonst. Die Baltimore Badgers waren seit Jahren Rivalen der Nighthawks. Einige ihrer Spieler, vor allem Basil Carter, früher Center Fielder bei den Hawks, waren gewechselt, als ihre Verträge ausgelaufen waren, hatten das New Yorker Team verlassen und bei den Badgers in Baltimore angefangen.

Die Nighthawks hatten diesen Spielern nicht vergeben. Obwohl sie wussten, dass man dem Geld nachjagen musste, während man noch gesund genug war, um zu spielen, waren sie trotzdem wütend, dass sie das Angebot, zu bleiben, abgelehnt hatten. Vor allem auf Basils Rücken prangte eine große Zielscheibe. Er war mit Dan eng befreundet gewesen. Verdammt, er hatte Woche für Woche den höchsten Rekord in ihrem Heiße-Mädchen-Wettbewerb gehalten.

Auch wenn sie nie mit ihm sprachen, behandelten sie ihn von oben herab, wann immer ihre Teams gegeneinander antraten. Letztes Jahr hatten die Badgers sie fast aus den Playoffs befördert, vor allem durch die Stärke von Carters Schlag. Und wie, um es ihnen unter die Nase zu reiben, hatte Basil jedes Mal einen Homerun geschlagen, wenn er gegen die New Yorker spielte. Ihre Feindseligkeit wuchs.

Es wurde zwei Uhr und das Team ging aufs Feld, um sich für die Nationalhymne aufzustellen. Dan hielt seine Kappe über seinem Herzen und sang mit. Sein Vater hatte ihm gesagt, dass man immer mitsingen musste, bevor man spielte. Es würde ihm Glück bringen. Der Umstand, dass er abgelenkt war, im Training nicht gut geworfen hatte, und immer noch wütend auf Basil Carter war, ließ nicht auf einen leichten Sieg hoffen.

Nach der Hymne ging Dan mit dem Rest des Teams in den Dugout.

Als Nat Owen zur Home Base ging, setzte sich Chet Candelaria neben Dan und hielt ihm eine Kappe voller Scheine hin. „Bist du dabei?"

Der Pitcher schüttelte den Kopf.

„Hast wohl Angst vor der Konkurrenz? Ich sehe genauso gut wie du."

„Ja, aber du könntest eine heiße Braut nicht mal dann erkennen, wenn sie dir einen bläst."

Chet klopfte seinem Freund auf die Schulter und lachte.

„Ich dachte, ich gebe euch Jungs auch mal die Chance, aufzuholen", sagte Dan.

Der Outfielder zuckte mit den Schultern und ging weiter zu einem anderen Spieler. Das letzte, was Dan gerade im Sinn hatte, war anderen Frauen hinterherzuschauen. Er wollte nur Holly Merrill. Und wenn sie nicht da war, konnte es ihm gleichgültig sein, wer auf der Tribüne saß.

Er schüttelte seinen Kopf. Wenn er sogär am ‚Spiel' kein Interesse mehr hatte, scheiße, dann stand es schlecht um ihn. Was, wenn die Liebe ihn doch erwischt hatte. Der schlüpfrige Pitcher hatte mit Cupid sein ganzes Leben lang Fangen gespielt. Und endlich hatte der Pfeil ihn getroffen. Er kicherte leise. Matt Jackson hatte es noch vor ihm selbst erkannt. *Vielleicht sind beste Freunde dafür da?*

Bevor er Gelegenheit hatte, sich weiter darüber Gedanken zu machen, war Bobby Hernandez nach drei Strikes draußen, und die Nighthawks hatten ihr drittes Out in diesem Inning. ‚Three up, three down'. Keiner ihrer Batter hatte es auf eine Base geschafft. Dan setzte seine Kappe auf, erhob sich und dehnte sich, bevor er auf den Mound ging.

Nach ein paar Erwärmungswürfen nahm der erste Badger seinen Schläger zur Hand und nahm Augenkontakt mit Dan auf. Matt gab ihm das Signal für den neuen Slider. Er hatte nicht gut im Training funktioniert, aber er vertraute Matt und warf ihn. Der Pitch traf nicht die Zone – ‚Ball'. Zwei weitere Würfe. Ein Strike und noch ein Ball. Der vierte war ebenfalls ein Ball, und Dan begann zu schwitzen.

Matt änderte sein Signal und zeigte einen Fast Ball an. Dan nahm all seine Kraft zusammen und warf einen, der gerade so in der Ecke der Zone landen sollte. Es funktionierte nicht. Der Ball flog direkt in die Mitte, und wurde getroffen. Der Grounder wurde ins Left Field geschlagen und der Schlagmann schaffte es auf die erste Base.

Im ersten Inning ein Mann schon im Spiel, keiner draußen – so fing es für gewöhnlich nicht für Dan an. Matt zog einen Moment lang ein Gesicht, dann änderte er wieder sein Signal. Dan warf einen Change-up und schaffte beim zweiten Gegner ein Strikeout. Der andere bewegte sich schon von der Base weg. Auf den Idioten aufzupassen, der versuchte, eine Base zu stehlen, während er sich darauf konzentrieren musste, seinen Pitch so schnell wie möglich, aber innerhalb der Zone zu werfen, beanspruchte seine ganze Aufmerksamkeit. Schweißtropfen formten sich auf seiner Stirn. Er wischte sie mit seinem Ärmel ab.

Aus Gewohnheit schaute Dan hoch auf die Tribüne. Aber das war nicht sein Stadion, und der Hot-Dog-Verkäufer ein Mann. Er schüttelte seine Schultern aus und versuchte, Holly aus seinem Kopf zu verbannen. Sie war sein Glücksbringer gewesen, wie sie in der Reihe stand, lächelte und ihn anfeuerte. In Baltimore musste er es alleine schaffen.

Der nächste Schlag ging Richtung Shortstop. Das Arschloch auf der ersten Base nutzte seine Chance, weiterzulaufen. Matt gab ein Signal an Skip und Dan. Pitch-Out. Der Runner war noch auf dem Weg. Dan duckte sich, Matt warf den Ball zu Skip, der den Runner ins Aus beförderte – Dan hatte Glück gehabt. Mit zwei Outs hob sich sein Selbstbewusstsein wieder genug, um dem nächsten Schlagmann ein Strikeout zu verpassen.

Im zweiten Inning hatte er nicht so viel Glück. Ihm gegenüber stand Basil Carter als erster Schlagmann. Während er versuchte, seine Feindseligkeit dem Spieler gegenüber zu unterdrücken, erhielt Dan das Signal von Matt für einen Change-up-Pitch und holte aus. Aber er hatte sich nicht richtig unter Kontrolle und der Ball flog mittig, direkt in der Zone, Carters bestem Schlagpunkt. Der Slugger schlug ihn bis in die Reihen der Zuschauer. Zwei Walks und ein weiterer Single ließen die die Badgers zwei zu null in Führung gehen.

Die Hawks trafen keinen Ball. Baltimores Pitcher erzielte sechs Strikeouts und nur zwei Walks. Inning um Inning wurden die Spieler der Nighthawks ins Aus katapultiert. Jake Lawrences Schlag wurde am Warnstreifen abgefangen. Näher kamen sie einem Punkt im ganzen Spiel nicht mehr.

Und Dan Alexander machte es nicht besser. Erst ein weiteres Strikeout. Dann zwei weitere Runs. Am Ende des vierten hieß es vier zu null, Badgers in Führung. Dan riss sich die Kappe vom Kopf und schmiss seinen Handschuh vor die Spielerbank. Er trank eine Flasche Wasser und sank in sich zusammen. Bis sein Team mit dem Schlagen dran war, würde er kaum eine Minute zum Ausruhen haben. Und es kam, wie es kommen musste – three up and three down.

Panik über seine unkontrollierten Würfe machten alles nur noch schlimmer. In der zweiten Hälfte des fünften Innings gab Dan dem ersten Schlagmann einen Walk.

Cal Crawley ging zu ihm zum Mound. „Dan, was ist los?"

„Ich weiß es nicht. Nehme mir wohl einen Tag frei."

„Kannst du dieses Inning noch weiterspielen? Ich habe Sanderson zum Aufwärmen geschickt."

„Ja. Ja, ich bin okay."

Crawley ging zum Dugout zurück. Während seine Versicherung an den Coach überzeugend geklungen hatte, glaubte Dan eigentlich selbst nicht daran. Er versuchte, sich vor dem nächsten Pitch selbst

Mut zuzureden. Es wurde ein Strike. Aber die nächsten Würfe waren Balls. Wieder ein Walk.

Matt ging zum Mound. „Was zum Teufel ist los?“

„Der Slider funktioniert nicht.“

„Überhaupt nichts funktioniert hier“, sagte Matt und versteckte seinen Mund hinter dem großen Handschuh, damit die Kamera seine Worte nicht einfangen konnte.

„Versuch was anderes.“

„Einen Change-up?“

Dan nickte, und Matt trottete zurück zur Home Base. Es half alles nichts. Dan kam nicht mehr ins Spiel hinein. Er verschenkte einen Double und gab einem weiteren einen Walk. Cal Crawley erschien aus dem Dugout und kam zum Mound. Dans Zeit war um.

„Das war's, Dan. Heute klappt es bei dir nicht.“ Crawley gab dem Pitcher ein Schulterklopfen und Dan ging in den Schatten, zu seinen Teamkameraden. Er trank zwei Flaschen Wasser und ließ sich auf die Bank fallen. Wut auf sich selbst brodelte in ihm, erhitzte sein Gesicht und ließ seine Stimmung auf den Tiefpunkt sinken.

Bart Carozzi, ein Pinch Runner, glitt die lange, hölzerne Sitzbank entlang, um neben dem Pitcher zur Ruhe zu kommen. „Du hast dir von einem Mädchen das Spiel versauen lassen.“

Dan saß schweigend da.

„Dieses Hot-Dog-Mädel hat dir den Kopf verdreht. Du musst über die hinwegkommen, Mann.“

„Halt die Schnauze“, sagte Dan und warf ihm einen giftigen Blick zu.

Bart hob abwehrend die Hände. „Hey, schieß nicht auf den Boten. Ich sage dir nur, wie es ist.“

„Wer hat dich gefragt?“ Dan stand auf und näherte sich dem Coach.

Kapitel Zehn

Hollys Hände zitterten, als sie ihre Uniform anzog. Das Team war wieder da und würde um zwölf ein Spiel haben. Das war in einer Stunde, und sie war spät dran. Heute würde sie Dan die Wahrheit über ihre Situation erzählen. Sie zog ihre Unterlippe zwischen ihre Zähne und spielte verschiedene Szenarien in ihrem Kopf durch. Keines von ihnen beruhigte ihr schnell schlagendes Herz.

„Viel Glück", sagte Nancy und gab ihr vor der Wohnungstür eine Umarmung.

„Danke. Ich werde es brauchen."

Holly rannte praktisch zum Stadion. Sie belud schnell ihren Wagen und brachte sich in der Nähe der ersten Base in Position. Sie blickte zum Dugout der Hawks herüber, aber schaute schnell wieder weg. Dan war da, und sie konnte ihm noch nicht in die Augen sehen.

Die Männer stellten sich für die Nationalhymne auf. Dan warf ihr einen wütenden Blick zu und sah dann zur Seite. Ihr Herz schlug schneller, wenn das überhaupt möglich war. *Scheiße! Er ist sauer auf mich.* Natürlich, dass sie ein Dutzend Anrufe und Nachrichten von ihm ignoriert hatte, konnte ihm schon sauer aufstoßen. Sie holte tief Luft und legte die Hand auf ihr Herz. Ihre Gedanken rasten, und sie konnte sich nicht einmal an den Text der Nationalhymne erinnern.

Als es vorbei war, schaute sie zu Dan und lächelte, aber er blickte sie nicht an. Ihre Anspannung erhöhte sich noch. *Vielleicht wird ihm egal sein, was ich zu sagen habe?* Neue negative Gedanken wirbelten durch ihren Kopf.

„Hot Dogs! Kaufen Sie Hot Dogs!", rief sie, als wäre sie auf Autopilot.

Julio Suarez würde für die Hawks der Starting Pitcher sein. Holly konnte sich nicht auf das Spiel konzentrieren. Sie war wie betäubt. Da sie in Gedanken nur mit ihrem Gespräch mit Dan beschäftigt war, verkaufte sie nicht viel.

„Hey, Lady!"

Holly drehte sich um.

„Verkaufen Sie was, oder schauen Sie das Spiel? Ich rufe seit einer halben Stunde!"

Holly entschuldigte sich und eilte zu dem Kunden, um seine Bestellung auszuführen. Als sie ihm den vierten Hot Dog überreichte, brachen die Zuschauer in Jubel aus. Sie sah sich gerade noch rechtzeitig um, damit sie Jake Lawrences Homerun sah, der ihn bis in die Tribüne geschlagen hatte. Skip und Nat warteten auf ihn bei der Home Base. Die Männer gaben sich einen Handschlag, Jake zog seine Kappe ab und sie setzten sich.

Die Nighthawks gewannen fünf zu drei. Holly deponierte ihren Wagen beim Verkaufsstand und stellte sich an die Seite, um dem Strom der Fans aus dem Stadion aus dem Weg zu gehen.

Sie näherte sich Bud. „Könntest du für mich in die Umkleide gehen und zu Dan sagen, dass er bitte auf mich wartet?"

„Sicher."

Bud schlängelte sich durch die Massen, während Holly auf die Damentoilette ging. Sie wusch ihr Gesicht und frischte ihr Makeup auf. Das Zittern ihrer Hand hielt sie davon ab, noch Mascara aufzutragen. Für sie war es am wichtigsten, dass Dan sie verstehen würde. Sie wusste nun, dass Flash Kincaid eine schlechte Wahl gewesen war. Sie hatte viele von ihnen in ihrem Leben getroffen.

Sie hatte nun einen anderen Weg eingeschlagen – einen, von dem sie hoffte, dass auch Dan dabei sein würde. Es gab eine Million Gründe, warum er sich nicht mit ihr einlassen sollte. Sie sprach lautlos ein Gebet, dafür, dass er bei ihr blieb. Nachdem sie ihr Shirt abgebürstet und ihren Lippenstift erneuert hatte, marschierte sie die nun leeren Gänge entlang zur Umkleide.

Bud wartete schon auf sie. „Er kommt. Geh nicht weg."

„Danke, Bud. Ich schulde dir was."

„Vergiss es. Brich ihm einfach nicht das Herz, okay?"

„Ich verspreche es."

Einige andere Spieler kamen vor Dan heraus. Sie grüßten sie höflich, aber das war es auch schon. Ihre Reserviertheit machte ihr Angst. Etwas war los, und sie hatte keine Ahnung, was es war.

Endlich trat Dan aus der Tür. Er hielt an, sah zu ihr, aber er lächelte nicht. „Was willst du?"

„Ich muss mit dir reden."

„Jetzt? Nachdem ich hundertmal bei dir angerufen habe, jetzt willst du reden?"

„Es waren keine Hundert."

„Aber es fühlte sich so an."

Sogar wütend war er noch gutaussehend. Sie wollte ihn küssen, ihn berühren, aber er war unerreichbar. „Es tut mir leid. Es ist nur ... das, was ich dir sagen muss, konnte ich nicht am Telefon sagen."

Sein Gesicht wurde röter. „Oh? Tatsächlich? Lass mich raten", sagte er und legte eine Hand auf seine Hüfte. „Du hast jemanden kennengelernt. Einen Typen. Der nicht ständig auf Reisen ist, und es ist sowas wie Schicksal ..."

„Wovon redest du?"

Er schwieg und presste seine Lippen zu einem dünnen Strich.

„Ich verstehe nicht, was du meinst. Um sowas geht es überhaupt nicht."

„Du willst mir glauben machen, es geht nicht um einen anderen Mann?" Er verlagerte sein Gewicht.

„So ist es. Ich habe niemanden kennengelernt. Warum glaubst du das?"

„Weil du auf meine Hundert Anrufe nicht reagiert hast. Warum solltest du sonst so etwas tun? Vielleicht, weil du zu sehr mit einem anderen beschäftigt bist, in seinem Bett?“

Nun war es an ihr, wütend zu werden. Tränen brannten in ihren Augen. „Was, du verdammter Bastard! Wie kannst du so etwas Furchtbares sagen? Nein, es gibt keinen anderen. Nein, das war nicht der Grund, dass ich nicht auf deine Anrufe reagiert habe. Ich bin nicht so eine.“ Enttäuschung kämpfte mit Wut in ihrer Brust. Sie wusste nicht, ob sie ihm eine runterhauen oder weggehen sollte, also wählte sie die weniger gewalttätige Möglichkeit und drehte sich auf ihrem Absatz um. Vielleicht musste sie sich gar nicht dazu durchringen, ihm die Wahrheit zu erzählen. Ihre Augen füllten sich mit Tränen, also lief sie schneller.

Er war direkt hinter ihr. „Du meinst, du servierst mich nicht ab?“

„Das hatte ich nicht vor. Aber jetzt tue ich es.“

„Du hast dich nicht mit einem anderen getroffen?“ Er holte sie ein und lief neben ihr, dann schloss er seine Finger um ihren Arm. „Warte! Warte. Rede mit mir.“

Sie drehte sich zu ihm um. „Warum sollte ich? Du hast dir doch alles schon so schön ausgemalt. Ich schätze, du wusstest sogar schon Wort für Wort, was ich dir sagen würde.“

Als er das hörte, wurde er rot.

„Oh mein Gott! Es stimmt also!“ Ihre Hand flog zu ihrem Mund, als sie versuchte, ihre Tränen zurückzuhalten.

„Es tut mir leid. Warum bist du nicht rangegangen und hast nicht zurückgerufen?“

„Wenn du mich vielleicht hättest ausreden lassen ...“

„Okay. Okay. Bitte rede.“ Er ließ sie los.

„Ich ... ich kann das hier nicht.“

„Bei mir?“

Sie nickte.

„Komm mit." Er führte sie zu seinem Wagen und öffnete für sie die Tür.

Jetzt noch umzukehren war keine Option. Sie musste sich ihm stellen und die Wahrheit sagen. Ihr Puls raste und ihr Herz fühlte sich an, als würde es jeden Moment aus ihrer Brust springen, als sie auf seine Wohnung zugingen.

„Kaffee?"

„Danke." Während Dan die Kaffeemaschine befüllte, ging Holly zu den riesigen Fenstern und blickte nach draußen. Ihre Knie zitterten und ihr Magen krampfte sich zusammen.

„Sorry, ich habe nichts zu essen da", sagte er, als das Aroma von gebrautem Kaffee den Raum erfüllte.

„Das ist okay. Ich habe ohnehin keinen Hunger." Holly ging in die Küche und nahm Kaffeebecher aus dem Wandschrank. Als sie mit Eingießen fertig waren und auch Milch und Zucker hinzugefügt hatten, setzte sie sich ihm gegenüber hin.

Seine haselnussbraunen Augen blickten tief in ihre hinein. Sie zeigten Neugier und auch Vorsicht.

Sie streckte ihren Arm aus und legte ihre Hand in seine. „Es ist ein bisschen schwer, es auszusprechen. Bitte verurteile mich nicht, bis ich fertig bin. Vor ein paar Jahren habe ich einen Mann in einem Club kennengelernt, im Meatpacking District, einem echt zwielichtigen Viertel", begann sie.

Während sie sprach, schloss Dan seine beiden Hände um ihre. Jedes Mal, wenn sie ihn ansah, waren seine Augen auf sie gerichtet. Er blickte auf ihr Gesicht, dann auf ihre verschränkten Hände, dann wieder in ihre Augen.

Er runzelte die Stirn. „Also hast du mir deswegen nichts über dich erzählt?"

„Genau. Wenn du mich verlassen willst, kann ich das verstehen."

„Warum sollte ich das tun?"

„Warum solltest du es nicht tun?" Sie schluckte.

„Weil du eine wunderbare Frau bist. Intelligent. Wunderschön. Einmalig."

„Ich war naiv. Ich wusste nicht, was Flash tat, oder ich wäre nie mit ihm zusammengekommen."

„Ich glaube dir."

„Tust du dass?" Sie hob ihre Augenbrauen.

„Natürlich. Warum denn nicht?"

Bei seinen Worten löste sich die Angst in ihrer Brust in Luft auf.

„Sein Gerichtsverfahren ist in drei Wochen. Morgen werde ich den Staatsanwalt anrufen und mich stellen, aber ich werde mich erst einen Tag vor dem Gerichtstermin mit ihnen treffen. Danach werde ich wieder ins Zeugenschutzprogramm gehen. Ich hoffe, dieses Mal wird es funktionieren."

Die darauffolgende Stille hing schwer über dem Raum.

Dan sah auf ihre Hände herab. „Du wirst in den nächsten drei Wochen noch nicht zurückkehren?"

„So ist es."

„Dann bleib hier." Er schaute sie direkt an.

„Was?" Sie dachte, sie hätte ihn falsch verstanden.

„Zieh bei mir ein. Bitte."

„Das ist ziemlich verrückt, oder? Stört dich denn gar nichts daran?"

„Okay, du hast dich also mit dem falschen Typen eingelassen. Du hast nichts Falsches getan. Du hast nicht das Gesetz gebrochen. Jeder macht mal Fehler. Deiner hatte größere Konsequenzen als die meisten. Du wirst hier sicher sein. Niemand weiß, wo du dich aufhältst. Ich will, dass du bei mir bleibst."

„Wir sind noch nicht lange zusammen. Bist du dir sicher?"

„Lass uns das gemeinsam herausfinden."

Die Schwere hob sich von ihrem Herz. „Nach dem Verfahren muss ich untertauchen. Zumindest, bis das Urteil vollstreckt wird."

„Okay."

„Ich weiß nicht, wie lange das dauern wird."

„Wir schaffen das schon." Dans Daumen strich über ihren Handrücken.

„Ich kann vielleicht nicht einmal Kontakt mit dir aufnehmen während dieser Zeit."

„Dann wird das ein Test."

„Was, wenn wir ihn nicht bestehen?", fragte sie.

Er zuckte mit seiner Braue. „Und was, wenn wir es tun?"

HOLLY BRAUCHTE NICHT lange, um ihre paar Habseligkeiten zusammenzupacken und sich tränenreich von den Magees zu verabschieden. Sie hatte es sich in Dans luxuriösem Wagen bequem gemacht. Drei Wochen mit ihm zusammenzuleben, das war mehr, als sie sich zu erträumen gewagt hatte. War etwa schon Weihnachten? Sie hatte das größte Geschenk ihres Lebens bekommen. Sie hatte zugestimmt, den Job im Stadion vorerst zu behalten, da Bud es schwer haben würde, so schnell einen Ersatz für sie zu finden.

An ihrem ersten Abend zusammen führte Dan sie zum Essen aus. Das italienische Restaurant war klein und familiengeführt. Das *Trieste* lag bei ihm direkt um die Ecke. Ihr Tisch wurde von einem schwarz-weiß-karierten Tischtuch bedeckt und eine Weinflasche prangte in der Mitte. Der Kellner entzündete die Kerze, als sie sich setzten. Weiche, romantische klassische Musik spielte im Hintergrund.

Dan bestellte eine Flasche Chianti und lehnte sich zurück. „Ich schwöre, ich habe das Menü schon rauf und runter gegessen, und alles ist hervorragend."

Sie suchte in der engeren Wahl und fand ihr Lieblingsgericht.

„Hier ist alles selbst gekocht. Die Köchin, Marta, ist die Frau des Besitzers. Sie ist großartig."

Holly bestellte Ravioli und Dan Lasagne. Sie hielt über dem Tisch Händchen, während sie auf ihr Essen warteten. Der Kellner, Gus, grinste sie an und wackelte mit seinen Augenbrauen.

Dan lachte. „Es macht es ein wenig zu offensichtlich, oder?"

„Das kannst du laut sagen." Holly antwortete mit einem Lächeln.

Bei seinem Blick wurde ihr heiß. Er hob ihre Hand an seine Lippen. „Heute ist die erste Nacht vom Rest unseres Lebens ...", fing er an.

„Als wäre nie vorher etwas geschehen", endete sie.

Ihr Essen traf ein. Das sanfte Aroma von Knoblauch vermischte sich mit dem Parmesan. Jeder Bissen schmolz in Hollys Mund.

„Das ist das beste italienische Essen, das ich je probiert habe", sagte sie.

„Selbst auf der Park Avenue?"

Sie kicherte. „Selbst auf der Park Avenue."

„Was wirst du an den Tagen tun, wenn wir nicht spielen? Ich bin meistens im Stadion, zum Training. Aber du hast dann frei", fragte er und spießte ein Stück Salat auf.

„Ich weiß noch nicht. Als ich in dem Programm war, habe ich in Pine Grove gelebt, einer Kleinstadt im Norden von New York. Ich habe für Laura Dailey gearbeitet. Sie hat in ihrem Haus eine kleine Bäckerei betrieben."

„Du kannst backen?" Seine Augen erhellten sich.

„Ein wenig. Laura hat mir viel beigebracht, aber ich bin immer noch Anfängerin."

„Du kannst gerne bei mir üben", sagte er grinsend.

„Das ist tatsächlich die eine Sache, in der ich nicht so schlecht bin."

„Du verkaufst doch die besten Hot Dogs. Bud hat mir erzählst, dass du beim Verkauf alle Rekorde brichst. Er findet es schade, dich zu verlieren."

„Du machst Witze, oder?"

„Nein. Das hat er gesagt. Du führst die Verkaufsliste an, weit vor allen anderen."

Sie lachte. „Verdammt! Ich bin endlich mal in etwas die Beste. Das würde meinen Vater umbringen. Ich kann schon die Schlagzeile sehen, *Holly Merrill, Hot-Dog-Girl, Verkäuferin Nummer Eins*. Und er hat immer gesagt, ich würde nie mit irgendetwas Erfolg haben."

„Damit hat er wohl unrecht gehabt."

Emotionen drückten ihr die Kehle zu und sie musste einige Tränen wegblinzeln.

Dan lehnte sich zu ihr und küsste sie. „Auf so vielen Ebenen", sagte er.

„Danke", flüsterte sie.

Das Paar teilte sich ein Stück italienischen Käsekuchen. Dann zahlte Dan die Rechnung und sie verließen das Lokal und gingen Hand in Hand die Straße hinunter zu seiner Wohnung.

Das Gefühl, nach Hause zurückzukehren, fuhr durch Holly. *Aber das tue ich nicht. Es ist nicht mein Zuhause. Ich bleibe nur eine Weile hier.* Als die Realität einsank, runzelte sie ihre Stirn.

„Alles in Ordnung?", fragte er.

Sie nickte. Die Angst vor ihren eigenen Erwartungen verhinderte es, dass sie sich ganz fallenlassen konnte. Doch immer noch konnte sie ihre Fantasien, mit ihrem Herzen davonzulaufen, nicht ganz unterdrücken. Ihr ganzes Leben lang war sie von ihrer Hoffnung auf Dinge, die niemals sein konnten, enttäuscht worden, und diesmal würde es ganz genauso sein. Ein berühmter Mann wie Dan Alexander würde nicht mit einer Verliererin wie ihr zusammensein wollen. Sie hatte kein Talent, keinen Beruf, nicht mal ein Zuhause. Ihr College-Abschluss in Englischer Literatur hieß nur, dass sie ein paar gute Bücher gelesen und Arbeiten über sie geschrieben hatte, nicht mehr.

Er zog sie an sich und schlang seinen Arm um ihre Schultern. „Du siehst aus, als würdest du zum elektrischen Stuhl geführt werden."

„Wirklich? Das tut mir leid. Das war nicht meine Absicht."

Er hielt an und zog sie in seine Umarmung, für einen langen Kuss. „Ich habe wochenlang darauf gewartet, dass ich dich mit zu mir nach Hause nehmen kann", sagte er leise. „Und jetzt läufst du mir nicht davon."

„Doch. In drei Wochen."

„Hey. Lass mir meine Vorstellungen, okay?"

Als sie die Straße herunterschlenderten, stammten die einzigen Geräusche von hupenden Autos und dem *Klick Klack* von Hollys Absätzen auf dem Pflaster.

MORGENS UM SIEBEN ZOG Holly sich an und schlich aus dem Haus. Da er erst um zehn beim Training sein musste, schlief Dan noch. Sie war besorgt, dass sie ihre ganze Ausbildung im Backen vergessen hatte. Sie hatte *Backen mit Bess* im Fernsehen aufgenommen. Die junge Frau hatte sich vorgenommen, so viel wie möglich von Bess zu lernen, während sie bei Dan lebte. Vielleicht würde sie im Zeugenschutzprogramm eine reguläre Ausbildung zur Bäckerin absolvieren können? Sie hielt sich die Daumen.

Sie kaufte die Zutaten mit ihrem eigenen Geld und schleppte Mehl, Zucker, Butter, Gewürze und Äpfel nach Hause. Bess' Programm hieß heute ‚Apfelkuchen, zum Sterben gut'. Sie packte die Einkaufstüten aus und schaltete den TV an.

Nachdem sie die Zutaten, eine Schüssel und eine Backform in der Küche vorbereitet hatte, ging sie zurück ins Wohnzimmer, um Bess' Anleitung zu folgen. Vor und zurück, immer wieder, ging sie hin und her. Als die Sendung zu Ende war, trat sie noch einmal an die

Arbeitsplatte, um den Teig für das Gittermuster zu schneiden, und stellte den Kuchen dann in den Ofen.

Sie stellte den Timer ein und setzte eine zweite Kanne Kaffee auf. Das Aroma gebackener Äpfel vermischte sich mit Zimt und Kaffee und zog durch die Wohnung. Innerhalb von fünf Minuten erschien ein verschlafener Dan in der Tür und stolperte in Boxershorts durch die Küche.

„Was rieche ich denn da?"

„Kaffee? Apfelkuchen?" Sie holte zwei Becher herunter.

„Apfelkuchen?"

„Japp."

„Ist es dafür nicht ein bisschen zu früh am Morgen?"

„Nein. Für Apfelkuchen ist es niemals zu früh", sagte sie und lehnte sich vor, um nach dem Timer zu sehen. „Nur noch zwanzig Minuten. Dann muss er auskühlen."

„Kann ich was davon zum Frühstück haben?"

„Na klar."

Er trat hinter sie und presste sich gegen ihren Hintern. Seine Arme schlangen sich um sie und seine Finger umschlossen ihre Brüste. Er küsste ihren Nacken. „Zum Frühstück Apfelkuchen und Liebe", murmelte er.

Hollys Augen schlossen sich, als sie sich zurücklehnte, gehalten von seinem Körper. Er war fast zehn Zentimeter größer als sie und hielt sie sicher.

„Wieviel Zeit haben wir, bevor das Essen fertig ist?"

„Hmm." Sie musste sich dazu zwingen, sich zu konzentrieren. „Fünfzehn Minuten im Ofen und diesselbe Zeit zum Abkühlen? Ich weiß nicht. Das ist mein erstes Mal."

Er kicherte. „Das machst du sicher auch zum ersten Mal in der Küche." Er zog ihr Kleid über ihren Kopf und warf es über einen Stuhl, dann zog er ihre Unterwäsche hinunter. Er griff unter ihre Arme und hob ihren Hintern auf die Küchenplatte.

Hollys Augen weiteten sich und ein Kichern entkam ihrer Kehle.

Dan zog seine Shorts aus. „Nimm den BH ab“, sagte er.

Sie nahm ihre Hände nach hinten, um ihn zu öffnen.

„Nein, warte. Lass mich das machen.“

Mit einer Hand machte er ihn auf. Er landete auf dem Boden. Sein Blick ließ ihre Haut Feuer fangen. Sie ließ ihre Augen nach oben wandern und begegnete seinem Blick direkt. Leidenschaft erfüllte ihren Körper.

„Haben wir das nicht schon vor ein paar Stunden gemacht?“

„Haben wir das? Hmm“, sagte er und rieb sich das stoppelige Kinn. „Es hat sich so gut angefühlt, ich denke, wir sollten es nochmal machen. Und außerdem, hier habe ich es noch nie gemacht.“

Der Timer schrillte. Holly sprang herunter, nahm den Kuchen heraus und stellte ihn ein Stück entfernt vom Ofen ab.

„Wo waren wir?“ Sie legte ihren Kopf zur Seite.

Dan hob sie hoch und legte sie dort ab, wo sie vorher schon gesessen hatte.

„Genau hier“, sagte er und ließ je eine Hand unter ihre beiden Knie schlüpfen. Er hob sie hoch und beugte sich über sie. Sie lehnte sich gegen den Wandschrank. Als seine Zunge ihre Haut berührte, kam es ihr vor, als hätte er ein Streichholz an Benzin gehalten. Lust fuhr durch ihren ganzen Körper.

Holly fuhr mit ihren Fingern durch sein Haar. Er ließ seine Finger die Rückseite ihrer Oberschenkel hochgleiten, bis er sie an der Hüfte fassen konnte. Seine großen Hände streichelten sie, während seine Daumen zwischen ihren Beinen zur Ruhe kamen.

Ihr Atem kam nun stoßweise. Holly stöhnte: „Tu es, Dan. Tu es.“

Er hob seinen Kopf und schaute ihr in die Augen. „Habe ich da was gehört?“

„Komm schon. Du weißt es ganz genau.“

Er lachte. „Bettelst du um meinen Schwanz?“

„Du weißt, dass ich das tue.“

„Ich gebe der Lady immer, was sie verlangt“, sagte er.

Da Holly nun die Pille nahm, ließ Dan das Kondom weg. Er kam näher, rieb sich einmal an ihr und drang dann in sie ein. Er schloss seine Hände um ihre Hüften und zog sie an sich, ging dann völlig in ihr auf. Holly hob ihre Knie, bis ihre Fersen auf der Kante der Platte ruhten.

„Oh, Baby“, sagte er, schloss seine Augen und stieß hart in sie.

Sie lehnte ihr Gesicht an seine Brust, atmete seinen ganz eigenen, männlichen Geruch ein, versüßt von ein wenig Aftershave. Sein Brusthaar kitzelte ihre Nase. Seine Haut wärmte ihre kühle Wange, als er sich in ihr bewegte. Gott, das fühlte sich so gut an. Sie küsste ihn auf die Mitte seiner Brust, zwischen die großen Muskeln und leckte seine Brustwarze, was ihn aufstöhnen ließ. Sie flachte ihre Zunge ab und ließ sie über ein größeres Areal gleiten. Dan schmeckte ein wenig salzig.

„Verdammt! Wenn du das tust.“ Er keuchte auf.

Die Spannung in ihr wurde schnell größer. Sie wand sich einen Moment, bevor die Leidenschaft sie endgültig übernahm und schlaff werden ließ. Ihr Kopf hing an seiner Schulter. Sie war unfähig, sich zu bewegen, als ein Orgasmus von unglaublicher Stärke sich in ihr anbahnte. Er stieß schneller und schneller und brachte ihrem Körper die ersehnte Erlösung. Farben blitzten vor ihrem inneren Auge auf, als jeder Muskel sich in ihr zusammenzog und wieder löste, ihren ganzen Körper mit Behagen füllte.

Dan kam gleich nach ihr, mit einem lauten Knurren und einem langgezogenen Stöhnen. Drei tiefe Atemzüge brachten Holly auf die Erde zurück.

„Sex in der Küche. Wer hätte das gedacht?“, murmelte sie und zog ihre Arme fester um seinen Nacken. Sie hob ihr Kinn für einen Kuss. Er begann zart, aber wurde schnell leidenschaftlicher. Sie musste erst einmal Luft holen, also löste sie sich von ihm. „Du bist unglaublich.“

„Nein, das bist du“, antwortete er. „Du bist so heiß, eigentlich brauchen wir gar keinen Ofen.“

„Und du bist so heiß, die Heizung können wir uns auch sparen.“

Er ging kurz weg, um ein Papiertuch zu nehmen und es zwischen ihre Beine zu legen. „Du bist so heiß, die Sonne kann von dir noch was lernen.“

„Du bist so heiß, du bist dein eigener Stern“, sagte sie.

„Du bist so heiß, dass ich auf deinem Arsch ein Ei braten kann.“ Er bracht in Gelächter aus. „Aber würdest du es essen wollen?“

Sie verzog ihr Gesicht und kicherte. „Du bist so heiß, du löst den Feueralarm aus.“

„Du bist so heiß, jeder Typ im Stadion will dich haben.“

„Du bist so heiß, ich kann eine Zigarette anzünden, indem ich sie gegen deinen Arm halte.“

„Du bist so heiß, du hast immer einen Feuerlöscher in der Handtasche“, sagte er.

„Du bist so heiß, du kannst ein Lagerfeuer entfachen, indem du deine Finger aneinander reibst.“

„Du bist so heiß, du hast einen Hydranten in der Wohnung“, gab er zurück.

„Du bist so heiß, du lässt mich immer hart kommen, jedes Mal wenn wir Liebe machen.“ Sie hielt seine Wange.

„Ach ja?“

„Ach ja.“ Sie lächelte in seine Augen.

Er küsste sie. „Kuchen?“, murmelte er in ihr Haar.

Sie lehnte sich zurück und schaute zu ihm auf. „Apfelkuchen?“

Er nickte, als er sie von der Arbeitsplatte herunterhob. Holly ging ins Badezimmer, um sich zu waschen. Als sie zurückkam, sah sie, wie Dan seinen Finger in den Kuchen steckte.

„Wer bist du? Lil Jack Horner?“ Sie lachte. „Warte mal einen Moment.“

Sie suchte in der Schublade, bis sie ein scharfes Messer gefunden hatte. Dan holte zwei Teller. Holly schnitt den warmen Kuchen vorsichtig und legte ein Stück auf die Teller.

„Du nimmst das große."

„Ich werde mich nicht mit dir streiten." Er nahm seinen Kuchen, holte zwei Gabeln, bot ihr eine an, und stellte sein Stück auf dem Tisch ab. Er holte seine Boxershorts und setzte sich.

Holly leistete ihm Gesellschaft. Sie wärmte den erkalteten Kaffee in der Mikrowelle auf. Dan aß, als hätte er seit zwei Wochen nichts mehr zwischen die Zähne bekommen. Er war schnell mit seinem Stück fertig und holte sich Nachschub.

„Bleib sitzen. Ich hole es mir selbst", sagte er und ging zur Arbeitsplatte, auf der sie den Kuchen abgestellt hatten.

Sie sah ihm zu, wie er drei Stücke herunterschlang und mit zwei Tassen Kaffee nachspülte. Dann rieb er zufrieden seinen Magen.

„Also, das nenne ich ein gelungenes Frühstück." Er lehnte sich zurück und grinste sie an. Als er für einen Moment auf die Uhr sah, sprang er auf. „Scheiße. Wenn ich nicht gleich gehe, komme ich noch zu spät."

Holly stellte die Teller in die Spüle.

Er kam zu ihr, um ihr noch einen Kuss zu geben. „Du machst es mir echt schwer, zu gehen."

„Vielleicht sollte ich für dich einspringen?"

„Wag es ja nicht!" Noch ein Kuss und er war im Badezimmer verschwunden. Innerhalb von zwanzig Minuten stand Dan in Sportsachen vor ihr, bereit zu gehen, und wünschte ihr noch einen schönen Tag – dann war er schon aus der Tür heraus.

Sie nahm eines von Nancys Rezepten für Gulascheintopf zur Hand, stellte das Radio an und begann, Zutaten zusammenzusammeln. Sie lächelte vor sich hin. *Der Wolfsjunge wird domestiziert.* Sie schüttelte ihren Kopf und konnte immer noch nicht fassen, wie glücklich Dan sie gemacht hatte. Vielleicht würde sie ja doch ein normales Leben führen können? Wenn man das Leben mit einem reichen Profi-Baseball-Pitcher, der auch noch der heißeste Mann unter der Sonne war, normal nennen konnte.

Sie lachte, als sie das Mehl zum Wälzen des Fleischs herausholte.

Kapitel Elf

Dan parkte auf seinem üblichen Platz. Sein Herz klopfte wild und er schwebte auf Wolke sieben. Der beste Apfelkuchen der Welt zum Frühstück. Dem Trainer würde das nicht sehr gefallen, aber hey, manchmal musste man die Regeln ein wenig weiter auslegen.

Er trat in die Umkleide, um seinen Handschuh zu holen, bevor er auf den Übungsplatz ging. Nat, Skip und Matt gingen gerade weg.

„Wird auch Zeit", meldete sich Matt zu Wort.

„Wo bist du gewesen?", fragte Skip.

„Er lebt jetzt mit dem Hot-Dog-Mädchen zusammen", sagte Nat kichernd.

Dan war gereizt. „Ihr Name ist Holly."

„Sie macht dir besser nicht das Spiel kaputt", sagte Matt.

„Ganz im Gegenteil."

„Wenigstens wird er mal wieder durchgenommen", sagte Nat.

„Und Apfelkuchen gibt's auch noch", sagte Dan.

„Apfelkuchen? Ist das so ne neumodische Stellung? Noch nie davon gehört", sagte Skip.

Dan brach in Gelächter aus und ging mit seinen Freunden mit. Er rannte einmal mit Matt um den Platz. Dann übte Dan seinen Change-up-Pitch. Nach einer halben Stunde legten sie eine Trinkpause ein.

„Ist es dir ernst mit dem Hot-Dog-Girl?", fragte Matt.

Dan runzelte die Stirn. „Du meinst Holly?"

„Ja, ja. Holly."

„Ich weiß nicht. Wir versuchen es erst einmal für drei Wochen. Zusammenzuleben."

„Das klingt schon ganz schön ernst." Matt griff nach einer zweiten Wasserflasche.

„Ich schätze schon. Sie ist nicht wie andere Frauen."

„Also hat sie dich doch nicht betrogen, während wir weg waren?"

Dan schüttelte den Kopf. „Nein. Sie hatte andere Gründe, nicht zurückzurufen."

„Was war es denn?"

„Kann ich dir nicht sagen. Du wirst es früh genug herausfinden – aber noch nicht jetzt."

„Ein Geheimnis, hmm? Klingt wie ein Agentenfilm", antwortete Matt und trank einen großen Schluck Wasser.

„Sowas in der Art, aber nicht wirklich. Vertrau mir. Ich erzähl es dir, wenn ich es kann."

„Das tue ich, Kumpel, das tue ich." Matt klopfte seinem Freund auf den Rücken und sie trainierten weiter.

Dan machte Schlagtraining und Bunt-Training, bevor er sich wieder dem Pitchen widmete. Um drei machten sie Schluss und gingen unter die Dusche. Skip duschte neben Dan und Matt.

„Unser Liebhaber hat heute mit zweiundneunzig Meilen pro Stunde geworfen", sagte Matt.

„Liebhaber? Du meinst damit den Typen, der Hot Dogs liebt, oder?", fragte Skip.

Jake pfiff.

„Okay, okay. Erstens, sie heißt Holly. Zweitens, zweiundneunzig heute. Zum ersten Mal", sagte Dan.

„Ich schätze, regelmäßig flachgelegt zu werden hilft dir beim Werfen", sagte Matt.

„Was machst du denn eigentlich mit dem Arm?", fragte Skip.

Dan duschte sich ab und griff nach einem Handtuch. „Ach, verpisst euch."

„Ooooh, der Change-up-König ist aber empfindlich", sagte Jake.

„Komm raus und ich zeig dir wie empfindlich ich bin."

Die Männer lachten.

„Und dann werde ich gefeuert, weil sich unser Star-Pitcher die Hand dabei gebrochen hat, als er seine Rechte gegen mein eisernes Kinn geschwungen hat? Nö, danke." Jake trat wieder unter den heißen Wasserstrahl.

Die Jungs versuchten weiter, ihn zu reizen, aber als er nicht darauf einging, wandten sie sich einander zu. Dan grinste. Er hatte einen Grund, schnell nach Hause zu fahren. Die schönste Frau der Welt wartete auf ihn. Vielleicht stand sogar schon das Abendessen auf dem Herd?

Die anderen drei Männer waren Single. Sie hatten alle Zeit der Welt, die sie mit dummen Späßen verschwenden konnten. Aber nicht Dan. Er hatte drei Wochen, um ihr Herz zu erobern. Also würde er keine Zeit vergeuden. Er fuhr vor sein Wohnhaus und warf dem Pförtner die Schlüssel zu, der sich an die Mütze tippte. Der Pitcher pfiff und tappte mit dem Fuß, während er auf den Fahrstuhl wartete.

Ein paar Feuerwehrmänner in der Lobby baten ihn um ein Autogramm, und er gab ihnen gerne eines. Der Geruch von Rauch erreichte ihn etwa vier Stockwerke unter seinem eigenen. Als die Fahrstuhltür sich auf seiner Etage öffnete, drängten weitere Feuerwehrleute sich hinein.

„Keine Sorge. Jetzt ist alles wieder in Ordnung", sagte einer, als er an Dan vorbeiging.

Dan rannte den Flur hinunter, wo der beißende Geruch alten Rauchs ihn begrüßte. *Holly!* Er trat in die Wohnung und lief um zwei weitere Feuerwehrmänner herum, die sich zum Gruß an die Helme tippten. Er lief um die Kurve zur Küche.

Und da saß Holly, den Kopf auf die Arme gelegt, und schluchzte. Wasser tropfte von der Decke und den Wandschränken und sammelte sich auf dem Boden. Ein großer Topf auf dem Herd war mit Wasser gefüllt. Darin schwammen einige Stücke verkohltes Fleisch.

„Holly. Baby. Was ist passiert?“ Er legte seine Hand auf ihre Schulter.

Sie hob ihr tränenüberströmtes Gesicht und holte tief Atem. „Ich habe Nancys Gulascheintopf gekocht, als ich auf der Couch eingeschlafen bin. Der Rauchmelder wurde aktiviert, der Gulasch hat Feuer gefangen, die Sprinkleranlage hat sich eingeschaltet, jemand hat die Feuerwehr gerufen und das Abendessen ist dahin!“, heulte sie und bedeckte ihr Gesicht mit ihren Händen.

Dan umarmte sie und flüsterte in ihr Ohr: „Du musst hier nicht für mich kochen und putzen, Baby.“

„Ich möchte mit nützlich machen. Etwas tun.“ Ihre Stimme zitterte, aber ihr Schluchzen wurde weniger.

„Aber das machst du doch schon.“

„Vielleicht, wenn du mich nicht so lange mit deiner Liebe wachgehalten hättest, dann wäre ich nicht beim Kochen eingeschlafen.“ Sie blinzelte zu ihm hoch.

Dan lachte und strich ihr Haar aus ihrem Gesicht.

Sie löste sich von ihm. „Ich muss diesen Saustall wieder in Ordnung bringen.“

Er hielt ihr die Hand hin. „Das brauchst du nicht. Ich habe einen Reinigungsservice“, sagte er und holte sein Handy hervor. „Ich werde sie anrufen und sie werden sich darum kümmern.“

„Aber das ganze Essen ist jetzt vergeudet.“ Sie wischte sich eine Träne weg.

„Dann lass uns ausgehen.“

„Aber ...“

„Stopp! Nicht weiter. Du hattest einen beschissenen Tag. Das ist alles. Lass es uns einfach vergessen.“

„Du bist nicht sauer?"

„Wie könnte ich sauer sein, wenn eine Frau für mich kocht?"

„Du bist wundervoll", sagte sie und wischte mit einem Taschentuch über ihre Wange.

Er wählte eine Nummer. Während das Telefon am anderen Ende noch klingelte, nahm er sie in seine Arme. „Joe's Cleaning? Ja. Hier ist Dan Alexander. Ich habe hier einen Notfall für Sie."

DIE ERSTE GEMEINSAME Woche verging wie im Flug, und trotz des Feuers in der Küche kamen sie so gut miteinander zurecht, dass Holly es kaum glauben konnte. Je sicherer sie sich fühlte, desto penibler achtete sie auf das Apartment. Er musste seine Straßenschuhe nun an der Wohnungstür ausziehen.

„Böden sind dazu da, dass man auf ihnen läuft", sagte er und wehrte sich mit Händen und Füßen, seine Sneaker auszuziehen.

„Ja, aber nicht mit schmutzigen, matschigen, ekligen Sportschuhen."

„Die sind nicht eklig", sagte er und hob ein Bein, um auf die Sohle zu schauen.

„Ach ja? Dann schau mal genauer hin."

„Bist du eine Sauberkeitsfanatikerin?", fragte er.

„Nein. Aber ein frisch gesäuberter Boden sollte ein oder zwei Tage in diesem Zustand bleiben."

„Muss ich das etwa jeden Tag machen?"

Sie nickte. „Du gewöhnst dich dran. Außerdem, alle Männer, die barfuß laufen, bekommen Fußmassagen." Sie warf ihm einen verführerischen Blick zu.

Er feixte. „In diesem Fall ..." Er streifte die Schuhe ab. „Ich bin bereit."

„Dann komm mit ins Schlafzimmer", sagte sie und schwang beim Gehen ihre Hüften.

Manchmal dagegen war Dan der Pingelige.

Er wurde wütend, als sie einmal sein Handtuch benutzte.

„Aber nehmt ihr Jungs nicht auch einfach irgendein Handtuch, was in der Umkleide herumliegt?“

„Auf keinen Fall! Jeder, der mein Handtuch auch nur berührt, muss mit mir rechnen. Wer weiß, was einige der Jungs für Krankheiten haben? So wie die mit jeder schlafen. Brrr. Ich bin kerngesund und möchte, dass es so bleibt.“

„Es tut mir leid. Ich habe mir nur die Hände daran abgetrocknet. Ich bin nicht krank.“

„Entschuldige bitte, dass ich dich angeschnauzt habe. Natürlich bist du das nicht. Das war einfach eine automatische Reaktion von mir.“ Er küsste sie.

„Ich verspreche, ich mache das nicht mehr“, sagte sie.

Am nächsten Tag kam sie an einem kleinen Fachgeschäft vorbei, das Haushaltswäsche verkaufte, und kaufte sich zwei rosane Handtücher. Sie wusste, die würde er niemals benutzen, und sie würde sich immer daran erinnern können, welche ihr gehörten.

Zu Beginn der zweiten Woche vergrub Holly die Panik, die ihr Herz umschloss, tief in sich drin. Die Tage flogen nur so dahin. Sie fürchtete sich vor ihrem Auftritt beim Gerichtsverfahren und davor, Dan zu verlassen. Wenn sie nur die Zeit anhalten und die drei Wochen zu drei Jahren werden lassen könnte. Da das nicht möglich war, zog sie wie immer ihre Arbeitsuniform an und betete jeden Tag, dass ihre Verbindung halten möge.

Holly fuhr mit Dan ins Stadion. Er war still und mit sich selbst beschäftigt an Tagen, in denen er pitchte. Sie verstand das und störte ihn nicht, sondern schaute aus dem Fenster. Sie fragte sich, ob die Menschen, an denen sie vorbeifuhren, auch so glücklich waren wie sie. Sie weigerte sich, darüber nachzudenken, was in zwei Wochen sein würde. Sie hatte sich entschieden, in der Gegenwart zu leben und jeden Moment mit Dan zu genießen.

Er parkte den Wagen und nahm ihre Hand. Sie küssten sich zum Abschied an der Tür zur Umkleide. Sie wandte sich nach rechts und ging zum Imbisstand, um ihren Wagen abzuholen. Als das Spiel im Gange war, hob Dan seine Kappe und lächelte sie an. Sie grinste zurück. Selbst diese kleine Geste der Aufmerksamkeit wärmte ihr Herz.

„Hot Dogs, kaufen Sie Hot Dogs", rief sie, als sie durch die Reihen lief. Der erste Schlagmann der Atlanta Athletics war dran. Sie hielt an, um Dan ausholen und werfen zu sehen.

„Strike", rief der Schiedsrichter.

Drei gerade Pitches, und Dan hatte ein Strikeout erzielt. Holly strahlte vor Stolz. Dan blies sich auf die Finger, rückte seine Kappe zurecht und wandte sich dem zweiten Schlagmann zu. *Es bedeutet immer Glück, wenn er den ersten Schlagmann im Spiel ins Aus schafft.*

Dan feuerte einen weiteren Pitch über das Spielfeld und sie sah die gemessene Geschwindigkeit auf dem Stadionbildschirm erscheinen. Dreiundneunzig Meilen pro Stunde! Ein neuer Rekord für Dan! Die Zuschauermenge tobte, als auch der zweite Schlagmann der Athletics ins Aus kam.

Nach drei Outs für Atlanta kamen Nat, Skip und Bobby zur Home Base und machten ihren Job, indem sie die Bases für Jake Lawrence besetzten. In der ersten Hälfte des Innings hatten die Athletics einen Solo-Homerun erzielt und es stand eins zu null für sie. Nun hatte Jake die Chance, die Nighthawks in eine gute Führungsposition zu bringen. Der gegnerische Pitcher auf dem Mound wischte sich zweimal über das Gesicht, doch der Schweiß rann ihm weiter von der Stirn. Er warf einen in die Mitte, und Jake stürzte sich darauf.

Holly sah zu, wie der Ball höher und höher in die Luft stieg, bis er in den Sitzen der dritten Reihe landete. Ein Grand-Slam-Homerun! Die Fans drehten durch. Ein Mann sprang aus seinem Sitz auf, griff sie sich und tanzte mit ihr herum. Jakes Teamkameraden warteten an der Home Base auf ihn. Sie gaben ihm High-Fives und umarmten ihn. Holly konnte sehen, wie die Männer im Dugout vor Freude tanzten und auf dem Stadionbildschirm war groß zu sehen, wie sie sich auf Jake stürzten.

Es war früh im September und jedes Spiel zählte nun. Die Nighthawks waren mit den Athletics und den Boston Bluejays im Rennen um die Möglichkeit, in den Playoffs zu spielen. Nun waren sie in Führung, vier zu eins in der zweiten Hälfte des fünften Innings. Sie wusste, alles könnte noch passieren, bevor das Spiel endete. Sie betete, dass die Hawks an ihrer Führung würden festhalten können. Der Homerun hatte die Zuschauer elektrisiert. Der Jubel wurde immer lauter, und einige Fans begannen zu randalieren, zu fluchen und miteinander zu kämpfen. Die Security im Stadion kümmerte sich darum, die Ordnung auf der Tribüne wiederherzustellen. Holly hatte noch nie so ein aufregendes Spiel gesehen. Jeder Pitch zählte. Sie merkte, dass Dans Konzentration keinen Augenblick nachließ, als er erst Matt und dann den Schlagmann ins Visier nahm. Beim Stretch im siebten Inning hörte er nicht auf, den Ball mit über neunzig Meilen pro Stunde zu schleudern, und er traf in siebzig Prozent seiner Würfe die Strike Zone.

Es stand immer noch vier zu eins. Ein Athletic schlug zu Skip in der Shortstop-Position, ein Single kam ins Left Field und ein dritter rang Dan einen Walk ab. Die Zählung war bei zwei Balls und einem Strike, als Cal Crawley aus dem Dugout kam. Dan würde in der zweiten Hälfte des siebten Innings schlagen. Holly fragte sich, ob der Trainer ihn vorher aus dem Spiel nehmen würde. Matt ging zu den beiden Männern. Sie senkten ihre Köpfe, sodass niemand von ihren Lippen ablesen konnte. Dann gingen Crawley und Matt auf ihre Plätze zurück und Dan hielt den Ball mit beiden Händen, bereitete sich auf den Wurf vor.

Er schüttelte bei Matts erstem Signal den Kopf und nickte beim zweiten. Erst warf er einen Strike, dann einen Swing und einen Miss.

Der nächste Schlagmann schlug einen Foul Ball, der von Matt Jackson gefangen wurde, für das dritte Out. Dan wischte sich den Schweiß von den Brauen. Er sah so aus, als würde seinen angehaltenen Atem entweichen lassen. Sie dachte, dass er wohl glücklich war, das Spiel an den Relief Pitcher übergeben zu können.

Die Hawks starteten die zweite Hälfte des siebten Innings mit Matt. Er schlug einen Single nach rechts, aber musste sich beeilen, um schneller als der Fang bei der Base zu sein. Der nächste Schlagmann schlug einen Foul Ball, der vom First Baseman gefangen wurde, und der dritte hatte ein Strikeout. Der Pinch Hitter, der als Schlagmann für den Pitcher eingewechselt worden war, brachte den Ball über den Outfieldzaun – ein Homerun, mit dem er und Matt es zur Home Base schafften.

Der für Dan eingewechselte Relief Pitcher ließ in der ersten Hälfte des achten Innings zwei Runs durch. Es stand sechs zu drei, als der Slugger der Athletics den Schläger zur Hand nahm. Mit einem Mann schon auf einer Base würde ein Homerun sie nur noch einen Run hinter die Nighthawks bringen. Holly hielt ihren Atem an.

Der Ball segelte durch die Mitte und der herausragende Offensivspieler nutzte das sofort zu seinem Vorteil aus, als er ihn in die Tribüne beim Left Field schlug. Das Spiel stand Atlanta mit fünf Punkten gegen New York mit sechs Punkten. Das Hot-Dog-Girl begann zu schwitzen. Spencer Larkin, dem Relief Pitcher, ging es nicht anders, aber er schaffte es, den nächsten Schlagmann Out zu bekommen. Nur noch einer mehr, um zu gewinnen.

In der zweiten Hälfte des achten Innings waren sie am oberen Ende der Schlagreihenfolge der Nighthawks angelangt. Nat hatte ein Strikeout. Skip traf einen langen Fly Ball ins Center Field, der gefangen wurde. Bobby Hernandez schlug einen hohen Pop-Up ins Infield. Die Hawks konnten nur noch beten, dass Larkin Atlanta in Schach halten konnte, damit sie nicht noch mehr Punkte machten.

Holly bewegte sich mehrere Reihen weiter, damit sie in den Dugout schauen konnte.

Cal Crawley stand auf der obersten Stufe. Er kaute langsam, die Kappe tief über seine Augen gezogen, sein Gesichtsausdruck unlesbar. Dan stand neben ihm und kaute heftig auf einem Kaugummi herum, während er mit Cal sprach, der nickte. Die Männer, die nicht gerade auf dem Feld waren, standen oder gingen umher. Dans Kappe saß auf seinem Hinterkopf. Von Zeit zu Zeit lehnte er sich zu seiner Rechten, um mit Julio Suarez zu sprechen.

Holly spürte die Spannung in der Luft. Matt rannte zum Mound, um sich mit Larkin zu beraten. Nach einigem Nicken kehrte der Catcher auf seinen Posten zurück. Holly hielt ihren Atem an, als Spencer ausholte und den Ball losließ. Sie hörte, wie er auf Leder traf, als Matt ihn in seinem Handschuh auffing. Der Schiedsrichter rief: „Strike!“

Larkin wischte sich den Schweiß von der Stirn und warf weiter Pitches mit einer Höchstleistung an Geschwindigkeit. Nach einem Strikeout und einem Foul Out bei Lawrence auf der dritten Base beruhigten sich die Fans etwas. Aber das andere Team brauchte nur einen einzigen Solo-Homerun für ein Unentschieden und einen Homerun mit einem anderen Mann auf der Base, um zu siegen.

Die Männer im Dugout schienen überhaupt nicht entspannt zu sein, als der Catcher der Athletics zur Home Base ging. Er wechselte einige Worte mit Matt, schulterte seinen Schläger und nahm seine Position ein. Larkin akzeptierte den angekündigten Pitch und holte aus. *Bäm!* Der Schläger traf auf den Ball und sandte ihn hoch nach oben, ins Center Field. Chet Candelaria fing ihn leicht.

Das dritte Out! Die Hawks hatten gewonnen! Holly hüpfte mit den Fans herum, als sie aufstanden, um das Stadion zu verlassen. Heute Abend würden sie bei Dan feiern. Sie hatten Atlanta geschlagen, und damit ihre Position im Kampf um einen Platz in den Playoffs entscheidend verbessert.

Holly machte sich auf zur Frauentoilette, um sich Straßenkleidung anzuziehen. Sie traf Dan beim Ausgang zum Parkplatz. Er nahm sie, wirbelte sie herum und küsste sie lang. Im Hintergrund hörte sie Geschrei und Gejohle und Kussgeräusche von seinen Teamkameraden. Verlegenheit rötete ihre Wangen, als sie ihm zu verstehen gab, dass er sie absetzen sollte.

„Ich hab's geschafft! Ich hab's geschafft! Ich hab dreiundneunzig geschlagen und das Spiel gewonnen!"

„Das hast du! Herzlichen Glückwunsch, Dan. Das war fantastisch! Einmalig! Du bist echt wunderbar!"

„Nun ist sein Kopf endgültig zwei Größen zu groß für seine Kappe", sagte Matt Jackson.

„Wir sind noch nicht in den Playoffs, Dan. Heb dir den Jubel noch etwas auf", warf Cal Crawley ein, der gerade vorbeikam.

„Das stimmt. Und es kann sein, dass du bald wieder schlagen musst", neckte ihn Nat Owen.

„Ich werde bereit sein, mit meinem grandiosen Bunt, Arschloch!"

„Pass auf deinen Ton auf. Hier ist immerhin eine Lady anwesend", sagte Bobby.

„Tut mir leid, Süße." Dan legte seine Hand auf ihren Rücken und führte sie zu seinem Wagen.

Er warf seine Wagenschlüssel zum Pförtner und ging mit Holly in sein Apartment.

„Das Chili von gestern?", fragte sie und zog ihre Jacke aus.

„Nein. Entweder wir bestellen was oder wir gehen aus. Was soll es sein?" Er löste sich aus seinem Sweatshirt.

„Lass uns was bestellen."

„Großartig. Fried Chicken? Von Dizzy's Chicken Heaven?"

„Perfekt! Ich dusche zuerst", sagte sie und ging auf direktem Weg ins Badezimmer.

DAN HOLTE SICH EIN Bier und setzte sich aufs Sofa, die Füße auf dem Kaffeetisch, während er eine Nummer auf seinem Handy wählte. Hunger nagte an ihm. Er verdoppelte die Bestellung und legte auf.

Holly tappte in das Wohnzimmer, nur mit einem weißen Handtuch bekleidet. Ihr Haar war immer noch feucht, ihr Gesicht strahlte und sie grinste breit. Ihr Anblick nahm ihm den Atem.

„Du siehst großartig aus!" Er setzte sich auf und betrachtete ihren Körper.

„Ich wusste, dass es dir gefallen würde."

„Das ist dein bestes Outfit. Gar nichts. Das steht dir am besten", sagte er und zog sanft an einer Ecke ihres Umhangs.

„Ah, ah, ah. Versuchst du etwa, mich auszuziehen?"

„Wie kommst du denn auf diese abwegige Idee?" Er schnappte sich ein unteres Ende und zog es zu Boden.

„Oh mein Gott! Ich bin nackt!" Holly tat so, als sei sie verlegen, aber ihn konnte sie nicht austricksen.

Dan zog sie nach unten auf sich auf die Couch. Er küsste ihren Hals. Holly streckte sich aus und presste ihre Lippen auf seine. Er manövrierte sie beide auf die Seite und schob sie dann unter sich. Obwohl er erwartet hatte, erschöpft zu sein, hatte ihm der Gewinn neue Energie gegeben. Er ließ seine Hand unter sie gleiten, zog sie an sich und suchte mit seinem hungrigen Mund nach ihrem. Er schob ihre Knie mit seinem auseinander.

„Ich will dich", hauchte er und sein Atem kitzelte ihr Ohr.

„Jetzt?"

„Jetzt."

Eine Hand bedeckte ihre Brust während die andere ihren Oberschenkel kniff und dann weiter nach oben wanderte. Dringlichkeit spannte seine Muskeln. Er schloss seine Zähne um ihre weiche Haut, kämpfte mit sich, um sich zurückzuhalten und ihr keine Schmerzen zuzufügen. Er brauchte sie, musste sie haben, besitzen, jetzt und hier verschlingen.

Sie versuchte hastig, seine Knöpfe zu öffnen, schaffte auch zwei oder drei – genug, um ihre Hand über seine Brust gleiten zu lassen. Das Gefühl ihrer Fingerspitzen auf seiner Haut sandte einen Schauer durch seinen Körper. Verdammt, diese Frau wusste, wie man einen Mann heiß machte.

Er konnte es nicht Liebe nennen. Lust, Verlangen, Kontrollverlust – es musste einhundert andere Wörter oder Phrasen geben, um es zu beschreiben. Er blickte in ihre Augen, deren Blau vor Leidenschaft glänzte. Sie anzumachen steigerte seine eigene Lust noch einmal tausendfach. Seine Finger hatten ihr Zentrum gefunden. Sie war bereits feucht. *Sie muss es auch fühlen. Was zwischen uns ist.* Er ließ seine Finger in sie hereingleiten, stürmisch, und ließ es ein wenig langsamer angehen, als sie scharf Luft einsog.

„Es tut mir leid", sagte er.

„Ich bin okay."

Er konnte nicht mehr länger warten. Er zog den Reißverschluss seiner Hose herunter und ließ seinen Schwanz heraushängen, hart wie Stein, und ließ ihn in die Wärme hereingleiten, die ihn schon erwartete. Er musste sich nicht erst an ihr abarbeiten, damit sie in Stimmung kam. Sie war fast so schnell wie er selbst bei der Sache. Eines der vielen Dinge, die er an ihr liebte. *Liebte? Nein, warte, mochte. Ja, sehr mochte, an ihr.*

Als er in ihr war, ließ er sich auf die Knie nieder und griff ihre Hüften. Sie stöhnte seinen Namen. Er stieß in sie, mit aller Kraft, die er in sich hatte. Sie hob ein Knie an ihre Brust, dann das andere, und er ging so tief in sie wie nur möglich. Ihre fest gespannten Muskeln hielten ihn, liebkosten ihn und erregten ihn.

Dan versuchte, sich zurückzuhalten, ihre Vereinigung zu verlängern, aber er verlor die Kontrolle. Sie schrie auf, ihre Hüften bewegten sich rhythmisch, ihre Schenkel hielten ihn fest. Ihre Augenlider waren zusammengepresst und ihre Zunge leckte ihre Unterlippe. Ihr Orgasmus brachte auch ihn zum Höhepunkt. Seine Hoden zogen sich zusammen und die Erlösung raste durch seinen Körper wie ein Tsunami. Seine Augen schlossen sich so fest, dass ihm rot vor Augen wurde, während Lust durch seinen Körper strömte und ihn erzittern ließ.

Sie ließ ihre Finger unter sein Hemd gleiten und fuhr mit ihren Nägeln seinen Rücken herunter.

Er legte seine Hände auf ihre Wangen und gab ihr einen sanften Kuss. „Tut mir leid, wenn das etwas zu grob war."

„Das ist okay. Du hast mir nicht wehgetan."

„Ich habe mich noch nie zuvor so gefühlt. Ich brauchte dich einfach. Jetzt sofort."

Sie streichelte seine Wange mit der Rückseite ihrer Finger. Er war noch frisch rasiert, für das Spiel. „Dein Gesicht ist weich wie ein Babypopo."

„Oh? Und wie viele Babypopos hast du denn schon angefasst?"

Sie kicherte. „Nicht viele. Das gefällt mir. Ich meine, ich mag auch einen Dreitagebart. Nicht, dass du mich falsch verstehst. Aber das ist auch nett, sehr nett. Kein Pieksen."

Er zog sein Glied aus ihr und setzte sich auf seine Fersen, um sie zu bewundern. „Du bist so schön. Ich könnte dich tagelang anschauen, Monate sogar." *Vielleicht ein ganzes Leben?* Er schüttelte leicht seinen Kopf, um den Gedanken zu vertreiben.

„Genau wie du. Schön, meine ich."

Gerade, als er sie wieder küssen wollte, hörten sie ein Summen von der Tür.

„Scheiße! Das Essen!", sagte er.

Sie schlüpfte unter ihm hervor und eilte ins Schlafzimmer. Ihr Handtuch hatte sie auf dem Fußboden vergessen. Als er zur Gegensprechanlage schlurfte, zog er seinen Hosenstall zu und suchte in der Gesäßtasche nach seinem Portemonnaie.

Er kam beladen mit einer großen Tasche von der Tür zurück. Es roch fantastisch. Er fand sie in der Küche, eingehüllt in einen flauschigen, weißen Bademantel. Sie richtete das Geschirr auf dem Tisch an.

„Du bist niemals still. Hörst nie auf, dich zu bewegen."

„Das stimmt."

Er legte seine Hand auf ihren Arm. „Lass mich das machen. Alles anrichten und dir servieren?"

„Du hast doch heute genial gespielt. Eigentlich sollte ich etwas machen, um dich dafür auszuzeichnen."

„Das hast du doch schon", wisperte er und küsste leicht ihren Nacken.

„Ich denke, ich …", fing sie an, während ihre Augen sich langsam schlossen, als sie sich gegen ihn lehnte. Dann, als sie plötzlich verstummte, öffneten sie sich weit und ihre Wangen nahmen eine rote Färbung an.

„Du … was?"

„Ach, nichts."

Wollte sie gerade sagen, dass sie mich liebt? Möchte ich das überhaupt? Er ließ seinen Kopf sinken und floh zur Küchenplatte und öffnete die Tasche. Zu realisieren, dass er wollte, dass sie ihn liebte, raubte ihm den Atem und ließ seinen Nerven keine Ruhe. Sein Puls stieg und Hitze füllte seine Brust.

Dan bewegte sich und richtete das Huhn auf einer Platte an. Er holte den Kartoffelsalat, das Coleslaw und den Macaronisalat aus der Tasche und suchte nach Löffeln für die Nudeln. Er stellte alles auf den Tisch, während er seinen Kopf gesenkt hielt. Wenn er aufsehen würde, könnte sie die Liebe in seinem Gesicht, in seinen Augen sehen. Damit konnte er nicht umgehen.

Letzten Endes würde sie gehen, und wer wusste schon, wann er sie würde wiedersehen können? Der Gedanke, den er mit allen Mitteln von sich fernhalten wollte, traf ihn wie ein Hammerschlag. Er konnte mit der Vorstellung nicht umgehen, dass sie irgendwo sein würde, wo er sie nicht erreichen konnte, für eine unbestimmte Zeit. Sie könnte ein Jahr oder sogar noch länger fort sein. Es hing alles von einer möglichen Berufung und dem endgültigen Urteil ab. Was, wenn ihr etwas zustieß? Sie würde ihn brauchen, damit er für ihre Sicherheit sorgte, nicht wahr? Oder würde man ihr Bodyguards an die Seite stellen? Sicherlich nicht vierundzwanzig Stunden am Tag.

Wie sollte er es so lange ohne sie aushalten? *Verdammt. Scheiße. Scheiße. Scheiße. Ja, es ist Liebe.* Er wühlte durch die Besteckschublade und fand zwei Messer und Gabeln. Sie sah ihm ebenfalls nicht in die Augen. *Vielleicht geht es ihr genauso.*

Sie aßen schweigend, gaben sich höflich die Teller weiter und ließen sich das gebratene Hühnchen schmecken. Plötzlich schämte er sich und schaute auf. Dan Alexander hatte sich in seinem ganzen Leben nicht davor gescheut, der Wahrheit ins Gesicht zu sehen. Er war immer ehrlich gewesen, hatte die Dinge direkt angesprochen. Nun war nicht der richtige Moment, daran etwas zu ändern.

Er legte seine Gabel auf dem Tisch ab und nahm ihre linke Hand zwischen seine. Sie schaute kurz nach oben und ließ ihren Kopf wieder sinken. Er streckte seine Hand aus und hob ihr Kinn an. Ihre umwerfenden Augen, oft ein kühles Blau, sahen ihn voller Wärme an.

„Ich liebe dich, Holly. Habe es nicht geplant. Es ist einfach so passiert."

Kapitel Zwölf

Konnte ihr das wirklich passieren? Sie blinzelte ihn an, und ihr Mund öffnete sich ein wenig, aber kein Laut kam daraus hervor. Sie hatte niemals erwartet, dass er sich in sie verlieben könnte. Eine Affäre, eine angenehme Zeit, Sex ohne weitere Erwartungen – es konnte sich um einhundert Dinge handeln, aber Liebe? Sicher, sie liebte ihn, wer würde das nicht tun? Er war ein großartiger Mann, selbst wenn er sich nicht daran erinnerte, vor der Tür die Schuhe auszuziehen.

„Wirklich?"

Er nickte, und Röte kroch seinen Hals hoch.

„Ich liebe dich auch. Warum liebst du mich?"

Er lachte. „Gib mir eine Klorolle, und ich schreibe dir eine ganze Liste."

Und damit beugte er sich über den Tisch und küsste sie.

Sie ließen das Dessert aus und gingen sofort ins Schlafzimmer. Die Hitze, die sie dort erzeugten, ließ die Duschen im Stadion wie lauwarmen Nieselregen wirken. Emotionen erfüllten die Luft und Hollys Herz. Küsse waren glühend heiß, Berührungen ließen Flammen aufschlagen. Von gegenseitiger Liebe getrieben, erreichte das Paar eine Zufriedenheit, die sie bisher nicht gekannt hatten.

Benommen, erschöpft und schläfrig fiel Holly schließlich in den Schlaf, eng an die Brust ihres Geliebten geschmiegt.

Sie erwachten mit einem Lächeln. Sie wurde von Schüchternheit erfasst. Niemals zuvor hatte ihr jemand gesagt, dass er sie liebte.

Trotz ihrer großen Erfahrenheit zögerte sie, Dan anzusprechen oder ihn zu berühren.

„Hey, hübsche Frau. Zeit, aufzustehen", sagte er und beugte sich über sie, um den Wecker abzustellen. Als er sich wieder hinlegte, küsste er auf dem Weg an ihr vorbei ihre Nase.

„Hast du? Haben wir? Hast du das wirklich ernst gemeint?" Sie schob eine Locke seines Haars aus seiner Stirn.

Dan nahm ihre Hand und küsste die Handfläche. „Ja. Absolut. Ich muss jetzt ins Stadion."

Sie zog sich an, während er duschte. Im Auto teilten sie eine neue Art der Stille. Sie tauschten Blicke aus, Finger berührten sich auf dem Sitz, und sie lächelten sich an. Die Fahrt ging schnell vorüber. Sie hatte Angst, dass Bud das Glück in ihren Augen würde sehen können, daher hielt sie ihren Kopf gesenkt, als sie ihren Wagen mit Waren befüllte.

„Was läuft zwischen dir und Dan?"

„Nichts Besonderes." Sie versuchte, sich unauffällig zu entfernen, aber er hielt sie am Arm fest.

„Warte mal, Holly. Das glaube ich nicht."

„Was meinst du damit?"

„In der Umkleide wird viel über Dan geredet. Dich und Dan. Also, wie sieht's aus?"

„Nun, wir wohnen zusammen, die paar Wochen, die ich noch vor dem Prozess habe. Punkt. Das war's auch schon."

Bud grinste. „Nein, da ist schon noch mehr dran. Die Jungs denken, dass Dan schon nach einem Diamantring Ausschau hält. Stimmt das etwa?"

Sie schüttelte ihren Kopf. „Nein. Das bezweifle ich. Ganz sicher nicht."

Bud zwinkerte ihr zu. „Alles klar. Dein Geheimnis ist bei mir gut aufgehoben." Er ging zurück zu seinem Stand und füllte einen weiteren Wagen auf.

Holly zuckte mit den Achseln und ging zu ihrer Zuschauerreihe. Sie hatte gehofft, ihre Beziehung zu Dan geheimhalten zu können, aber offensichtlich würde das nicht passieren. Sie kicherte leise, als ihr klar wurde, dass Männer wohl genauso viel tratschten wie Frauen, wenn es um die Liebe ging. Für einen Augenblick hielt sie inne und überlegte sich, wie es wohl wäre, wenn er ihr einen Antrag machen würde. Sie schüttelte den Gedanken ab und wandte sich ihren Hot Dogs zu.

Sie stand still für die Nationalhymne und schaute zu, wie Dan aufs Feld lief. Stolz erfüllte ihr Herz. Er war so groß und schön, stark und talentiert. Und für noch einige Tage gehörte er ihr ganz allein. Sie sang laut mit, die Hand auf ihre Brust gelegt.

Als das Lied geendet hatte, drehte Dan sich um und tippte sich an die Kappe, während er sie ansah. Was er nicht wusste, war, dass fünf seiner Teamkameraden hinter ihm genau das Gleiche taten. Ihr Mund klappte auf, als sie seine Mitspieler beobachtete. Dann fing sie an, zu lachen.

Die Tage gingen schnell vorüber. Holly und Dan hatten sich in einer entspannten Routine eingerichtet. Sie versuchte sich ein zweites Mal an Nancys Rindergulasch und hatte diesmal ein Erfolgserlebnis. Er brachte ihr Blumen mit und gab ihr Komplimente für ihre Kochkünste.

Sie rang schwer damit, die Deadline ihres Fantasielebens aus ihren Gedanken herauszuhalten. Von Zeit zu Zeit wachte sie mitten in der Nacht auf, zog sich einen Morgenmantel über und ging ins Wohnzimmer herüber. Während sie auf die Lichter New Yorks und New Jerseys hinabblickte, über dem Hudson River, sorgte sie sich um ihre Zukunft. Nun, da sie endlich soweit war, diesen Schritt zu gehen und das Richtige zu tun, bezweifelte sie, dass ihre Beziehung zu Dan das überleben würde.

Wie lange würde sie fort sein müssen? Vermutlich, bis die Berufung oder das Urteil vorüber waren. Sie wusste es nicht. Der Staatsanwalt würde es ihr sagen. Dan würde nicht für immer warten – welcher Mann würde das schon tun? Sie seufzte und versuchte, tief in sich ein Gefühl der Dankbarkeit zu entwickeln. Ja, sie wollte dankbar sein für die Zeit, die sie mit ihm hatte verbringen dürfen.

Aber, sie war nur ein Mensch. Sie wollte mehr. Sie wollte ein ganzes Leben, aber das war unmöglich. Sie gähnte und ging zurück ins Bett, kuschelte sich an ihren Geliebten. Erschöpfung übermannte sie und sie fiel wieder in einen traumlosen Schlaf.

DREI TAGE VOR DEM PROZESS rief Holly im Büro des Staatsanwalts an. „Mr. Housman, bitte."

„Wer ruft an?"

„Holly Merrill."

„Erwartet er ihren Anruf?"

„Oh, ja. Und ich denke, er wird sich sehr freuen, von mir zu hören."

Nach einigen Sekunden wurde sie von der Sekretärin weiterverbunden.

„Miss Merrill?", fragte eine tiefe, männliche Stimme.

„Ja."

„Fantastisch! Ich kann es kaum glauben. Ich hoffe, Sie wissen, dass es ihre Bürgerpflicht ist, zu-"

„Entspannen Sie sich! Ja. Ich weiß. Ich werde beim Prozess da sein. Und danach?"

„Sie können entweder selbst weitermachen, oder wir nehmen Sie wieder ins Zeugenschutzprogramm auf, an einem anderen Ort, natürlich."

„Das ist in Ordnung. Ich werde es brauchen, nicht wahr?"

„Wenn er in Berufung geht, und das wird er sicherlich tun, dann, ja, wäre es sicherer für Sie, in unserem Programm zu sein."

„Können Sie schon sagen, wie lange das dauern wird?"

„Ich weiß es nicht. Ich kann versuchen, die Dinge zu beschleunigen, aber ich kann Ihnen keine Versprechungen machen. Wird das ein Problem darstellen?“

„Nein. Ich bin bereit, auszusagen. Ich weiß, dass es das Richtige ist.“

„Sie wissen gar nicht, wie glücklich Sie mich damit machen. Ich war sicher, Sie wären tot.“

„Ich habe mich nur versteckt. Wo mich niemand vermuten würde.“

„Wo auch immer das war, es hat funktioniert. Vielleicht sollten wir Ihnen einen Job in unserem Programm verschaffen“, scherzte Mr. Housman.

„Nein, danke. Ich muss Sie allerdings um einen Gefallen bitten.“

„Lassen Sie uns erst ihre Aussage aufnehmen. Danach können Sie bitten, um was immer Sie wollen.“ Al Housman gab Holly seine Adresse.

Sie legte auf und schluckte. Sie hatte es getan. Die Räder hatten sich in Bewegung gesetzt und würden sie aus diesem Alptraum herausbringen. In diesem Moment fragte sie sich, wieso sie das nicht schon eher gemacht hatte. Natürlich, wenn sie sich nicht versteckt hätte, dann wäre sie nicht im Stadion gewesen. Hätte niemals Dan getroffen. Vielleicht hatte ihr das Schicksal einen glücklichen Streich gespielt?

Dan nahm sie mit zum *Trieste* für ihr letztes Abendessen zusammen. Gefühle drückten ihr die Kehle zu, und sie konnte nicht sprechen. Ihr Appetit war verpufft. Sie trank an einem Glas Chianti und rollte ihre Spaghetti mit Fleischklößchen auf ihrer Gabel hin und her. Der Pitcher ließ es sich schmecken und schlang seine Manicotti herunter. Holly sah ihm dabei zu. *Er ist sogar beim Kauen niedlich.*

„Stimmt irgendwas nicht mit den Spaghetti?“, fragte er.

Sie schüttelte ihren Kopf. Die Worte blieben in ihrem Hals stecken, und Tränen drohten, ihre Wangen herunterzurollen.

„Kann ich mal kosten?" Als sie nickte, reichte er mit seiner Gabel herüber. „Das schmeckt fantastisch. Wenn du es nicht möchtest, sollten wir es einpacken lassen. Du wirst später Hunger bekommen."

„Du klingst wie meine Oma."

„Oma? Nicht Mama?"

„Nein. Oma. Meiner Ma war es immer egal, was und wie viel ich esse."

„Meine Güte." Er drehte eine weitere Runde auf seine Gabel.

Ihr Magen knurrte, aber nichts schmeckte ihr.

„Sieh mal. Du hast Hunger. Du musst etwas essen. Morgen wird ein anstrengender Tag werden."

„Das musst du mir nicht erzählen."

„Ich wünschte, ich könnte deine Hand dabei halten."

„Das ist schon okay. Al Housman wird da sein."

Dan blickte auf. „Ist er verheiratet?" Seine Augen verengten sich.

„Ich habe keine Ahnung. Ehrlich, du kannst dir doch nicht ernsthaft um ihn Gedanken machen. Er ist bestimmt schon fünfzig und hat eine Glatze."

„Besser wär's für ihn", murmelte Dan.

Sie schlenderten Hand in Hand zurück zu Dans Wohnung. Holly lehnte sich an ihn und legte ihren Kopf auf seine Schulter. Er verstand, was sie wollte, und schlang seinen Arm um sie. Ihr Bauch war leer, aber am meisten schmerzte ihr Herz.

Dan legte die Reste in den Kühlschrank, bevor sie ins Schlafzimmer gingen. „Zeit fürs Bett."

„Es ist erst acht Uhr dreißig."

„Komm schon, Liebste." Er hielt ihr seine Hand hin, und sie gehorchte ihm. „Ich möchte mir Zeit mit dir lassen. Das muss für eine Weile vorhalten", sagte er und zog sich aus.

Er liebte sie langsam. Holly genoss jeden Moment, und legte jede Berührung, jeden Kuss, jede Zärtlichkeit in ihren Erinnerungen ab. Als sie beide zufrieden waren, kamen ihr endlich die Tränen, die sie so lange zurückgehalten hatte. Er hielt sie und streichelte erst ihr Haar, dann ihren Rücken.

Etwas benetzte ihren Kopf. *Seine Tränen?* Überrascht sagte sie nichts, um ihn nicht zu beschämen, aber sie lächelte über seine Reaktion. *Ein Mann, der nach dem Sex emotional wird?*

„Wirst du mich die ganze Nacht halten?“, flüsterte sie mit zitternder Stimme.

„Natürlich.“

Sie wusch sich und kehrte dann in seine Umarmung zurück. Der Raum war kühl, was darauf hindeutete, dass Dan die Klimaanlage angeschaltet hatte. Sie kuschelte sich an seinen warmen Körper und wackelte mit ihrem Hintern an seinen Hüften. Er schlang einen Arm um sie und zog sie an seine Brust. Das Haar dort kitzelte sie einen Moment lang. Seine starken Muskeln gaben ihr Halt.

„Ich liebe dich“, sagte er. „Vergiss mich nicht.“

„Wie könnte ich?“

„Die Leute sehen mich als unbesiegbaren Pitcher. Ich bin nur ein Mann, Holly.“

„Für mich bist du viel mehr als das.“ Sie seufzte. Behagen vertrieb die Traurigkeit aus ihrem Herzen, als sie sich erlaubte, langsam einzuschlafen. Sie konzentrierte sich auf seinen regelmäßigen Atem, und schlief bald mit ihm zusammen ein.

Ein schlechter Traum ließ sie um vier Uhr morgens hochschrecken. Sie keuchte und setzte sich im Bett auf.

„Wa-?“, kam es verschlafen von ihm herüber.

Sie streckte ihre Hand nach ihm aus. Ihre Finger strichen über seine festen Muskeln. „Es ist nichts. Alles okay. Schlaf weiter.“ Sie schluckte und holte tief Luft. Sie gewöhnte ihre Augen an die

Dunkelheit, und ihr Herzschlag verlangsamte sich wieder. Wie viele Alpträume würde sie noch haben, bis diese Tortur vorüber war?

DIE JUNGE FRAU ERWACHTE an einem wolkenverhangenen, kühlen Morgen. Holly dachte, dass es passend war, dass der Himmel an dem Tag, an dem sie den Staatsanwalt treffen würde, bedeckt war. Sie war vor Dan wach geworden. Sie rollte sich auf ihre Seite und lag still da, beobachtete ihn, wie er schlief. Ein paar Locken seines dunklen Haars fielen über seine Stirn, und ließen sein Gesicht schöner als jemals sonst erscheinen.

Ihr Blick wanderte seinen Körper herunter. Dan achtete auf sich, trainierte, aß das Richtige und ging jeden Tag Laufen. Sie hätte ihn gern berührt, aber sie wollte ihn nicht aufwecken. Sie würde diesen privaten Moment, in dem sie ihn betrachten konnte, ohne dass er etwas davon merkte, nicht einfach ungenutzt lassen. Die Muskeln seiner Arme traten ein wenig hervor. Seine Beine waren trainiert und stark, die Hüften schlank. Da er ihr seine Vorderseite zuwandte, konnte sie seinen süßen Hintern nicht sehen.

Als hätte sie ihn dazu aufgefordert, drehte er sich auf die andere Seite und gab ihr einen perfekten Ausblick. Sein breiter Rücken und seine Schultern waren kraftvoll. Ihn nur anzuschauen gab ihr eine Gänsehaut. Es fiel ihr schwer, zu glauben, dass er sie liebte. Was konnte sie ihm schon zurückgeben? Okay, sie hatte ein paar Mal für ihn gekocht, ihm zugehört, als er über Baseball geredet hatte und war mit ihm ins Bett gegangen, wann immer er das wollte. Aber wer würde das nicht tun?

Er drehte sich wieder herum und blieb schließlich auf dem Rücken liegen, sodass sie seine Morgenlatte sehen konnte. Sie hatte noch ein Abschiedsgeschenk für ihn, bevor sie sich trennen mussten. Sie beugte sich über ihn und nahm ihn in ihren Mund. Er zuckte zusammen.

„Was zur-“

„Morgen“, murmelte sie mit vollem Mund.

„Was machst du da?“

„Ich mache dir ein Abschiedsgeschenk“, sagte sie.

Er lachte und streichelte ihr übers Haar.

Als sie fertig war, gingen sie zusammen unter die Dusche. Er nahm sie, gegen die Wand gepresst. Sein Geruch und der Geschmack seiner Haut waren vom Wasserstrahl so sauber und frisch, dass sie ihren Mund nicht von seiner Schulter ließ, als er wieder und wieder in sie eindrang.

Als sie das Wasser abstellte, beugte er sich heraus, um ein Handtuch zu holen.

„Lass mich das machen“, sagte er und hielt das flauschige Textil außerhalb ihrer Reichweite. Als sie ihre Arme wieder sinken ließ, legte er es auf ihren Kopf und rubbelte ihr Haar trocken. Das wiederholte er dann mit dem Rest ihres Körpers. Sie tat dasselbe mit ihm. Sie küssten sich, zuerst sanft, dann leidenschaftlich.

Als sie wieder im Schlafzimmer waren, holten sie Kleidung aus dem Schrank.

„Ich habe heute ein Spiel.“

„Viel Glück. Ich weiß, du wirst gewinnen.“

„Jetzt zählt jedes Spiel.“

„Ihr seid in Führung, richtig?“

„Mit einem halben Spiel. Die können wir schnell verlieren.“

„Das werdet ihr nicht. Ihr werdet euren Vorsprung noch ausbauen“, sagte sie und blickte zu ihm nach oben.

„Dein Vertrauen ehrt mich, aber du weißt, ich bin nicht der Einzige da draußen.“

„Das Team war bisher großartig. Euer Defensivspiel gehört zum Besten, was eure Liga zu bieten hat.“

„Da hast du recht“, sagte er und schlüpfte in sein Sweatshirt.

Holly zog das marineblaue Kostüm und die weiße Bluse an, die sie für den Prozess gekauft hatte. Sie musste offiziell aussehen, erwachsen, bereit dafür, auszusagen, und dass man ihr Glauben schenkte.

„Das ist ein neuer Look."

„Professionell."

„Ich möchte dir das Jackett und das Hemd gleich wieder vom Leib reißen."

Sie lachte. „Das ist nicht die Reaktion, die ich mir von der Jury erhoffe."

Er küsste sie. „Du wirst das großartig machen. Natürlich werden sie dir glauben. Immerhin sagst du nur die Wahrheit."

„Das stimmt. Aber die Leute glauben nicht immer den Fakten."

„Du wirst sie dazu bringen."

Seine selbstbewusste Einstellung munterte sie auf. Sie setzten sich in seinen Wagen, und er fuhr sie zur U-Bahn-Station. Er schaltete das Blinklicht ein und fuhr an den Straßenrand, um ihren kleinen Koffer aus dem Kofferraum zu holen. Sie umarmten sich. Hollys Augen schlossen sich langsam. Sie wollte ihn nicht loslassen. Die Pfiffe und Rufe, die Dan galten, hätten sie in der Vergangenheit gestört, aber nicht heute. Ein paar Tränen lösten sich und rannen ihre Wangen hinunter.

„Kümmere dich nicht um sie", wisperte er in ihr Haar.

„Tu ich nicht."

Endlich lösten sie sich wieder voneinander. Die Luft kühlte ihre Haut und erinnerte sie daran, dass sie noch vor ein paar Momenten seine Wärme gespürt hatte. Sie fühlte die Trennung körperlich, als sie zurücktrat. Er sah traurig aus. Seine Stirn war gerunzelt und er fuhr sich mit den Fingern durchs Haar und strich sie sich vom Gesicht. Würde sie jemals wieder eine Liebe finden wie diese?

„Ich werde auf dich warten. Bitte komme nicht mit jemand anderen zusammen, während du weg bist", sagte er.

„Ich könnte niemals jemanden finden, der so ist wie du", antwortete sie.

Er grinste. „Wenn wir den Wimpel kriegen, schaust du dir dann die finale Serie an?"

„Ich weiß es nicht. Es ist noch alles in der Schwebe."

„Ich werde am Eingang trotzdem eine Karte für dich hinterlegen lassen. Nur für den Fall."

„Okay. Ich werde mein Bestes tun. Nun geh schon, gewinn dein Spiel." Sie küsste ihn sanft, zum letzten Mal.

Er griff ihre Oberarme und blickte ihr in die Augen.

„Ich liebe dich, Dan. Ich werde dich immer lieben."

„Ich auch, Baby."

Sie hob ihren Koffer auf und ging zur U-Bahn. Nachdem sie eingestiegen war versuchte sie, ihre Gedanken von ihrem Geliebten abzulenken, den sie vermisste. Holly erinnerte sich an die Nacht, als sie zusehen musste, wie einer von Flashs Bodyguards den Mann in der Gasse erschossen hatte. Der Staatsanwalt würde alle Details wissen wollen. Als der Zug über die unterirdischen Gleise raste, wiederholte sie in Gedanken die Ereignisse dieses furchtbaren Abends, als ihr ganzes Leben in Scherben zerfallen war.

Bei jedem Halt stiegen Leute aus und ein. Holly sah sich Bilder von Dan auf ihrem Handy an, blieb für sich und nahm mit niemandem Augenkontakt auf. Innerhalb von fünfzehn Minuten hatte sie Canal Street erreicht, ihre Haltestelle. Sie entfaltete das Papier mit der Wegbeschreibung zu Al Housmans Büro darauf und ging einige Blöcke nach Osten, bevor sie One Hogan Place erreichte. Sie trat in das Gebäude und stellte sich an einer Schlange vor einem Metalldetektor an.

Die Wachen gaben ihr ein Gefühl von mehr Sicherheit. Sie sah ihnen in die Augen, und ihre Atmung normalisierte sich wieder. Nur noch ein paar Schritte, und sie würde sicher in der Obhut des Staatsanwalts sein.

Als sie dran war, trat sie zu einer Wache. „Mr. Housman hat mir gesagt, ich soll ihnen mitteilen, dass sie ihn anrufen und sagen, dass Terri Samuels da ist."

Der Mann prüfte einige Unterlagen auf seinem Schreibtisch, sah sie nachdenklich an und nahm dann den Hörer zur Hand. „Er schickt jemanden, um Sie zu begleiten, Ms. Samuels. Könnten Sie bitte zur Seite treten?"

Holly stellte sich näher an die Wand.

„Hey! Sind Sie nicht Holly Merrill?" Der Mann, der sie gerufen hatte, machte einen Schnappschuss von ihr, als sie sich ihm zuwandte. Obwohl es eigentlich keinen Grund gab, das jetzt zu leugnen, blieb sie still. Sie wusste nicht, warum sie seine Vermutung bestätigen sollte.

Eine warme Hand schloss sich um ihren Oberarm. Überrascht blickte sie hoch in ein dunkles Augenpaar.

„Mr. Housman schickt mich. Ich heiße John. Kommen Sie bitte mit."

„Hey, Miss Merrill, wo waren Sie so lange? Wie fühlt es sich an, gegen Flash Kincaid auszusagen? Haben Sie Angst?" Der Reporter kam ihr zu nahe, und John schob ihn aus dem Weg.

„Machen Sie Platz, Arschloch. Reden Sie nicht mit ihm. Lassen Sie uns gehen", sagte John, als er Holly zu einem Fahrstuhl an der Rückseite des Gebäudes führte.

Als die Türen sich geschlossen hatten, wandte sie sich ihm zu. „Es ist egal, dass er mich erkannt hat, oder?"

„Das kommt darauf an. Wie viele der Leute, die Sie in letzter Zeit kennengelernt haben, kennen ihren richtigen Namen?"

Sie schluckte. Die Nighthawks! Bald würden sie alle ganz genau wissen, wer sie war. Nicht das Hot-Dog-Girl, sondern eine Flüchtige. Sie stöhnte bei dem Gedanken auf, wie sehr dieser Umstand Dan beschämen würde.

„Wissen Sie, John, wenn ich es vermassele, dann so richtig." Sie schüttelte ihren Kopf. Das war wohl das Ende ihrer Beziehung mit Dan. Sie zitterte bei dem Gedanken an all den Hohn und Spott, dem er sich aussetzen würde. Er verdiente das nicht. Schließlich hatte sie ihm erst gesagt, wer sie war, als sie sich bereits gut kannten. Wäre sie von Anfang an ehrlich mit ihm gewesen, wäre es vermutlich gar nicht so weit gekommen.

Ein Lächeln umspielte ihre Lippen. Nein, nicht bei Dan. So einer war er nicht. Zumindest hoffte sie das.

Der Fahrstuhl öffnete sich im siebten Stock. Sie folgte John den Gang hinunter zum Büro des Staatsanwalts. Er brachte sie sofort zu Al Housman. Sie schüttelten sich die Hände. Er war ein mittelgroßer Mann mit etwas längerem Haar, das nach hinten gegelt war, und buschigen Augenbrauen über seinen braunen Augen, die sie mit einem intensiven Blick musterten. Er war schlank und trug einen marineblauen Anzug. Das Jackett hatte er über seine Stuhllehne gehängt und die Ärmel seines Hemds zu den Ellbogen aufgerollt, wodurch er seine leicht behaarten Unterarme zeigte. Trotz seiner schlanken Erscheinung und seinem legeren Outfit strahlte er Macht aus, eine scharfe Beobachtungsgabe, wie von einem Fuchs.

„Bevor wir loslegen – das ist John", sagte Housman und drückte einen Knopf auf seinem Telefon. Ein weiterer großer Mann trat durch eine Seitentür ein. „Und er hier heißt Buzz. Die beiden werden Sie von heute an bis zum Ende des Prozesses beschützen. Sie werden Sie zu ihrer Hotelsuite begleiten und dort bei Ihnen bleiben. Nach dem Ende der Verhandlung wird Barb Finn übernehmen. Sie hat schon eine neue Identität für Sie kreiert. Sie wird Sie zu ihrem neuen Heim fahren und Ihnen alles erklären, den neuen Fahrausweis aushändigen und ein kleines monetäres Startkapital für Ihr neues Leben."

„Vielen Dank, Mr. Housman“, sagte sie und ließ sich in einem ledernen Lehnstuhl vor seinem Schreibtisch nieder.

„Wir sind Ihnen zur Dankbarkeit verpflichtet, da Sie in diesem Fall aussagen. Wir kennen das Risiko, dem Sie sich aussetzen. Aber jemand muss dafür sorgen, dass ein Mistkerl wie Kincaid nicht weiteren Menschen Schaden zufügen kann. Wir werden alles dafür tun, um Ihre Sicherheit zu garantieren.“

Hollys Schultern senkten sich und ihre Anspannung verließ langsam ihren Körper. „Danke.“

„Mein Stellvertreter, George, wird Ihnen nun einige Fragen stellen. Ist das okay für Sie?“

Sie lächelte ihn an. „Bei mir ist alles in Ordnung. Ich bin Ihnen dankbar für alles.“

„Mit Ihrer Hilfe wird dieser Drecksack bald hinter Schloss und Riegel sitzen. Und Sie können wieder in ihr altes Leben zurückkehren.“

Al stand auf. Die Seitentür öffnete sich ein weiteres Mal und ein anderer, blonder Mann trat in den Raum. Er stellte sich vor und führte Holly in ein kleines Besprechungszimmer. Dort saßen schon mehrere Leute. Einer schloss gerade ein Aufnahmegerät an, eine andere hielt Schreibblock und Stift bereit. George deutete auf einen Stuhl, und Holly setzte sich. Sie wusste nicht, was sie erwartet hatte, aber sicherlich nicht diesen Empfang, bei dem sie sich wie eine Berühmtheit fühlte.

George goss ein Glas Wasser für sie ein und stellte es vor sie auf dem langen Tisch ab. Plötzlich merkte sie, wie ausgedörrt ihre Kehle sich anfühlte, und genehmigte sich einige Schlucke.

„Okay, Miss Merrill. Können Sie uns sagen, was in der Nacht des sechsten Juni vorgefallen ist? Nehmen Sie sich ruhig Zeit. Lassen Sie kein Detail aus, egal, wie unwichtig es Ihnen erscheinen mag.“

Kapitel Dreizehn

Dan tröstete sich mit den Sticheleien mit seinen Kumpels in der Umkleide.

„Matt hat den Pool die letzten zwei Male gewonnen. Du hast eine Glückssträhne, Jackson", sagte Chet Candelaria, als er die Hosen seiner Uniform anzog.

„Glück im Spiel, Pech bei den Frauen", sagte Jake Lawrence.

„Ja, bei den Frauen landet er keinen Jackpot", ließ sich Nat kopfschüttelnd vernehmen.

„Scheiß auf euch. In New York kann man eh nicht richtig spielen. Nur, weil ihr ein Mädel nicht sehen könnt, bevor ich es tue. Warum schaut ihr nächstes Mal nicht genauer hin? Lernt was vom Meister."

„Es gibt noch Leute unter uns, die sich auf das echte Spiel da draußen konzentrieren", konterte Bobby Hernandez.

„Als würde dir das irgendwas nützen, Arschloch."

„Wen nennst du hier Arschloch?"

„Dich, Drecksack", sagte Matt und deutete auf den zweiten Baseman.

„Drecksack? Das klingt doch gleich viel besser. Mein Sack? Der ist gut."

„Und was ist mit dem Dreck?", fragte Nat.

„Mir doch wurscht", antwortete Bobby.

„Dan hat immer die Kohle eingesackt, aber jetzt steht er doch endlich unterm Pantoffel, also spielt er nicht mehr", sagte Jake.

„Du wünschst dir doch ein Mädchen wie Holly“, sagte Dan. „Und heute könnte ich eh nicht spielen. Ich pitche.“

„Gut. Dann schauen wir mal, ob Mr. Verführ-mich-nicht seine Strähne halten kann“, sagte Nat.

„Zwei Gewinne hintereinander sind keine Strähne. Das ist einfach nur Glück“, warf Jake ein.

„Neidisch. Ihr seid nur neidisch“, antwortete Matt.

Dan zog seine Schuhe an. „Versucht nur, meinen Rekord zu brechen.“

„Kannst mir dabei zuschauen. Ich habe einen Große-Titten-Radar“, sagte Matt.

Jake lachte. „In deinen Träumen.“

„Ja. Sehen kann er sie. Aber anfassen?“, kicherte Bobby.

Als sie sich fürs Spiel fertig gemacht hatten, gingen sie aufs Feld. Dan hielt seine Kappe während der Nationalhymne über sein Herz. Er fühlte eine große Schwere auf seinen Schultern. Wenn er auf den Mound ging, würde er Holly nicht grüßen können.

Matt lief neben ihm, als sie ihre Positionen einnahmen. „Konzentrier dich, Dan. Dieses Spiel müssen wir gewinnen.“

„Ich weiß.“

Der Catcher klopfte seinem Pitcher auf den Rücken und ging zu ihrer Home Base hinüber. Dan warf ein paar Pitches zur Erwärmung. Sein Arm war entspannt, und Energie und Entschlossenheit strömten durch seine Adern. Er schaffte beim ersten Batter der gegnerischen Mannschaft ein Strikeout.

Matt gab ihm zwei Daumen nach oben. Der erste Strikeout relaxte den Pitcher. Es gab ihnen einen Vorsprung und ließ das andere Team wissen, mit wem sie es zu tun hatten. Sein Selbstbewusstsein stieg sprunghaft an. Er holte aus, verengte seine Augen zu Schlitzen, konzentrierte sich, und sandte den Ball in rasender Geschwindigkeit zur Home Base – dreiundneunzig Meilen in der Stunde. Er war Feuer und Flamme. Seine Stärke ließ ihn bis zum achten Inning durchhalten. Er erhielt stehenden Applaus, als er im neunten abgelöst wurde.

Er führte sogar einen perfekten Bunt durch, mit dem es Matt zur zweiten Base schaffte, um dann bei einem Double von Matt Owen zu punkten. Dan täuschte alle, indem er voll ausholte und zum Left Field schlug. Er rannte wie der Wind und schaffte es vor dem Ball zur ersten Base.

Es stand fünf für die Nighthawks zu zwei für die Washington Generals. Dans Bilanz: die Generals hatten ihm einen Homerun und drei Walks abgerungen, und vierzehn Strikeouts zu beklagen. Ein neuer Rekord für ihn.

Wieder in der Umkleide, summte er unter der Dusche. Da er sich nach dem Spiel mit niemandem treffen würde, ließ er sich Zeit. Er band sich ein Handtuch um die Hüften und schlurfte zu seinem Spind, um sich anzuziehen. Seine fünf engsten Kumpels waren ebenfalls in der Umkleide zugange. Sie waren schon in Straßenkleidung und lungerten dann im Klubhaus herum. Niemand sah ihm in die Augen.

„Was ist los?"

Matt verlagerte sein Gewicht von einem Fuß zum anderen und streckte dann seinen Arm aus. Er hielt eine Zeitung in der Hand. „Hast du das schon gesehen?"

Dan schnappte sich die Zeitung von seinem Freund und blickte auf die Titelseite. Ein riesiges Bild von Holly, mit der Überschrift - „Vermisste Zeugin taucht auf, um Kincaid festzunageln". Er schnaubte. Sie sah erschrocken aus, wie ein Reh im Scheinwerferlicht.

„Wusstest du davon?"

„Ja, ich wusste es. Und?"

„Das ist das Hot-Dog-Mädchen. Deine Braut", sagte Jake.

„Und was willst du damit sagen?" Dan stemmte seine Hände in die Hüften. „Willst du das zu einem Problem aufblasen?"

Die Männer murmelten, dass sie das natürlich nicht tun würden. Nat und Bobby hoben ihre Handflächen und gingen rückwärts aus der Tür. Matt wartete auf seinen Freund.

„Ich dachte, wir könnten heute zu Abend essen", sagte er.

Dan warf die Zeitung auf einen Stuhl. „Die Presse wird sich darauf stürzen."

„Warte erst, bis sie herausfinden, dass sie hier gearbeitet hat."

„Das finden sie nie raus."

„Machst du Witze? Jeder wird sie erkennen. Es wird jemanden geben, der sie verpfeift."

„Und? Sie ist, wer sie ist."

„Naja, die Pressefritzen werden sich auch für dich interessieren."

„Meinst du?"

Matt schniefte. „Nun machst du Witze, oder?"

„Lass uns zu Freddie's gehen. Ich brauche einen Drink."

HOLLY VERLOR IHR ZEITGEFÜHL. Sie war nie draußen, außer, sie wurde in ein wartendes Taxi befördert und ins Stadtzentrum gefahren, wo sie vom Staatsanwalt und seinen Mitarbeitern ausgequetscht und dann wieder zu ihrem Zimmer gebracht wurde. Das Hotel war auf der West Side von Manhattan, ein kleineres Haus, weit entfernt vom geschäftigen Treiben in der Innenstadt. John und Buzz waren immer bei ihr. Sie aßen zusammen Take-out, sahen sich endlos Filme an und vermieden es, die Nachrichten zu schauen. Die Männer waren glücklich, wenn sie zu einem Spiel der Nighthawks schaltete.

Sie feuerte Dan aus der Stille ihres Hotels heraus an, als er die Generals in den Boden stampfte. Ein großes Verlangen brannte in ihrer Brust, jemandem zu erzählen, wo sie die letzten Monate gewesen war. Schließlich vertraute Holly sich John und Buzz an. Es war egal, ob sie irgendjemandem davon erzählten. Sie konnte ohnehin nach dem Prozess nicht mehr dorthin zurückkehren.

„Wirklich? Du verarschst mich doch jetzt nicht, oder?“, fragte Buzz.

Sie schüttelte ihren Kopf.

„Ich kann nicht glauben, dass du die ganze Zeit dort warst, vor unserer Nase“, sagte John mit einem Kichern.

Holly wechselte den Kanal, um ein wenig davon mitzubekommen, was in der Welt vor sich ging, aber John nahm die Fernbedienung und zappte wieder zurück.

„Sorry“, sagte er und schaltete zu einer Gameshow.

„Hey. Ich wollte das sehen.“

„Ah-ah. Befehl vom Staatsanwalt.“

„Schlimm genug, dass ich hier eingesperrt bin. Und jetzt darf ich nicht mal wissen, was draußen passiert?“

„Tut mir leid, Holly. Al hat uns klare Anweisung gegeben, dich von allen Nachrichten fernzuhalten.“

„Warum?“

„Weil es deine Zeugenaussage beeinflussen könnte“, sagte John und sein Griff um die Fernbedienung wurde fester.

„Die Fakten sind die Fakten.“

„Tut mir leid. Ich habe meine Befehle.“ Er runzelte die Stirn, aber seine Augen drückten Mitgefühl aus.

Sie blieb auf der Couch sitzen und schmollte wie ein kleines Kind, indem sie ihre Arme über ihrem Pullover kreuzte. Sie ließ ihren Atem entweichen, als sie den Raum in Augenschein nahm. Sie erspähte etwas, das ein klein wenig unter der Tür hervorlugte. *Eine Zeitung!*

John schaltete zu einer Wiederholung einer sehr bekannten Krimiserie, lehnte sich zurück und nippte an seinem Kaffee. Holly stand auf und schlenderte im Zimmer herum. Sie nahm einen Donut von der Theke der winzigen Küche und kaute. Sie bewegte sich unmerklich auf die Vordertür zu, während sie John und Buzz im Auge behielt. Letzterer schlief in einem Lehnsessel.

Mit einer Hand auf ihrem Rücken drückte sie langsam die Klinke herunter. Als sie die Tür einen Spalt geöffnet hatte, hockte sie sich hin, nahm die Zeitung und sprintete dann ins Badezimmer.

„Hey! Was machst du da?“ John sprang vom Sofa auf, aber sie hatte die Tür verschlossen, Sekunden, bevor er da war. Er drückte auf die Klinke. „Gottverdammt, Holly! Gib mir die Zeitung!“

„Nicht, bevor ich fertig bin.“

„Al hat schon gesagt, auf dich muss man achtgeben. Verdammte Lügnerin“, murmelte er.

Sie setzte sich auf den Badezimmerschrank und faltete die Zeitung auseinander. Sie war entsetzt über das Bild von ihr auf der Titelseite, und Tränen strömten über ihre Wangen, als sie den Artikel las. „Hot-Dog-Girl entpuppt sich als flüchtige Zeugin“ war die Überschrift. Mit einem hämischen Unterton geschrieben, wurde die Bezeichnung ‚Hot-Dog-Girl‘ zu einem Schimpfwort. Der Artikel schimpfte über sie, warum sie sich nicht eher gemeldet habe. Sie wusste, dass es nicht richtig gewesen war, den Staatsanwalt nicht eher über ihren Aufenthaltsort in Kenntnis zu setzen, aber sie hatte Angst gehabt. Soweit war sie in Sicherheit. Aber als sie in Pine Grove war, hatte es noch ganz anders ausgesehen, nicht wahr?

Sie war wütend auf den Reporter, der nichts darüber wusste und sie überlegte, ob sie an den Herausgeber einen Brief schreiben sollte, um ihre Sicht der Dinge zu schildern, aber sie entschied sich dagegen. Zum Glück hatten sie nichts von ihrer Beziehung zu Dan Alexander herausgefunden – noch nicht. Panik erfüllte sie. Es war klar, dass die skandalhungrigen Wannabe-Journalisten es irgendwann herausfinden würden. Sie würden graben und weitergraben, bis sie die ganze Geschichte kannten, und Dan würde mit ihr zusammen durch den Dreck gezogen werden.

In der Zeitung wurde sie als Gangsterbraut dargestellt. So war es überhaupt nicht gewesen. Flash Kincaid war gut zu ihr gewesen. Er hatte sie in noble Restaurants ausgeführt, ihr hübsche Klamotten gekauft und sogar Schmuck, hatte über ihre Witze gelacht und war ein einfühlsamer Liebhaber gewesen. Sie hatte gedacht, sie hätte den perfekten Mann gefunden, nur dass sie niemals herausfinden konnte, womit er eigentlich seinen Lebensunterhalt verdiente. Sicher, sie hätte die Puzzleteile nur zusammensetzen müssen, als er ihr ausweichende Antworten gab, was seine Arbeit und seinen verrückten Terminplan anging, mit Meetings, die um Mitternacht begannen.

Holly war naiv gewesen. Sie hatte glauben wollten, dass er ihr Prince Charming war, der sie aus dem einsamen Turm auf der Park Avenue errettete. Sie hatte ihn für den Einen gehalten, sich ein perfektes Leben mit Flash ausgemalt. Als sie ihren Schock überwunden hatte, nachdem sie herausfand, wie er an das viele Geld kam, war ihr Herz gebrochen gewesen. Sie hatte ihn vermisst, sich jeden Tag vorgebetet, dass er nicht der Mann war, für den sie ihn gehalten hatte. Aber ihre Vorstellungskraft war so stark gewesen. Es hatte höllisch wehgetan, die Fantasie gehen zu lassen.

Würden sie das in der Zeitung abdrucken? Vermutlich nicht. Nein, definitiv nicht – weil es die Wahrheit war, eine menschliche Geschichte echter Liebe, die erst in Täuschung endete und dann in Gewalt. Vielleicht sollte sie darüber ein Buch schreiben? Vielleicht würde eine Zeitung ihre Geschichte in Fortsetzungen drucken?

Sie begann, daran zu schreiben, um die Stunden des Wartens zu füllen, die sie eingesperrt mit John und Buzz verbrachte. Alles niederzuschreiben half ihr auch, sich die Ereignisse jener Nacht deutlicher in Erinnerung zu rufen. Es half ihr, sich auf ihre Aussage vor Gericht vorzubereiten.

Wenn sie es leid war, diese Dinge zu notieren, wanderten ihre Gedanken zu ihrer Beziehung mit Dan – ob diese die Zeit ihrer Trennung überleben würde? Sie wusste schon, wo sie nach dem

Prozess hingehen würde, aber konnte es keiner Seele verraten – selbst ihren Eltern nicht. Sie wusste nicht, wie lange sie fort sein würde, und welchen anderen Frauen Dan begegnen würde. Es machte ihr Angst. Attraktiv, reich, berühmt – Dan war der Traum jeder Frau. Sie konnte nicht von ihm erwarten, lange an ihr festzuhalten, wenn sie nicht mehr da war.

Ein Seufzen entfuhr ihren Lippen. Es brachte nichts, sich darum Gedanken zu machen, denn es gab nichts, was sie tun konnte. Stattdessen dachte Holly über das neue Leben nach, was sie sich aufbauen würde, sobald der Gerichtsprozess vorüber war.

Sie legte ihre Füße auf den Couchtisch und erinnerte sich an ihr Gespräch mit Barb Finn, über ihr Leben im Zeugenschutzprogramm.

„Wir schicken Sie dieses Mal nach Pennsylvania."

„Im Herbst soll es dort schön sein."

Barb hatte gegrinst. „Ja. Ihr neuer Name-", sagte sie, während sie sich durch einen Stapel Papiere wühlte, „-ist Carrie Thomas. Die Stadt heißt Candlewood. Jemals davon gehört?"

„Nein", hatte Holly geantwortet.

„Sie werden in Mrs. Hatchs Pension einquartiert werden. Ein Zimmer und sie teilen sich eine Küche. Oh, und wir haben Ihnen den Job besorgt, den Sie sich gewünscht haben. Eine Ausbildung bei *Bread and Butter*, einer lokalen Bäckerei."

„Danke. Carrie Thomas, hm?" Zumindest hatte sie den Job bekommen, den sie wollte.

„Ja."

„Für wie lange?"

Barb hatte mit den Schultern gezuckt. „Es hängt alles davon ab, wie das Urteil ausfällt, und ob eine Berufung zugelassen wird."

„Danke. Bekomme ich auch ein Handy?"

Barb hatte ihren Kopf geschüttelt. „Vielleicht ein Prepaid-Handy, aber nur für Notfälle. Wir können Ihre Sicherheit nicht gewährleisten, wenn wir nicht alle Verbindungen zu Ihnen kappen."

„Richtig." Hollys Laune war gesunken, wie ein Ballon, der seine besten Tage schon hinter sich hatte. Sie hatte gehofft, dass sie Dan zumindest von Zeit zu Zeit eine Textnachricht schicken konnte.

„Alles Gute", hatte Barb gesagt und sie umarmt. „Sie tun das Richtige."

„Das hoffe ich."

Ihr letztes bisschen Hoffnung war bei dieser Ankündigung endgültig verschwunden. Dan würde sie niemals finden können. Aber immerhin galt das auch für Flash und seine Männer. Sie würde sicher sein, allein und bereit für einen neuen Anfang.

HOLLY ERWACHTE FRÜH am Morgen der Verhandlung. Sie zog sich an und aß dann mit den Männern ein Frühstück, das der Zimmerservice gebracht hatte. Sie unterhielten sich über das Spiel. Holly überraschte sie mit ihrem Wissen über Baseball.

Um acht verließen sie zu Dritt das Hotel. Ein privater PKW wartete auf sie, um sie einzusammeln und vor dem Gerichtsgebäude abzusetzen. Mit den Männern an beiden Seiten lief Holly die Treppe hoch. Ihre Hände schwitzten und ihr Puls raste.

Bei der Sicherheitskontrolle zeigte John ihre Ausweise vor, und man ließ sie durch. Hollys High Heels klackerten auf dem Boden aus poliertem Stein, als sie zum Gerichtssaal gingen. Al Housman und seine zwei Assistenten begrüßten sie. Beide schüttelten Holly die Hand. John eskortierte sie zu einem Sitzplatz in der ersten Reihe.

Housman beugte sich zu ihr. „Kincaid oder seine Schläger werden Ihnen sicher böse Blicke zuwerfen. Machen Sie sich keine Sorgen darum. Sie können Ihnen hier nichts tun."

„Danke." Sie hatte sich darüber noch keine Gedanken gemacht.

Innerhalb weniger Minuten wurde der Angeklagte von zwei Wachen in den Raum geführt. Sie konnte nicht anders und schaute zu ihm herüber. Seine Augen waren schwarz vor Hass. Er starrte sie direkt an und spuckte auf den Boden. Die Wachen zogen ihn zurück und wiesen ihn zurecht. Aber sie hatte die Warnung erhalten. Ihr Herzschlag beschleunigte sich, als Furcht von ihr Besitz ergriff.

Die Wachen flüsterten ihm etwas zu. Flash sah klein und gemein aus. Sie fragte sich, wie sie ihn jemals hatte lieben können. Als er sich gesetzt hatte, blickte er stur geradeaus.

„Sorry", sagte Al. „Das wird nicht nochmal passieren."

John drückte ihre Hand. Sie war dankbar für ihre Sicherheit, für die er und Buzz gesorgt hatten, und ihr wurde warm ums Herz. Sie würde im Gerichtssaal sicher sein. Und um den Rest konnte sie sich später Gedanken machen.

Das Quietschen der Türangeln machte sie darauf aufmerksam, dass weitere Menschen den Raum betraten. Sie drehte sich herum, um zu sehen, wer Interesse an diesem Fall haben könnte. Ihre Mutter und ihr Vater setzten sich in die letzte Reihe. Ihr Dad nickte ihr kurz zu und ihre Mutter hob ihre Hand mit einem schwachen Lächeln. *Zumindest sind sie hier.*

Sie drehte sich wieder nach vorn. Eine Hand auf ihrer Schulter ließ sie hochschrecken. John hatte sofort das Handgelenk gefasst, mit dem sie getätschelt wurde. Das Blut entwich ihrem Gesicht, bis sie einen Blick nach hinten werfen konnte. In der Reihe hinter ihr saßen Bud, Nancy und Lisa Magee.

„Das sind Freunde", sagte Holly zu John. Er ließ seinen Arm sinken. „Vielen Dank, dass ihr gekommen seid. Das hättet ihr nicht tun müssen."

„Wir sind für dich da, Liebes", sagte Nancy und warf der jungen Frau ein Lächeln zu.

Überrascht von ihrer Treue lächelte Holly zurück. Ihr Herz beruhigte sich wieder. Ihre provisorische Familie zur Unterstützung bei sich zu haben erleichterte sie. Beamte betraten den Saal und gingen zum Tisch des Staatsanwalts. Es erhob sich ein Stimmengemurmel und es war das Rascheln von Unterlagen zu hören. Das waren die lautesten Geräusche im Gerichtssaal. Holly sah eine ältere Frau auf der anderen Seite des Saals sitzen. Sie hatte ein ähnliches Gesicht wie Flash, vermutlich seine Mutter. Sie warf der jungen Zeugin einen wütenden Blick zu, dann hob sie ihre Nase und schaute weg.

Al drehte sich zu ihr um und flüsterte: „In fünf Minuten."

Stille breitete sich im Gerichtssaal aus. Die Türangeln kreischten noch ein letztes Mal, dann hörte sie das Geräusch von Absätzen auf dem Boden. Wieder reckte sie ihren Hals und ihr blieb der Mund offenstehen. Dan lächelte sie an, als er die Reihe entlang ging und sich neben Bud setzte. Sie hätte niemals erwartet, nicht in einer Million Jahren, dass er kommen würde. Natürlich, gestern hatte er gepitcht, also hatte er heute frei.

Er drückte ihre Schulter, bevor er sich setzte. Neue Energie durchströmte sie bei seiner Berührung. Tränen traten ihr in die Augen. Sie war noch nie zuvor in ihrem Leben derartig unterstützt worden. Bevor sie etwas sagen konnte, betrat der Richter den Raum, und der Gerichtsdiener forderte sie auf, aufzustehen.

Während des Verfahrens warf Flash ihr hin und wieder einen bösen Blick zu, aber sie blieb stark. Sie war hierhergekommen, um das Richtige zu tun, und sie beabsichtigte, es durchzuziehen, egal, wie die Konsequenzen aussehen würden.

Endlich war Holly mit ihrer Aussage dran. Ihr Herz schlug schneller, als sie zum Zeugenstand ging. Sie schwor, die Wahrheit zu sagen und trat die beiden Stufen nach oben. Sie hatte sich auf Als Fragen vorbereitet. Er lächelte sie kurz an und beruhigte sie damit. Sie antwortete wahrheitsgemäß, auch wenn ihr Herz immer noch schneller in ihrer Brust klopfte als normalerweise. Dann war es Zeit für das Kreuzverhör.

Die Mitarbeiter des Staatsanwalts hatten versucht, sie auf schwierige Fragen der Verteidigung vorzubereiten.

„Sie werden versuchen, Sie schuldig aussehen zu lassen", hatte jemand ihr gesagt.

„Mich? Ich habe niemanden erschossen."

„Schuldig im Sinne von, dass Sie fragwürdige Dinge getan haben. Geld von Flash angenommen. Mit ihm geschlafen. Was auch immer. Sie werden versuchen, Ihre Glaubwürdigkeit in Zweifel zu ziehen, indem sie Sie vor der Jury schlecht aussehen lassen. Darauf müssen Sie gefasst sein."

„Was kann ich tun?"

„Sie können nur die Wahrheit sagen."

Sie holte tief Luft, als ein dunkelhaariger Mann zu ihr trat, etwa eins siebenundsiebzig groß, in einem dunkelblauen Anzug mit hellblauem Hemd. Sein Lächeln sah falsch aus. Ihr Puls schoss wieder nach oben. Sie wischte ihre Hände an ihrem Rock ab.

Das fiel ihm auf. „Sind Sie nervös, Miss Merrill?" Er legte seine Hand auf das Geländer des Zeugenstands.

„Ein wenig. Es ist ziemlich nervenaufreibend, vor Gericht auszusagen."

„Ach ja? Wenn Sie die Wahrheit sagen, warum sollten Sie dann nervös sein?"

„Ich sage die Wahrheit."

„Das wird die Jury entscheiden. Wie lange dauerte Ihre Beziehung zu Mr. Kincaid?"

Sie schloss für einen Moment die Augen, um die Monate zu zählen. „Fünfzehn Monate."

„Über ein Jahr?"

„Ja."

„Und während all dieser Zeit wussten Sie nicht, wie er sein Geld verdient hat?"

„Nein, das habe ich nicht gewusst."

„Waren Sie zu sehr damit beschäftigt, dieses Geld auszugeben, als dass Sie sich gefragt hätten, woher es stammte?"

„Nein. Ich habe sein Geld nicht ausgegeben."

„Ist das so? Er hat Sie also nicht in edle Restaurants eingeladen, Ihnen Designer-Kleidung gekauft und sogar ein diamantbesetztes Tennisarmband?"

„Ja. Aber er hat diese Dinge gekauft. Weil er es wollte. Ich habe ihn nie um irgendetwas gebeten."

Der Anwalt der Verteidigung, Mr. Finch, lachte. „Wirklich? Das sagen alle Frauen, die Sex gegen Geld haben."

„Einspruch!"

„Stattgegeben."

„Ich ziehe meine Frage zurück."

„Ich hatte keinen Sex für Geld!"

„Dem Einspruch wurde stattgegeben und die Frage zurückgezogen, Miss Merrill. Sie müssen nicht antworten."

„Oh. Es tut mir leid, Euer Ehren."

Der Richter lächelte und nickte.

„Haben Sie etwa nicht mit Mr. Kincaid geschlafen?"

„Ja." Sie unterdrückte das Verlangen, auf ihrem Sitz herumzurutschen. Offenbar würden die Fragen nun gemeiner werden.

„Und hat er Ihnen etwa keine teuren Geschenke gemacht?"

„Ja. Aber das eine hatte mit dem anderen nichts zu tun. Er hat das getan, weil er es wollte. Ich habe ihn niemals um etwas gebeten."

„Erinnern Sie sich an ein Gespräch mit Mr. Kincaid, um die Weihnachtszeit herum, in dem es um die Bahamas ging?"

„Ich erinnere mich nicht."

„Er hat Ihnen erzählt, dass er dort Neujahr verbringen wird. Erinnern Sie sich nun?"

„Nein."

„Und Sie hatten gefragt, ob Sie mitkommen könnten?"

„Oh. Ja. Das habe ich." Sie nickte.

„Und Sie sagen, Sie hätten ihn nie um ein teures Geschenk gebeten?"

Sie spürte, wie ihre Wangen sich erhitzten. „Das war etwas anderes."

„Warum?"

„Ich hätte ihn vermisst. Ich liebte Flash. Ich wollte nicht, dass wir getrennt sind."

„Ich verstehe. Und doch haben Sie nie gesagt, dass Sie selbst ein Flugticket zu den Bahamas kaufen würden, oder nicht?"

„Nein." Scham durchflutete sie.

„Also, Sie sind von ihm in teure Restaurants ausgeführt worden, haben Reisen mit ihm gemacht und Geschenke erhalten, und doch wollen Sie dem Gericht weismachen, Sie hätten nicht gewusst, woher all das Geld stammte?"

„Das ist richtig."

„Und als er dann mit anderen Frauen ausging, waren Sie da nicht eifersüchtig?"

„Welche anderen Frauen?"

„Also bitte, Miss Merrill, nun lügen Sie aber. Sie wussten, dass Mr. Kincaid Ihnen überdrüssig wurde. Also sind Sie Mr. Grundy in die Gasse gefolgt und haben eine Geschichte erfunden, nämlich, dass er dort einen Mann erschossen hat, nicht wahr?"

„Nein! Ich hatte keine Ahnung, dass Flash jemand anders hatte." Wut mischte sich mit Schmerz. Sie schoss dem Angeklagten einen wütenden Blick zu, aber sein Gesicht blieb kühl und gleichgültig.

„Natürlich wussten Sie das. Die Frau auf der Damentoilette hat Ihnen doch alles über Angela erzählt."

„Nein! Hat sie nicht. Sie hat mir gesagt, dass er Drogen verkauft und in Prostitution verwickelt ist."

„Sie haben Ihre Felle davonschwimmen sehen. Und Sie waren deswegen wütend. Sie haben Ihre Rache geplant. Wenn Mr. Kincaid Ihr Luxusleben nicht weiter finanzieren würde, dann sollte er das auch für keine andere mehr machen. Also würden Sie ihn und seine Geschäftspartner hinter Gitter bringen!“

„Nein, nein! Das habe ich niemals gedacht.“

Al Housman sprang auf. „Ich erhebe Einspruch, Euer Ehren. Die Zeugin sitzt nicht auf der Anklagebank.“

„Wir zeigen einfach ein anderes Szenario auf, wie es sich abgespielt haben könnte, Euer Ehren.“

„Einspruch abgelehnt.“

Holly drehte sich zu Flash Kincaid um. „Flash! Du hattest keine andere, oder?“

Der Richter tippte mit seinem Stift auf den Tisch. „Bitte reden Sie nicht mit dem Angeklagten, Miss Merrill.“

„Es tut mir leid, Euer Ehren.“

Ihr Herzschlag verdoppelte sich schlagartig und ihre Finger zitterten. Sie ballte ihre Hände zu Fäusten, damit der Anwalt der Verteidigung nicht bemerkte, wie sehr sie zitterte. *Eine andere Frau? Das ist eine Riesenlüge. Er war bei mir, die ganze Zeit über.*

„Sie wollen diesem Gericht also glauben machen, dass Sie plötzlich, über Nacht, aus einer Laune heraus, Mr. Kincaid verlassen haben? Aus der Hintertür entwichen sind?“

„Ja. So war es.“

„Und zufällig haben Sie mit angesehen, wie Mr. Grundy jemanden erschossen hat?“ Seine Stimme schwoll an.

„Ja. Genauso war es.“

„Was für ein unglaublicher Zufall! Glauben Sie an Zufälle, Miss Merrill?“

„Es war kein Zufall. Es war ein Fluchtplan, aus der Not heraus geboren. Ich hatte Angst.“

„Ich verstehe. Plötzlich hatten Sie Angst vor dem Mann, mit dem Sie über ein Jahr zusammen gewesen waren. So voller Angst, dass Sie sofort, ohne zu zögern, sich herausschleichen mussten. Hatten Sie Angst, er würde Sie beseitigen, Miss Merrill?“ Sein durchdringender Ton hallte nach.

„Nein. Ich ... naja, vielleicht. Ich weiß nicht.“

„Ich verstehe. Sie wissen es nicht. Also, Sie hatten Sex mit Mr. Kincaid, Nacht für Nacht, haben in seinem Bett geschlafen, direkt neben ihm, Nacht für Nacht, über ein Jahr lang ... und plötzlich glaubten Sie, er sei gewalttätig. Plötzlich haben Sie um Ihr Leben gebangt? Ist es das, was Sie diesem Gericht erzählen wollen?“

Holly blinzelte, um ihrer Tränen Herr zu werden.

„Ich erhebe Einspruch! Mr. Finch schüchtert die Zeugin ein.“

„Einspruch stattgegeben. Beruhigen Sie sich, Mr. Finch“, sagte der Richter.

„Es tut mir leid, Euer Ehren.“

Aber Holly sah nichts in seinem Gesicht, was diesen Worten nur einen Hauch von Glaubwürdigkeit verlieh. Stattdessen grinste er sie an. „Nichts gegen Sie, Miss Merrill.“

Sie saß schweigend da und starrte ihn an.

„Lassen Sie mich das nochmal zusammenfassen. Plötzlich, in einem Moment, hatten Sie Angst vor Mr. Kincaid?“

„Nein.“

„Was war es dann?“

„Ich wollte nicht in etwas Illegales hineingezogen werden. Wenn Flash so etwas tat, musste ich weggehen.“

„Ich verstehe. Sie wollten sich selbst schützen.“

„Ja. Ich habe nie das Gesetz übertreten.“

„Ich behaupte, Sie brechen es in diesem Moment, indem Sie hier als eingeschworene Zeugin das Gericht belügen!“

Al Housman erhob sich. „Einspruch!“

„Einspruch stattgegeben.“

Hollys Entschlossenheit war gebrochen. Sie konnte nicht mehr und brach in Tränen aus. Der Richter schlug mit seinem Hammer und ordnete eine zwanzigminütige Pause an, sodass die Zeugin sich wieder fassen konnte.

Holly verließ den Zeugenstand und wischte sich die Tränen von der Wange. Als Assistenten führten sie aus dem Gerichtssaal, aber nicht, bevor sie einen Blick mit Dan wechseln konnte. Er hob eine Hand, seine Brauen zusammengezogen, sein Blick unlesbar.

Zumindest haben sie noch nicht die Verbindung zwischen mir und Dan erkannt.

Die Anwälte schoben ihr ein Glas Wasser zu und befragten sie eingehend. Sie bekam einen Augenblick Zeit, sich auf der Frauentoilette das Gesicht zu waschen, dann war sie zurück im Gerichtssaal. Nancy beugte sich vor und drückte ihre Schulter. Ein Blick in die Gesichter ihrer kreidebleichen Eltern sagte ihr alles, was sie über ihre Reaktion wissen musste.

„Miss Merrill, würden Sie bitte wieder in den Zeugenstand treten? Ich erinnere Sie daran, dass Sie immer noch unter Eid stehen", sagte der Richter.

Sie nickte, während sie hinging.

Der Anwalt der Verteidigung erhob sich und trat zu ihr. „Ich hoffe, es geht Ihnen wieder besser, Miss Merrill."

Sie starrte ihn an, sagte aber nichts.

„Ich habe keine weiteren Fragen, Euer Ehren."

„Mr. Housman?"

„Ja, nur einige Fragen im weiterleitenden Verhör, Euer Ehren."

„Fahren Sie fort."

„Miss Merrill, sagen Sie dem Gericht bitte Ihre Adresse?"

„525 Park Avenue."

„Wie lange haben Sie dort gelebt?"

„Mein ganzes Leben"

„Und Ihre Eltern leben immer noch dort?"

„Richtig."

„Und Sie haben dort ein Zimmer?"

„Ich habe eine Suite, die aus einem anderen Apartment gemacht wurde. Sie haben das andere Apartment gekauft und an ihre Wohnung angeschlossen. Als ich zweiundzwanzig wurde, haben meine Eltern es mir gegeben."

„Was gab es in dieser Suite?"

„Einspruch! Wo ist die Relevanz dieser Frage? Mr. Housman vergeudet die Zeit dieses Gerichts", sagte Mr. Finch.

„Ganz im Gegenteil", erwiderte Al.

„Wenn Sie dies mit der vorherigen Zeugenaussage in Verbindung bringen können, fahren Sie fort, Mr. Housman", sagte der Richter.

Holly fragte sich, wie der Richter, worauf Mr. Housman hinauswollte.

„Während der Zeit, in der Sie mit Mr. Kincaid zusammen waren, gingen Sie da einer regulären Erwerbsarbeit nach?"

„Nein." Sie spürte, wie sie errötete. Nein. Sie war eine verwöhnte Göre gewesen, hatte ihren Eltern auf der Tasche gelegen. Jetzt nicht mehr.

„Haben Sie Mr. Kincaid um Geld gebeten?"

„Nein."

„Nun, wovon haben Sie dann gelebt?"

„Meine Eltern haben mir Geld zum Leben gegeben."

„Wie viel?"

„Fünftausend Dollar."

„Wie oft?"

„Jeden Monat."

Sie hörte Keuchen und Gemurmel von der Zuschauertribüne. Sie schaute zu Dan, der sie mit großen Augen ansah. Flash blickte finster drein.

„Sie haben keine Miete gezahlt?"

„Nein."

„Die Telefonrechnung?"

„Nein."

„Sie konnten also die fünftausend Dollar nach Belieben ausgeben?“

„Ja.“

„Sie brauchten also weder Geld noch teure Sachen von Mr. Kincaid?“

„Nein, brauchte ich nicht.“

„Also hat er Ihnen diese Dinge gegeben, weil er Sie liebte?“

„Einspruch! Er schlussfolgert für sie“, unterbrach Mr. Finch.

„Stattgegeben“, sagte der Richter.

„Würden Sie sagen, dass diese Geschenke, Abendessen, dass Sie all das erhalten haben, weil sie Geliebte waren?“, fragte Al.

„Einspruch! Wieder das Gleiche.“

„Stattgegeben. Das müssen Sie schon Mr. Kincaid fragen, Mr. Housman, wenn Sie eine Antwort erhalten wollen.“

„Richtig, Euer Ehren. Es tut mir leid.“

Al Housman fuhr fort: „Nun, lassen wir noch einmal diese Nacht Revue passieren, im Nachtclub. Sie sind also auf die Damentoilette gegangen?“

„Ja.“

„Und dort haben Sie jemanden getroffen?“

„Einspruch!“, rief der Verteidigungsanwalt.

„Ich fürchte, die Tür haben Sie selbst geöffnet, als Sie die Frau in ihrem Kreuzverhör erwähnt haben. Einspruch abgelehnt.“

„Haben Sie mit jemandem auf der Damentoilette gesprochen?“

„Ja. Mit einer Frau.“

„Wie sah sie aus?“

„Rotes Haar, falsche Wimpern. Sie hatte viel Makeup und ein enges Kleid, ihre Brüste fielen fast heraus ... Oh, entschuldigen Sie bitte, Euer Ehren.“

Der Richter lächelte sie an und Holly grinste zurück.

„Hat Sie Ihnen ihren Namen gesagt?“

„Sie sagte, sie heiße Tiffany.“

„Reden Sie normalerweise mit Frauen auf der Damentoilette, die Sie nicht kennen?"

„Manchmal. Aber dann ist es kein richtiges Gespräch. Vielleicht ein paar Worte über den Mann, mit dem sie unterwegs sind oder etwas in der Art."

„Ich verstehe. Aber dieses Mal war es anders?"

„Ja."

„Hat Tiffany Sie zuerst angesprochen, oder haben Sie angefangen, mit ihr zu sprechen?"

Holly dachte einen Moment lang nach. „Ich denke, sie hat mich zuerst angesprochen, aber ich bin mir nicht sicher."

„Was hat sie zu Ihnen gesagt?"

„Sie fragte mich, ob ich Flash Kincaids neues Mädchen sei."

„Und Sie sagten?"

„Ich sagte, ‚ja'."

„Was hat sie dann zu Ihnen gesagt?"

„Sie erzählte mir lang und breit, wie sie schon viel länger als ich für ihn arbeiten würde. Sie ist richtig wütend geworden, hat mir gesagt, ich könne ihr nichts sagen, denn sie sei schon viel länger dabei, oder so etwas in der Art."

„Was haben Sie darauf geantwortet?"

„Ich habe ihr gesagt, ich bin nicht sein Mädchen auf diese Art."

„Auf welche Art?"

„Sie war da sehr deutlich, hat mich ein ‚Mädchen vom Gewerbe' genannt – sie dachte, ich sei eine Prostituierte."

„Und, waren Sie das?"

Holly keuchte auf. „Nein!" Sie blickte zu Dan herüber. Er sah so überrascht aus, wie sie sich fühlte.

„Was haben Sie ihr gesagt?"

„Dass ich mit ihm zusammen bin."

„Und daraufhin sagte sie zu Ihnen?"

„Sie erklärte mir, dass sechs oder sieben Mädchen für ihn anschaffen würden, und dass er auch Drogen verkaufte. Und wenn ich Koks haben wollte, könnte er mir das bestimmt für lau geben."

„Haben Sie ihn das gefragt?"

„Nein. Ich nehme keine Drogen."

„Was war Ihre Reaktion auf die Worte von Tiffany?"

„Ich bekam Angst. Plötzlich ergab alles einen Sinn. Die geschäftlichen Meetings um Mitternacht. Die Leute mit Akzent, die uns im Club angesprochen haben. Und wenn ich ihn danach fragte, dann sagte er, jemand würde Videospiele für ihn entwickeln, und es müsste alles geheim bleiben."

„Und Sie haben ihm das abgenommen?" Al Housmans Augen wurden größer.

Holly schaute auf ihre Hände. „Es beschämt mich, es sagen zu müssen, aber ich habe es geglaubt." Sie schaute hoch zu Al. „Ich habe ihn geliebt. Ich habe alles geglaubt, was er mir gesagt hat."

„Und jetzt?"

„Nun weiß ich, dass alles eine Lüge war."

„Einspruch!"

„Abgelehnt. Weiter, weiter, Mr. Housman", sagte der Richter und sah demonstrativ auf die Uhr. „Machen Sie schnell. Es wird langsam Zeit fürs Mittagessen."

„Haben Sie Tiffany geglaubt?", fragte der Staatsanwalt.

„Das habe ich. Weil das, was sie sagte, Sinn ergab."

„Und was haben Sie mit dieser neuen Information angefangen?"

„Ich bin weggerannt. Aus der Hintertür, durch die Gasse."

„Was haben Sie gesehen, als Sie dort waren?"

„Einspruch! Gefragt und beantwortet im direkten Verhör."

„Stattgegeben! Machen Sie weiter, Mr. Housman."

„Okay. Tut mir leid, Euer Ehren. Ich habe keine weiteren Fragen, fürs Erste."

„Eine Stunde Pause fürs Mittagessen", sagte der Richter und klopfte einmal mit seinem Hammer.

Erleichterung durchflutete ihren Körper. Holly schaute auf. Die Magees zeigten ihr gehobene Daumen, aber ihre Eltern schlüpften aus dem Gerichtssaal, ohne sie anzusehen. Dann schaute sie zu Dan, und sah, dass hinter dem Pitcher Nat, Bobby, Skip, Matt und Jake Platz genommen hatten. Sie alle erhoben sich, aber blieben in der Reihe.

Al Housman ging zu ihr. „Gute Arbeit! Super gemacht, Holly."

„Wirklich? Meinen Sie?"

„Ich denke, Sie waren sehr überzeugend als Zeugin. Meine Kollegen meinten, einige der Juroren haben genickt, als Sie gesprochen haben. Man kann sich nie sicher sein, aber ich denke, Sie haben sie überzeugt."

„Nachdem man mich als Luxusweibchen bezeichnet hat, als Trophäenfrau und Hure, fühle ich mich da nicht so sicher."

„Ach, das ist nun mal der Job des Anwalts der Verteidigung. Es ist nichts Persönliches gegen Sie."

„Ich denke, persönlicher kann es ja wohl kaum werden."

„Holen Sie sich was zu Essen und seien Sie halb zwei wieder hier. Buzz und John werden Sie begleiten", sagte Al und deutete zu den beiden Männern.

Ihre Bodyguards folgten ihr. Als sie Dan erreichte, nahm er ihre Hand. Sie brach in seinen Armen zusammen und weinte an seiner Brust. Seine Teamkameraden stellten sich um sie herum und murmelten einige ermutigende Worte.

„Du warst wunderbar", wisperte Dan in ihr Haar.

„Weine nicht, Hot-Dog-Mädchen. Ich meine, Holly", sagte Matt und bot ihr sein Taschentuch an.

Sie nahm es und lächelte ihn an, als sie ihre Wangen abtupfte. „Danke, Matt. Ihr Jungs seid großartig. Danke, dass ihr gekommen seid."

„Heute ist kein Spiel", sagte Nat.

„Wir mussten einfach herkommen", warf Jake ein.

„Ihr seid wundervoll, ihr alle." Sie küsste jeden von ihnen auf die Wange.

„Lasst uns was essen", sagte Dan

„Verdammt, auf jeden Fall. Ich bin am Verhungern", ließ sich Bobby vernehmen. „Schüttel die Schlägertypen ab, und los gehts."

„Die Schlägertypen bleiben bei ihr." John starrte den Second Baseman der Nighthawks finster an.

„Okay, okay. Sollte nur ein Scherz sein", sagte Bobby und hob abwehrend die Hände.

Als Holly durch die Tür ging, trat eine ältere Frau zu ihr und spuckte ihr ins Gesicht.

„Hure!", zischte sie.

John stellte sich zwischen die Frau und Holly, während Buzz sich an die Security wandte. Die Spieler umstellten Holly.

„Wer war das?", fragte Dan.

„Flashs Mutter", sagte Holly und wischte sich das Gesicht mit Matts Taschentuch ab.

Kapitel Vierzehn

Als sie in den Gerichtssaal zurückkehrten, scharrten die Spieler mit ihren Füßen und zögerten, einzutreten. Fotografen hatten sich positioniert, um einen Schnappschuss von Holly zu erhaschen, und von jedem anderen, der bei diesem hochkarätigen Verfahren dabei war.

Ein Reporter wandte sich an Dan. „Sind Sie nicht Dan Alexander, von den New York Nighthawks?" Er streckte dem Pitcher ein Mikrofon ins Gesicht.

„Ja."

„Was machen Sie hier?", fragte eine andere Reporterin.

„Ich bin zur freundschaftlichen Unterstützung gekommen." Dan versuchte, sich höflich an den Sensations-Geiern vorbeizuschieben, um zu Holly zu kommen.

„Sie sind mit Flash Kincaid befreundet?"

„Nein. Keine weiteren Fragen, bitte."

„Wieso nicht? Haben Sie etwas zu verbergen?"

„Nein. Ich bin privat hier, nur zur Unterstützung. Bitte gehen Sie mir aus dem Weg."

Die Frau trat nicht zur Seite. „Wer ist dieser Freund?"

„Das geht Sie nichts an." Dan hatte genug davon, höflich zu sein. Er schob sie sanft beiseite und ging an ihr vorbei.

Sie drehte sich um und verengte ihre Augen, als sie Holly sah. „Das ist also der ‚Freund'? Einen schönen Freund haben Sie da."

Ein weiterer Reporter stellte sich neben sie. „Die ist ganz schön heiß. Also, Sie daten Flash Kincaids alte Flamme“, rief er zu Dan herüber, der ihn ignorierte.

Er erreichte Holly.

„Siehst du, was ich meine?“, fragte sie.

„Die sind harmlos.“

„Das hängt von den Schlagzeilen morgen ab, und wie der Besitzer deines Teams darüber denkt“, antwortete sie.

Dan zuckte die Achseln. „Solange ich Strikes pitche und Spiele gewinne, wird es ihm egal sein.“

Holly schlang ihre Arme um sich, um zu verhindern, dass sie ihn berührte. In seinen Armen dahinzuschmelzen war gerade so verführerisch.

„Ich wünschte, ich könnte bleiben, aber wir müssen jetzt zum Training“, sagte Dan. Er streckte seine Hand aus. Als Holly sie nahm, fühlte sie etwas kaltes und hartes darin. Sie sah nach unten und erblickte einen Schlüssel. „Du wirst einen Ort brauchen, an dem du bleiben kannst.“

„Ich kann nicht. Nein, das geht einfach nicht. Du musst mir fernbleiben. Ich bin ein Publicity-Desaster.“

„Mir egal.“

„Aber mir nicht. Du verdienst diese negative Aufmerksamkeit nicht, aber wenn du weiter mit mir zu tun hast, ist das alles, was du noch bekommen wirst.“

„Und wenn schon? Ich bin kein Kind mehr, Holly. Du musst mich nicht beschützen.“

„Bitte.“ Sie steckte den Schlüssel in seine Brusttasche.

„Komm, Dan“, sagte Matt und zog an seinem Ärmel. „Wir sind schon spät dran.“

Er trat zurück, als die Kameras klickten.

„Wie fühlt es sich an, das Mädchen eines Gangsters zu daten?“, rief die Reporterin Dan hinterher.

Er ignorierte sie und wandte seinen Blick nicht von Holly.

Sie blinzelte schnell, als sie sich herumdrehte, um in den Gerichtssaal zu gehen, dem einzigen Ort, an dem sie vor den neugierigen Augen der Medien geschützt war. Der Geruch von poliertem Holz und altem Leder begrüßte sie. John und Buzz standen bei ihr, einer vorne und einer hinter ihr, um einen weiteren Zwischenfall wie vorhin mit Flashs Mutter zu verhindern, die nirgendwo zu sehen war.

Zum ersten Mal verstand Holly, warum sie die beiden brauchte.

„Mach's gut, Dan", flüsterte sie zu sich selbst.

Sie holte tief Luft und ging zu ihrem Sitzplatz. Ein Drücken ihrer Schulter von Nancy ließ sie lächeln. Sie war nicht allein.

Um halb fünf unterbrach der Richter die Verhandlung bis morgen.

John und Buzz kamen zu Holly, um sie zu ihrem Hotelzimmer zu begleiten. Sie blieb noch stehen, um sich von den Magees umarmen zu lassen.

„Du warst großartig", sagte Bud.

„Bleib stark. Wir glauben an dich", fügte Nancy hinzu. „Leider können wir morgen nicht kommen. Bud muss zur Arbeit und Lisa in die Schule."

„Das ist okay. Vielleicht muss ich morgen gar nicht aussagen. Es war toll, dass ihr heute hier wart. Ich hab euch gern", sagte die junge Frau und legte einen Arm um Lisa.

Mit einem Bodyguard an jeder Seite ging Holly zur U-Bahn-Station.

John hielt sie an. „Heute nicht. Es ist zu gefährlich. Ein Wagen wartet schon", sagte er.

Als sie sich umdrehte, konnte sie Buzz sehen, wie er die Hintertür eines PKW für sie aufhielt. Als alle drei Passagiere eingestiegen waren, fuhren sie zum West Side Highway.

„Haben Sie klasse gemacht", sagte Buzz.

„Ja. Ich habe Ihnen geglaubt“, meinte John.

„Danke. Ich hoffe, die Jury sieht es genauso.“

Als sie sich im Stau Zentimeter für Zentimeter vorwärts schoben, betete sie, dass das Gerichtsverfahren bald vorbei sein würde und sie mit dem Zeugenschutzprogramm weiter machen konnte. Sie fragte sich, ob das, was sie sich mit Dan bisher aufgebaut hatte, noch zu retten war. Wahrscheinlich nicht, denn wer wusste schon, wie lange sie weg sein würde? Sie konnte ihn nicht darum bitten, auf sie zu warten. Er war kein Mann, der lange im Zölibat leben konnte. Sie runzelte ihre Stirn, als ihr klar wurde, dass der Preis, den sie für ihre schlechte Menschenkenntnis und ihren achtlosen Lebensstil zahlen würde, höher war, als sie gedacht hatte.

Das Verfahren erstreckte sich über fünf Tage, bis die Jury sich zur Beratung zurückzog. Holly zerrupfte in ihren Händen ein Papiertaschentuch, während sie auf das Urteil wartete. Ihr ganzes weiteres Leben hin davon ab. Wenn sie Flash für unschuldig erklärten, würde sie sich für immer verstecken müssen. Wenn er für schuldig befunden wurde, dann würde sie bis zur rechtskräftigen Vollstreckung des Urteils im Zeugenschutzprogramm sein. Sie war sicher, dass er Berufung einlegen würde.

Als sie zur Polizei gegangen war, hatte sie noch keine Ahnung gehabt, wie sehr ihr Leben mit Flash Kincaids auch weiterhin verbunden sein würde. Hätte sie noch einmal diese Entscheidung getroffen, wenn sie jetzt, mit allem, was sie nun wusste, noch einmal vor die Wahl gestellt würde? Sie hatte keinen Zweifel daran. Ja, sie würde es tun. Denn es war richtig, selbst wenn sie dafür den besten Mann der Welt aufgeben musste. Manche Entscheidungen waren glasklar, auch wenn die Konsequenzen schwer zu schlucken waren.

DAN SCHWIEG WÄHREND ihrer Rückfahrt zum Stadion. Seine Teamkameraden unterhielten sich über den Prozess.

„Diesem Typ von der Verteidigung hätte ich am liebsten die Fresse poliert“, sagte Jake.

„Ja, dieser Vollidiot. Er war echt fies zu unserem Hot-Dog-Girl“, stimmte Matt ihm zu.

Dans Aufmerksamkeit konzentrierte sich vollkommen auf das, was er über Holly erfahren hatte. Sie hatte ihn nicht angelogen – sie war ein böses Mädchen gewesen, das stimmte. Aber sie hatte behauptet, dass sie niemals auch nur geahnt hatte, was Kincaid trieb. Er wollte ihr glauben. Doch der Verteidiger hatte einige gute Argumente gebracht, die den Glauben des Pitchers an seine Freundin erschütterten.

„Dieses billige Zielen unter die Gürtellinie von Holly hat mich rasend gemacht“, sagte Skip.

„Wenn wir nicht gerade in einem Gerichtssaal gewesen wären, dann hätte er meine Fäuste zu spüren bekommen“, sagte Nat.

Dan schaute aus dem Fenster und erinnerte sich an den Tag im Playland, mit Holly. Sie hatte sich so um die beiden Teenager gekümmert. Sie immer im Auge behalten, jeden Moment ihre Sicherheit im Blick gehabt, ihnen die Regeln erklärt. Das passte nicht zu dem Bild, dass die Verteidigung von Holly malte – eine achtlose, uninteressierte Frau, die nur dem Geld hinterher war.

Als sie sein Angebot, in seinem Apartment Zuflucht zu finden, abgelehnt hatte, hatte das seinen Glauben an sie noch bestärkt. Sie hatte sein Wohlergehen über ihres gestellt, war lieber ins Zeugenschutzprogramm gegangen, wo sie ihr Leben aufgeben und wieder eine neue Identität annehmen musste. Er wollte sie nicht verlieren. Er hatte gehofft, dass sie ja sagen würde. Hatte er das? Wenn sie das getan hätte, würde das nicht nur beweisen, dass sie ihn nur deswegen wollte, weil er etwas für sie tun konnte, egal, was das für Konsequenzen für ihn hatte? Vielleicht. Er war verwirrt. Warum verloren sie beide in dieser Situation, egal, wofür sie sich entschied?

Er zog sich Sportkleidung über und ging in den Trainingsraum, um sich zu erwärmen. Nach dem Laufband dehnte er sich und ging dann in den Bullpen, um anzufangen. Der Trainer teilte ihm Matt als Catcher zu. Dan sollte im ersten Auswärtsspiel pitchen, das in drei Tagen stattfinden würde, also musste er in Topform sein, und mit Matt zu trainieren klappte bei ihm am besten.

Pitcher und Catcher nahmen ihre Positionen ein.

„Wirf ein paar Curves", rief Matt.

Dan nickte. Er feuerte zwei, die die Strikezone verfehlten, drei, die gerade noch im unteren Bereich lagen, und dann noch einmal fünf, die richtig saßen.

Matt lächelte. „Slider."

Dann folgte Matts Anweisungen und warf zehn Stück für jede Art von Pitch. Er zwang sich dazu, Holly aus seinen Gedanken zu verbannen und sich aufs Pitchen zu konzentrieren. Er musste seinen Rekord halten. Sie würden nach dieser Auswärtsserie in den Playoffs spielen, wenn er die letzten zehn Spiele nicht versaute. Washington war ihnen hart auf den Fersen, genau wie Miami.

Nach dem Training überzeugten ihn die anderen, ins Freddie's zu gehen. Sie bestellten Hamburger und teilten sich eine Pizza. Jeder nahm ein Bier. Dan trank langsam.

„Das war mal ein Tag, was?", fragte Skip.

Dan nickte.

„Was ist denn nun eigentlich zwischen dir und dem Hot-Dog-Girl?", fragte Jake, als er Ketchup auf seinem Burger verteilte.

„Ich weiß es nicht. Gerade hängt alles in der Luft. Es hängt vom Ausgang des Prozesses ab. Verdammt! Ihr Name ist Holly!" Dan knallte seine Bierflasche auf den Tisch, aber es schwappte nichts über.

„Sorry, sorry. Ja, ich weiß. Holly", sagte Jake und sah auf seinen Teller.

„Nicht, dass ich etwa das Thema wechseln möchte, aber wie sollen wir es schaffen, dass Jackson mal flachgelegt wird, wenn wir unterwegs sind?“, fragte Skip.

„Kleb ihm den Mund zu“, bot Dan an.

„Halt bloß das Maul, Alexander“, sagte Matt, als die anderen lachten.

„Ernsthaft jetzt. Seine Laune ist im Keller. Der Kerl braucht dringend eine Frau.“ Jake ließ es sich schmecken.

„Ich brauche keine Hilfe.“

„Ich sehe nicht, wie du einlochen willst, so ganz ohne Hilfe, Kumpel“, sagte Nat.

„Er ist schon gut mit sich selbst beschäftigt“, sagte Bobby.

„Er ist so selbstverliebt!“

Die Männer lachten Tränen und konnten sich kaum beruhigen. Matt knuffte sie in einer gespielten Wut und trank einen großen Schluck Bier.

„Wie gehst du mit den Arschlochreportern um?“, fragte Nat, der sich Dan zugewandt hatte.

Dan zuckte mit den Achseln. „Da kann ich nicht viel machen. Sie ignorieren, schätze ich mal.“

Aber als am nächsten Tag die Zeitungen in den Kiosken auslagen, wurden die Schlagzeilen sogar im Fernsehen gesendet.

„Dan bandelt mit Ex des Drogenhändlers an“

„Alexander, Star der Nighthawks, datet Flashs verflossene Flamme“

„Dan Alexander – Homerun ins Herz der Gangsterbraut“

Er schickte den Pförtner los, um alle drei Zeitungen für ihn zu besorgen. Dann pfefferte er sie gegen die Wand. *Warum können diese Aasgeier uns nicht in Ruhe lassen?*

Er packte eine Tasche und fuhr zum Stadion. Nachdem er in den Bus gestiegen war, der sie zum Flughafen bringen würde, löste er seine Krawatte und legte seinen Kopf zurück. Doch der Schlaf wollte nicht kommen. Neben ihm saß Matt und bot ihm einen Kaugummi an. Dan nahm ihn und kaute darauf herum, während er aus dem Fenster schaute und sich fragte, ob das Leben anderer Leute auch so kompliziert war wie sein eigenes.

Er lehnte sich zurück und schloss die Augen. Bilder von Holly erschienen vor ihm, wie sie schlief, ihr kurzes dunkles Haar, das sich von dem Kissen abhob, ihre weiche Haut, die nackt vor ihm lag. Er fragte sich, was sie gerade machte. Er hatte die Zeitungen nach Informationen über den Prozess abgegrast, aber es gab nichts, was er nicht schon wusste. Er hoffte, es würde bald vorbei sein, und dass es keine Berufung geben würde, aber er bezweifelte es.

Wieder kehrten seine Gedanken zu Holly zurück – wie sie in der Dusche stand, hübsch zurechtgemacht im Club, wie sie im Dragon Coaster geschrien hatte. Und von ihren pinken Handtüchern, die immer noch in seinem Badezimmer hingen. Er lächelte. Als sie den Flughafen erreicht hatten, zog er seine Krawatte wieder fest, fuhr sich mit den Fingern durchs Haar und bereitete sich darauf vor, die Sicherheitsschleuse zu passieren und den luxuriösen Jet zu besteigen, der für die Nighthawks bereitstand. Nelson Hingus, der Besitzer des Teams, stellte sicher, dass das Team in großem Stil reiste.

Die Männer kamen ohne Probleme durch die Sicherheitskontrolle und bestiegen das Flugzeug. Eine hübsche blonde Stewardess begrüßte sie. Der Jet hatte Tische, auf denen sie Karten spielen konnten, und große Bildschirme, um sich Filme anzusehen. Einige der Hawks spielten gerne. Die Trainer hatten eine Pokergruppe. Dan und seine Kumpel spielten Hearts, Wist und Rommee. Matt hatte ein Backgammon-Set mitgebracht, weil er das am liebsten spielte. Er behauptete von sich selbst, jeden darin zu schlagen.

Auf ihren Reisen an die Westküste teilten sich einige Spieler in Trivial-Pursuit-Teams auf. Einige der Spieler schliefen. Dan würde dieses Mal nicht versuchen, ‚Z's zu erhaschen. Er setzte sich mit einem Milkshake zu Matt und forderte ihn zu einem Spiel heraus.

Nachdem er dreimal hintereinander verloren hatte, schaute Dan sich einen Film an. *Weil es dich gibt* lief gerade. Weil er ein Fan von John Cusack war, ließ er sich darauf ein. Die romantische Komödie erinnerte ihn an Holly. Aber anstatt ihn trübselig werden zu lassen, genoss er die Erinnerungen an ihre gemeinsame Zeit. Skip setzte sich auf den Sitz neben ihm und war ebenfalls schnell von dem Film gefangen.

„Dieser Typ ist ein Idiot. Er wird sie niemals finden. Was für eine blöde Idee", sagte Bobby.

„Doch, wird er. Es ist ein Film. Der muss gut ausgehen", antwortete Skip.

„Schwachsinn! Vielleicht ist es ein Drama. Und jeder stirbt am Ende."

„Ja, als ob Schwarzenegger mit einer Kalaschnikow einfallen würde und sie alle abknallt. Du bist hier der Schwachkopf", sagte Skip.

„Schnauze! Ich hör nichts. Was hat er gesagt?", fragte Matt und setzte sich zu ihnen.

Sie begannen, Wetten abzuschließen, wie der Film ausgehen würde. Würden sie am Ende durch das Schicksal zusammenfinden oder sich für immer verlieren? Dan, wie immer ein Optimist, glaubte an ein gutes Ende.

„Ist es nicht so wie bei dir und Holly?", fragte Matt.

„So ähnlich."

„Wie meinst du das?"

„Nach dem Prozess wird sie ins Zeugenschutzprogramm aufgenommen, bis das Urteil rechtskräftig ist oder eine Berufung abgeschmettert wurde."

„Und wie lange wird das dauern?"

„Wer weiß?" Er ballte seine Faust.

„Du wirst in der Zeit mit ihr reden können, oder?"

Dan schüttelte den Kopf. „Ich glaube nicht."

Matt starrte ihn an.

„Sie verschaffen ihr eine neue Identität, einen neuen Job, lassen sie an einen neuen Wohnort ziehen, und niemand darf davon wissen."

„Verdammt!" Matt nahm eine Handvoll Popcorn.

„Und sie bekommt auch ein neues Handy."

„Du kannst ihr nicht mal eine Textnachricht, beziehungsweise *Sextnachricht*, schicken?"

Dan seufzte. „Nein."

„Was, wenn sie jemanden kennenlernt?"

„Dann war's das."

„Was, wenn du jemanden neues kennenlernst?"

„Wohl kaum. Niemand ist wie Holly. Nicht für mich." Dan wandte sich wieder dem Geschehen auf dem Bildschirm zu.

Der Film ging glücklich aus. Die Männer standen auf und dehnten sich. Danach suchten sie etwas zu Essen.

„Ich hoffe für dich, dass es ebenfalls gut für dich ausgeht", sagte Skip und klopfte dem Pitcher auf die Schulter.

Dan lächelte. Er hatte seine Gedanken gelesen.

Das Flugzeug landete und das Team stieg in den Bus zu einem Nobelhotel. Dan packte aus, streckte sich auf dem Bett aus und starrte aus dem Fenster auf den Mond. Das Einzige, auf das er sich verlassen konnte, war ihr Weg in die Playoffs. Sie mussten gewinnen.

BARB HIELT DEN WAGEN vor einem steinernen Reihenhaus auf der Fuller Street, eine Nebenstraße der Main Street in Candlewood, Pennsylvania.

„Die Vermieterin heißt Mrs. Hatch."

Holly nickte.

Barb lächelte. „Ich war mir nicht sicher, dass Al verurteilt werden würde. Sie haben die Jury überzeugt."

„Obwohl der Verteidiger mich auseinandergenommen hat?“

„Ja. Es lag etwas Aufrichtiges in Ihrer Stimme, in Ihren Augen.“

„Als ich diesen Mistkerl am liebsten umgebracht hätte?“

Barb kicherte. „Ja.“

„Ich habe die Wahrheit gesagt. Nun, da Flash verurteilt wurde, wann wird das Strafmaß festgelegt?“

„Ich schätze, die Verteidigung wird in ein paar Tagen Berufung einlegen. Die Strafe wird erst festgelegt, wenn die Berufung durch ist.“

„Sie können mir das vermutlich nicht sagen, aber wissen Sie, wie lange das ungefähr dauern wird?“

Barb zuckte mit den Achseln.

„Das dachte ich mir.“

„Wenn die Berufung abgelehnt wird und das Strafmaß verkündet wurde, werde ich Sie anrufen, sobald der Kerl hinter Gittern sitzt.“

„Und dann kann ich hingehen, wo ich will?“

„Hey, Sie sind hier keine Gefangene. Sie können jederzeit gehen, aber auf eigenes Risiko.“

Schweigen.

„Letztes Mal haben die Sie gefunden. Ich würde es nicht riskieren, Holly.“

Sie seufzte. „Es wäre wohl besser. Es ist nur. Ach, vergessen Sie‘s.“ Sie öffnete die Autotür, doch Barbs Hand auf ihrer Schulter ließ sie innehalten.

„Ich verstehe das. Wenn es wahre Liebe ist, wird er auf Sie warten.“

„Ja, klar. Die Frauen überschlagen sich geradezu, um ihm nahe zu sein. Wofür braucht er mich überhaupt?“

„Sie sind einzigartig, Holly. Nicht viele Frauen haben so viel Courage, wie Sie sie bewiesen haben. Sie haben Mumm.“

„Toll. Das und ein paar Dollar werden mich weit bringen.“

„Bereuen Sie Ihre Entscheidung?“

„Nein. Es ist die erste selbstlose und anständige Tat meines Lebens."

„Höre ich da ein ‚aber' heraus?"

„Meine Eltern haben mich verstoßen. Und Dan. Naja, wir werden sehen. Aber ich baue nicht darauf."

„Ich dachte, Ihr Vater hätte Ihnen etwas gegeben, als der Prozess vorüber war."

„Hat er auch. Einen Scheck über zwanzigtausend Dollar. So kann ich gut leben. Weit weg von ihnen, für eine lange Zeit. Sie sind der Kollateralschaden meiner Entscheidungen", sagte Holly.

„Könnte man so sagen. Sie haben nichts falsch gemacht, und sind doch in die Sache reingezogen und beschämt worden."

„So in etwa."

„Da Sie ein Startkapital haben, müssen Sie nicht unbedingt bei Tresa Hatch einziehen", sagte Barbara.

„Das Geld muss lange vorhalten."

„Sie haben doch einen Job."

„Habe ich das? Oh ja, natürlich."

„Die Ausbildung in der Bäckerei, erinnern Sie sich? Das Einkommen sollte gerade zum Leben reichen."

„Richtig, so ist es."

Barb lächelte. „Wir versuchen immer, die Menschen in unserem Programm glücklich zu machen. Manchmal klappt es, manchmal nicht."

„Es ist ein Trostpreis. Aber zumindest lerne ich etwas. Wo ist es?"

„Direkt auf der Main Street. Drei Blöcke weiter. Die Schwester von Tresa Hatch, Mary Placer, ist Besitzerin des Ladens. Er heißt *Bread and Butter*. Sie sind jetzt kein Hot-Dog-Mädchen mehr."

Holly spürte, dass sie rot wurde. „Das wissen Sie?"

„Hab's in der Zeitung gelesen."

Holly holte tief Luft. „Nun, dann ist es an der Zeit für mich."

Barb Finn beugte sich herüber und umarmte sie fest. „Viel Glück. Wenn es irgendjemand schaffen kann, aus dieser Situation noch etwas rauszuholen, dann Sie. Wir bleiben in Verbindung. Ich werde sie alle ein bis zwei Wochen anrufen. Nur um sicherzugehen, dass es Ihnen gut geht."

„Sie lassen es mich wissen, wenn sich wegen der Berufung etwas tut, nicht wahr?"

„Natürlich."

„Danke."

„Alles Gute."

Holly lächelte, als sie aus der Autotür stieg. Sie hielt auf dem Kopf der Treppe und drehte sich herum, um Barb hinterherzusehen, als sie wegfuhr. Eine Welle der Einsamkeit überschlug sich über ihr. Eine neue Stadt, voller Fremder, ein neuer Job – sie würde sich wieder allen beweisen müssen. Sie ließ ihre Schultern ein wenig hängen, als sie die Klingel betätigte.

Eine grauhaarige, schlanke Frau, die sich eine Hand an ihrer Schürze abwischte, öffnete die Tür.

„Hi."

„Sie müssen das neue Mädchen sein." Ein Paar kleiner, brauner Augen zogen sich zusammen.

„Carrie Thomas. Schön, Sie kennenzulernen." Holly streckte ihre Hand aus.

„Willkommen, Carrie. Kommen Sie herein. Ich bringe Sie nach oben, in Ihr Zimmer."

Holly folgte ihr und hörte sich das Geschnatter der Frau an, die über die kleine Stadt erzählte.

„Abendessen gibt es um sechs. Frühstück sechs Uhr dreißig. Ich denke, Mary erwartet sie um sieben in der Bäckerei. Die Vordertür ist ab elf Uhr abends verschlossen. Keine Männer auf dem Zimmer. Das Badezimmer ist am anderen Ende des Flurs. Ich hoffe, es gefällt Ihnen hier", sagte sie und händigte Holly einen Schlüssel aus. „Der erste Monat ist bereits bezahlt. Ich kassiere die Miete immer am fünfundzwanzigsten. Dreihundert Dollar."

„Danke, Mrs. Hatch. Ich bin sicher, es wird mir hier gefallen."

„Nennen Sie mich Tresa. Das macht hier jeder." Sie lächelte warm.

Holly schloss die Tür auf. Sie betrat einen liebevoll eingerichteten Raum, voller Rüschen und auch sonst mädchenhaft – alles war in rosa und weiß gehalten. Die Bettdecke war weiß, aber die Bettrüschen hatten weiße und pinke Streifen. Die Vorhänge waren in demselben Muster gehalten. Ihr Zimmer war an der Ecke des Hauses gelegen, mit zwei Fenstern nach hinten in den Garten und ein Fenster, das nach vorn zur Fuller Street hinausschaute.

Es gab einen Kleiderschrank, einen kleinen Schreibtisch und einen mit Chintz überzogenen Lehnsessel. Die hereinströmende Sonne ließ den Raum fröhlich wirken. Die Wände waren in einem warmen Weiß gestrichen und der beige Teppich bedeckte den ganzen Boden. Holly streifte ihre Schuhe ab und streckte sich auf dem Bett aus. Sie fragte sich, ob sie einen Futterspender für Vögel vor ihrem Fenster anbringen konnte. Mit Vögeln als Besucher wäre sie vielleicht weniger einsam.

Hollys Gedanken wanderten zu Dan, so wie jeden Tag, seit sie ihn das letzte Mal gesehen hatte. Sie fragte sich, was er gerade machte.

Kapitel Fünfzehn

Früh im Oktober

Die Nighthawks spielten gegen die Boston Bluejays in den Playoffs. Dan war dankbar, dass sie nur nach Boston und dann wieder zurückfuhren, anstatt in einer anderen Zeitzone zu spielen. Er hatte drei Spiele hintereinander gewonnen, weil seine Teamkameraden ihm durch ihr exzellentes Fielding die nötige Rückendeckung gegeben hatten. Einige Male war es wirklich knapp gewesen, aber sie hatten es geschafft. Er war dankbar dafür, dass sie Schlagmänner, die den Ball trafen, trotzdem noch aus dem Spiel holten. Fly Balls wurden so zu Outs.

Er ging zum Kraftraum, wärmte sich erst auf dem Laufband auf und machte dann einige leichte Übungen, um seine Armmuskeln aufzulockern. Danach ging er hinaus zum Bullpen und warf mit Matt einige Pitches. Er trug ein T-Shirt und Sporthosen statt seiner Spieleruniform, trotzdem wurde er von einigen seiner Fans erkannt. Ein paar standen ein wenig abseits und beobachteten ihn, mit Autogrammbüchern in ihren Händen. Die meisten waren ruhig und unterbrachen ihn nicht. Trotzdem störte ihre Anwesenheit seine Konzentration.

„Was zur Hölle ist los?", fragte Matt und stand auf. „Was ist mit deinem Slider passiert?"

„Zu viele Fans."

„Reiß dich zusammen. Du musst das ausblenden können."

„Werd ich, werd ich."

„Das hier ist Zeitverschwendung. Lass uns gehen."

Eine heiße Dusche belebte Dan wieder. Er schrubbte sich den Staub des Bullpens von der Haut und wusch seine Haare. Jake sang, während er sich einseifte. Er hatte eine gute Stimme, und Dan fragte sich, ob der Third Baseman eine Musikkarriere starten würde, wenn er nicht mehr Baseball spielen würde.

Dan würde im ersten Spiel der Playoffs pitchen. Das passte ihm gut. Als Erster spielen und sich den Rest der Spielserie treiben lassen, da er in der Rotation nicht noch einmal drankam. Sie würden das erste Spiel gewinnen. Letztes Jahr waren sie von den Orlando Owls besiegt worden. Aber nicht dieses Jahr. Sie hatten die Owls in dieser Saison fertig gemacht, die ihren besten Schlagmann an eine Agentur verloren hatten. Zwei ihrer besten Pitcher waren auf der Verletztenliste. Also hatten die Hawks gewonnen. Sie würden es dieses Jahr in die World Series schaffen, dem Finale der besten Mannschaften, National League gegen American League. Er spürte es in seinen Knochen. Er konnte den Sieg schon schmecken. Aber Holly würde nicht dabei sein, um es zu sehen. Im Umkleideraum, als er sich umzog, musste er an sie denken.

„Sie ist wieder in deinem Kopf?", fragte Matt.

Dan hatte aufgehört, es zu leugnen. Er konnte seine Mitspieler ohnehin nicht täuschen. „Ja."

„Ich geh auf die Tribüne und rufe ‚Hot Dogs!', wenn du dadurch besser wirfst", sagte Matt.

Dan lachte. „Dir fehlen einige wichtige Voraussetzungen, Arschloch."

Matt stopfte zwei Rollen Toilettenpapier in seinen Ausschnitt. „Besser so?" Er tänzelte herum, in kleinen Trippelschritten, und streckte seinen Hintern aus.

Dan lachte so sehr, dass er nicht mehr zu Atem kam.

„Schaut mal, Jungs, Matt entdeckt seine weibliche Seite", rief Nat.

Innerhalb von Sekunden war der Raum mit Hawks gefüllt, die, mehr oder weniger angezogen, johlten, applaudierten und riefen: „Ausziehen, ausziehen!"

Dan knuffte seinen Kumpel in die Schulter und Matt zog die Rollen wieder heraus und steckte seine Beine in die Hosen seiner Spieleruniform.

Cal Crawley schlenderte herein und rief die Männer zu sich. „Sie starten heute mit Figueroa", sagte er. „Sie bringen ihren besten Mann gegen Dan in Stellung. Rawley Banner ist von der Verletztenliste und wird heute spielen."

„Kein Problem", murmelte Matt.

„Ich weiß, Dan kann die meisten ihrer Spieler in Schach halten, aber Banner wird schwer werden."

Dan nickte.

„Ich wette auf Dan", ließ sich Jake vernehmen. Der Raum füllte sich mit dem zustimmenden Gemurmel des Teams.

„Spiel nicht den gottverdammten Helden, Alexander. Wenn du nicht mehr kannst, um Himmels Willen, gib das Signal. Ich wäre überrascht, wenn du es heute ins siebte Inning schaffst."

„Ich werde schon mit ihnen fertig."

„Hast du das Hot-Dog-Girl aus deinem Kopf verbannt?"

„Ja, Sir."

„Gut. Wenn du dich richtig konzentrierst, kann dich keiner schlagen. Skip, achte auf Mullins, der stiehlt gerne mal eine Base. Er mag es, mit den Schuhen zuerst draufzukommen. Dasselbe gilt für dich, Jake. Er will dieses Jahr einen Rekord brechen, und dieses Spiel zählt für ihn."

Die zwei Infielder nickten.

„Okay, wir sind auf dem richtigen Weg. Dieses Mal schaffen wir es an die Spitze. Die World Series. Ihr seid die Besten. Ihr habt es euch verdient. Nun geht da raus und spielt wie das großartige Team, das ihr seid!"

Die Männer applaudierten.

Crawley ging zur Tür, aber hielt noch einmal an und drehte sich um. „Dan?"

„Ja?"

„Halt dich von der Presse fern. Sie werden dich vermutlich tonnenweise Mist fragen, wegen der Sache mit dem Mädchen und dem Prozess. Einfach nur Zeitverschwendung. Lass dich heute nicht ablenken."

„Verstanden."

„Ich werde mich um die neugierigen Reporter kümmern", sagte Cal. Dann verschwand seine schlaksige Figur durch die Tür.

Die Männer zogen sich an und hoben ihre Hände für den Anfeuerungsruf ihres Teams. *Wenn ich diese Kappe aufsetze, wird Holly aus meinen Gedanken verschwinden.* Mit seiner Kappe in der Hand, lief Dan mit seinen Teamkameraden aufs Feld und stellte sich für die Nationalhymne auf. Während des Lieds sagte er ein Gebet, für Hollys Sicherheit. Als es zu Ende war, setzte er die Kappe auf und verengte seine Augen. Dan Alexander, Star Pitcher, ging zum Mound. Das Duell zwischen den Jays und den Hawks würde beginnen.

HOLLY HATTE KEINEN Fernseher auf ihrem Zimmer. Sie musste mit der Hatch-Familie den im Wohnzimmer teilen. Tresa, ihr Mann Zack und ihr achtzehnjähriger Sohn Sean versammelten sich in dem kleinen Raum. Tresa und ihr Sohn machten es sich auf dem Sofa gemütlich, während Zack sich in dem ledernen Polstersessel zurücklehnte. Der Lehnsessel blieb für Holly übrig.

Holly kam um sieben zu Hause an, erschöpft nach einer Dreizehn-Stunden-Schicht. Aber sie wusste, dass heute das Spiel lief, und sie konnte es nicht erwarten, Dan beim Pitchen zuzusehen.

„Ich habe einen Teller für dich im Ofen warmgehalten, Liebes. Hol ihn rein und nimm dir den Stuhl", rief Tresa, als die junge Frau zur Haustür hereinkam.

Als die Nationalhymne gespielt wurde, eilte sie in die Küche und griff sich den Teller und ein Glas Wasser. Dann ließ sie sich in den Lehnsessel sinken und nahm ihre Gabel zur Hand.

„Die Nighthawks spielen gegen die Bluejays", sagte Zack.

Holly biss sich auf die Zunge, um nicht preiszugeben, dass sie ganz genau wusste, wer heute spielte, und vor allem, wer heute pitchte. Sie schaufelte gabelweise Muscheln in Fleischsauce in ihren Mund, als sie Dan dabei zusah, wie er sich auf dem Mound aufwärmte. *Ich frage mich, ob er mich vermisst? Nein. Eher nicht. Er hat seinen Kopf mit anderen Dingen voll.*

Nahaufnahmen zeigten eine leicht gerunzelte Stirn, als Zeichen seiner Konzentration, als Matt hinter der Home Base ihm ein Zeichen gab. Gott, es war schön, ihn zu sehen.

Ausholen und Wurf. Strike!

„Strike! Strike! Er wird das Spiel gewinnen!" Holly hielt es nicht mehr auf ihrem Sitz und sie tanzte im Zimmer herum.

Die Hatchs starrten ihre Mieterin an.

„Das ist erst der erste Pitch, Miss", sagte Sean.

„Ich weiß, ich weiß. Aber, wenn der Pitcher beim ersten Pitch einen Strike schafft, heißt das, er wird das Spiel gewinnen."

„Woher weißt du das? Es ist nur ein Pitch. Es gibt keinen Grund für die Aufregung. Es ist noch ein langes Spiel", sagte Zack.

Holly setzte sich wieder und aß auf. In der Werbepause brachte sie den Teller zurück in die Küche und kehrte mit einigen Brownies wieder zurück. „Hier. Mary meinte, du würdest sie gerne essen, während du das Spiel schaust."

Sie ließen den Teller mit den Kuchen umhergehen. Holly biss sich auf ihre Lippe, als Rawley Banner Dan einen Ground-Rule-Double abrang. Sie knurrte wütend.

„Du nimmst dieses Spiel sehr ernst", sagte Tresa und blickte sie neugierig an.

„Ich bin ein großer Fan."

„Baseball?", fragte Tresa.

„Ja. Vor allem die Nighthawks."

„Du hast dich ein wenig in den süßen Pitcher verschossen, kann das sein?"

Holly konnte nicht verhindern, dass Hitze ihr Gesicht überflutete. „Vielleicht. So etwas in der Art."

Sean sah sie nachdenklich an. „Du bist hübsch, aber jemand wie Dan Alexander kann wirklich jede Frau haben. Er datet vermutlich einen Filmstar."

Holly bedeckte ihren Mund mit ihrer Hand, um ihr Lächeln zu verbergen, und brachte ein gekrächztes „wahrscheinlich" hervor.

„Nein, Sean. Da liegst du falsch. Er hat was mit diesem Hot-Dog-Girl am Laufen. Liest du keine Zeitung?", sagte sein Vater.

Holly schluckte. „Oh, seht mal! Wieder ein Strikeout. Und er hat den großen Affen auf der zweiten sitzen lassen!"

Nachdem sie erfolgreich die Aufmerksamkeit der Hatchs wieder auf das Spiel gelenkt hatte, atmete sie einmal tief durch. Das war knapp gewesen. Zu knapp, um es noch einmal zu wiederholen. Sie zwang sich, ruhig zu bleiben, als sie dem Treiben auf dem Bildschirm zusah.

Es war die zweite Hälfte des ersten Innings, und Nat Owen würde nun schlagen. Scuddy Figueroa pitchte einen Sinker zu Nat, der ihn durchließ. Ball. Schließlich bekam Nat einen Walk, aber Skip und Bobby ein Strikeout. Jake schlug einen Line Drive über den Kopf ihres Second Baseman, und Nat schaffte es auf die dritte Base.

„Komm schon, Matt", flüsterte Holly mit zusammengebissenen Zähnen.

Trotzdem hörten die anderen sie.

„Du bist wirklich ein großer Fan", sagte Zack und lachte leise.

„Ich liebe Baseball“, gab sie zu.

In diesem Spiel zählte jedes Out, jedes Inning. Sie sah zu, wie Matt seinen Kiefer malmen ließ und den Pitcher anstarrte.

„Er versucht, ihn psychisch fertigzumachen“, sagte Zack.

„Das sollte man bei Figueroa besser nicht versuchen“, antwortete Sean.

Etwas war passiert, denn der Ball flog direkt in der Mitte der Zone, genau, wie Matt es mochte. Er schlug ihn für einen zweifachen Homerun. Die Fans tobten. Holly sprang auf und tanzte mit Sean herum, den es ebenfalls nicht auf seinem Sitz gehalten hatte. Drei Runs gaben Dan einen Vorsprung, auch wenn es noch früh im Spiel war.

Die Jays bekamen einen Run im zweiten Inning, aber die Hawks waren immer noch in Führung. Die nächsten drei Innings gingen schnell vorüber, als sich das Spiel in ein Duell Pitcher gegen Batter verwandelte. Holly spürte die Anspannung in ihrem Körper. Sie betete, dass ihr Geliebter gewinnen würde, aber eine Führung von zwei Runs war wenig gegen so ein gutes Team. Tresa machte Popcorn. Zack, Sean und Holly machten sich über die gigantische Schüssel her, als hätten sie nicht vor zwei Stunden erst etwas gegessen.

Holly sah zu, wie Dan sich den Schweiß mit dem Ärmel aus dem Gesicht wischte. Er schüttelte seinen Kopf bei Matts erstem Signal. Dann auch das zweite. Sie konnte die Frustration in seinem Gesicht erkennen. Sie waren jetzt im fünften Inning.

„Alexander hält nicht mehr lange durch“, sagte Sean. „Er wird müde.“

„Ich wette, er schafft es noch ins siebte Inning. Ich weiß, dass er gerne länger spielt“, sagte Holly.

„Woher weißt du das?“ Zack schaute sie an. „Das macht doch keiner mehr. Man kann nicht neun Innings lang Pitches mit über hundert Meilen pro Stunde werfen.“

„Du hast vermutlich recht. Ich möchte, dass er sieben schafft. Dann wird er den Sieg einfahren."

„Zumindest wird er dann auch nicht für die Niederlage verantwortlich sein", sagte Zack.

„Falls sie verlieren", warf sie ein. „Was sie nicht werden."

Aber Dan überließ dem nächsten Schlagmann einen Walk und schaffte kein Aus. Der nächste war der Pitcher der Jays, der erfolgreich buntete. Er schaffte es nicht zur ersten Base, aber der andere konnte zur zweiten vorrücken. Nun waren sie wieder am Beginn der Schlagreihenfolge angelangt.

„Sacrifice Fly", sagte Sean.

„Stopp! Du bringst Dan noch Unglück", sagte Holly und nahm sich eine weitere Handvoll Popcorn.

„Er kann mich nicht hören. Du bist ganz schön empfindlich. Du magst ihn, nicht wahr?", bemerkte Sean.

„Nein, nein. Nicht wirklich. Ich bin einfach nur ein Nighthawks-Fan."

Sean grinste sie an. Seine Augen glitzerten schalkhaft. *Scheiße! Sie dürfen es nicht erfahren.* Sie zwang sich dazu, nichts mehr zu sagen. Still betete sie für ihn, auszuhalten.

„Strikeout", flüsterte sie. Als hätte er sie gehört, oder vielleicht war es auch der Schlagmann – es wurde auch ein Strikeout. Holly ließ den Atem entweichen, den sie angehalten hatte.

„Sieht so aus, als würdest du dem gutaussehenden Mann Glück bringen", sagte Tresa.

„Das hoffe ich."

Ein Grounder zum Shortstop wurde zum letzten Out in diesem Inning, nachdem Skip Quincys Wurf von Nat Owen gefangen wurde, um den Runner ins Aus zu befördern. Holly bemerkte die Erleichterung, die sich auf Dans Gesicht abzeichnete, als die Kamera auf den Pitcher hielt, der vom Mound ging.

Die Nighthawks machten in der zweiten Hälfte des Innings keine Punkte. Im sechsten Inning punktete keine der beiden Mannschaften, und die drei-zu-eins-Führung der Hawks blieb unberührt. Hollys Magen zog sich zusammen, als Dan am Anfang des siebten Innings wieder auf den Mound ging.

„Du hattest recht, Missy, als du meintest, er würde es bis ins siebte Inning schaffen. Mal sehen, ob er das ganze Inning durchhält", sagte Zack und öffnete sich eine Dose Bier.

Holly kaute an einem Nagel, als der Schlagmann der Bluejays zur Home Base ging. Dan nickte Matt zu und holte aus. Der Pitch wurde ein Ball. Zweimal holte er aus, zwei weitere Misses wurden zu drei Balls und keinem Strike.

Sie hielt ihren Atem an.

„Was denkst du?" Sean schaute zu ihr herüber.

Sie schüttelte ihren Kopf. „Ich rate nicht." Sie kreuzte ihre Finger hinter ihrem Rücken.

Der laute Knall des Schlägers, als er auf den Ball traf, rang in ihren Ohren. Die Kamera folgte dem weißen Kreis, wie er durch die Luft flog. Er bewegte sich Richtung Center Field. Chet Candelaria rannte auf Zehenspitzen rückwärts. Die Kamera zeigte, wie seine Augen fest auf den Ball geheftet waren, der auf ihn zuraste. Holly sog Luft in ihre Lungen und hielt ihren Atem an. Ein Knall. Der Ball traf auf seinen Handschuh, und er hielt!

Im Wohnzimmer der Hatchs atmeten alle kollektiv auf, während das Stadion von Jubel erfüllt wurde.

„Einer raus. Noch zwei dabei", sagte Holly laut zu sich selbst.

„Ziemlich große zwei", bemerkte Jean.

Sie starrte ihn für einen Moment an. Dann kam Rawley Banner zum Schlagen heraus.

„Jetzt kannst du Mr. Strahlemann einen Abschiedskuss geben, Missy", sagte Zack.

„Ihr Name ist Carrie", sagte Tresa.

„Wir werden sehen." Hollys Augen verengten sich zu Schlitzen und sie beobachtete eine Nahaufnahme von Dans Gesicht. Er spähte zu Matt hinüber und schüttelte seinen Kopf. Das wiederholte er noch zweimal. Dann nickte er. *Der neue Slider! Er probiert an dem Typen den neuen Slider aus! Oh, Dan, ist das wirklich eine so gute Idee?*

Ihr Puls verdoppelte sich und ihre Augen wandten sich nicht vom Bildschirm ab. Er holte aus und schleuderte den Ball. Der große Mann versuchte zu schlagen und verfehlte. Der nächste Pitch wurde ein Ball. Wieder lehnte Dan Matts Signale ab. Sie wusste, er wollte Rawley unbedingt mit einem Slider ins Aus bekommen. Er holte wieder aus und warf. Banner schwang seinen Schläger, als hinge sein Leben davon ab. Es wurde zu einem Foul Tip. Matt schnappte sich in Lichtgeschwindigkeit den Ball und tippte Rawley dann damit an.

„Out!", rief der Schiedsrichter.

Das war es! Die erste Hälfte des Innings war vorüber. Holly klatschte in die Hände und hüpfte auf ihrem Sitz auf und ab. Der Ersatz-Schlagmann, der auf dem On-Deck-Circle auf seinen Einsatz wartete, signalisierte Dan, dass er im achten Inning als Pitcher ausgetauscht werden würde. Der Jubel war ohrenbetäubend. Dan wurde von seinen Teamkameraden regelrecht aus dem Dugout gedrängt, um sich vor der Menge zu verbeugen.

Die Kamera zoomte auf ihn, als er aufs Feld ging und seine Kappe hob. Er lächelte kurz und zwinkerte. Holly dachte, sie würde sterben. Was das an sie gerichtet? Sie bezweifelte es nicht eine Sekunde.

Glückselig konnte sie nicht aufhören, zu grinsen. Figueroa wurde im achten Inning ebenfalls aus dem Spiel genommen. Ihre Ersatzspieler machten ihren Job gut – keines der Teams bekam noch Punkte in diesem Spiel. Die Nighthawks gewannen das erste Spiel in den Playoffs, drei zu eins. Holly tanzte durch das Zimmer.

Sie ging zu ihrem Handy, um ihn anzurufen oder eine Nachricht zu schreiben, doch hielt plötzlich inne. Es war nur ein Wegwerfhandy, um Anrufe zu erhalten und ihren Alltag zu organisieren. Keine der Nummern ihres alten Handys war eingespeichert worden. Sie konnte Dan nicht erreichen. Traurigkeit erfüllte sie. Ihre Augen füllten sich mit Tränen. Seinen Sieg mit ihm feiern zu können wäre so schön gewesen. Aber sie war nicht mehr Holly Merrill. Sie war Carrie Thomas, für Dan Alexander eine völlig Fremde. Selbst wenn sie seine Nummer hätte, würde er ihr niemals antworten. Denn wer war Carrie Thomas schon für ihn? Ein Niemand.

CAL CRAWLEY GING ZU seinem Team in die Umkleide. „Lasst euch das nicht zu Kopf steigen. Wir haben noch einen langen Weg vor uns. Das war erst das erste Spiel. Also feiert nicht zu wild, okay? Ich brauche euch alle in bester Form morgen, nicht mit einem Kater."

Das Team murmelte seine Zustimmung, was der Coach mit einem Lächeln honorierte.

„Esst gut zu Abend. Viel Protein. Steak, Burger. Ein Bier. Um zehn seid ihr im Bett. Das war's. Ihr habt heute gut gespielt. Lasst uns das morgen wiederholen."

Als der Manager gegangen war, entledigte sich Dan seiner Uniform und duschte. Matt war direkt neben ihm.

„Gehst du heut Abend in den Club?"

„Nein. Ich darf nichts trinken. Ich bin zu fertig zum Tanzen. Ich will niemanden fürs Bett. Wie wär's mit dem Freddie's?"

„Gut. Wir treffen uns draußen."

Dan schrubbte sich den Staub und Schweiß von seinem Körper und schlüpfte in ein weißes Hemd mit blauer Krawatte, Khaki-Hosen und einer marineblauen Sportjacke. Er war fest entschlossen, seinen Herzschmerz zu ignorieren und tupfte sich ein wenig Aftershave auf die Wangen. Er zog Halbschuhe an und ging zur Tür. *Hat*

Holly zugesehen? Hat sie gesehen, wie ich gezwinkert habe? Das war nur für sie. Oder lebt sie schon ein völlig anderes Leben – mit einem anderen Mann?

Er wurde aus seinen Gedanken geschreckt, als sein Freund ihm auf die Schulter klopfte. Die Männer stiegen in ihre Wagen und fuhren auf den Parkplatz vor dem Freddie's. Tommy und sein Bruder Mario jubelten, als der Pitcher und der Catcher durch die Tür kamen.

Dan grinste. Das erste Spiel der Playoffs zu gewinnen bedeutete viel. Es bestimmte den Verlauf der ganzen Serie. Das zweite zu gewinnen, würde sie weiter Fahrt aufnehmen lassen und für Glück sorgen. Dan war erleichtert, dass er nicht im zweiten Spiel pitchen würde. Der Druck war hoch. Chip Sanderson war morgen dran. Sie hatten die besten Voraussetzungen, auch dieses Spiel zu gewinnen. Die Hawks konnten es in die World Series schaffen.

„Ein Tisch für fünf", sagte Matt.

„Fünf?"

„Ja. Skip, Jake und Nat kommen noch", sagte Dan.

„Was ist mit Bobby?"

„Seine Mutter macht heute ein großes Festmahl. Seine Familie ist zu Besuch."

„Vielleicht hätten wir dorthin gehen sollen", sagte Matt kichernd.

„Sie hätte uns bestimmt eingeladen. Aber es ist eben ein Familientreffen."

„Ja, klar."

Dans Eltern lebten zu weit weg, um mit ihm feiern zu können. Er hatte Matt nie nach seiner Familie gefragt, und sein Freund hatte sie nie von sich aus erwähnt. Dan dachte, dass es wohl am besten wäre, das Thema nicht anzuschneiden, da sich Matts Gesicht jedes Mal verdüsterte, wenn der Pitcher auf die Heimat seines Freundes zu sprechen kam.

Die beiden bestellten Steaks und ein Bier vom Hahn. Bevor der Kellner ihre Bestellung aufgeschrieben hatte, riefen Skip, Nat und Jake von der Tür aus zu ihnen und kamen herüber.

„Du hast diesem Arschloch Banner aber ordentlich vor den Bug geschossen", sagte Jake zu Dan.

„Ja", sagte Matt. „Auch wenn den Slider zu benutzen keine gute Idee war."

„Ich weiß, er ist noch nicht ausgereift. Aber ich brauchte etwas. Etwas, das mir einen Vorteil verschaffen würde."

Das Bier wurde serviert und sie brachten Toasts aus. Die Neuankömmlinge bestellten ebenfalls Steaks.

„Wenn du diesen Foul Tip verpasst hättest, dann wären wir tief in der Scheiße gesessen", sagte Dan. „Ein Toast auf Matt, den besten Catcher der Liga."

„Hört, hört", sagte Nat und hob seinen Krug.

Während seine Teamkameraden das Spiel auseinandernahmen, lehnte sich Dan zurück, hörte zu und beobachtete. Er würde den Rest der Serie nur zusehen, es sei denn, Crawley brauchte ihn, am Ende eines Spiels als Ersatz – das passierte aber selten. Dan glaubte aber, dass jeder das tun konnte, wenn es nötig war. Die besten Ersatzspieler seines Teams sahen das vermutlich anders.

Auf der Seitenlinie sitzen zu müssen und dem Team dabei zuzusehen, wie sie konzentriert alles für den Sieg gaben, fiel ihm nicht leicht. Er wollte immer mitten im Geschehen sein. Aber jetzt, ohne Holly, würde es noch schwieriger werden. Seine Gedanken schweiften immer wieder zu ihr. Es machte ihn verrückt, nicht zu wissen, wo sie war, ob sie sicher war, ob sie glücklich war. Und ob sie einen anderen kennengelernt hatte.

Ihr Essen wurde gebracht. Dicke Steaks, genau richtig gebraten, gebackene Kartoffeln, die vor Butter trieften und knackige grüne Bohnen. Eine große Schüssel mit Salat, garniert mit Gorgonzola wurde für den ganzen Tisch gereicht, als kleine Aufmerksamkeit des Hauses.

Während er seinen Freunden beim Essen zusah, schnitt Dan sich etwas von seinem Steak ab. Wie schön es wäre, jetzt Holly hier zu haben, damit sie mit ihnen ihren Sieg feiern könnte. Er seufzte.

„Denkst du an Holly?", fragte Matt.

Dan nickte mit vollem Mund.

„Ich wette, sie hat zugesehen."

„Welcher Fan würde das nicht? Es war ein großartiges Spiel!", sagte Nat und spießte seine Kartoffel mit der Gabel auf.

Bud Magee trat in das Restaurant und ging gemächlich zur Bartheke.

Dan nahm sein Bier und ging zu ihm rüber. „Was machst du denn hier?"

„Ich wollte euch Jungs nur gratulieren und schnell was trinken", sagte er und bestellte ein gezapftes Bier.

„Habt ihr was von Holly gehört?" Dan versuchte, es nebensächlich klingen zu lassen, doch es gelang ihm nicht.

„Nein. Und du?"

Dan schüttelte den Kopf.

„Ich bin mir sicher, das kommt noch. Das wird es", sagte Bud und klopfte ihm auf die Schulter. „Ich fand's großartig, wie ihr die Bluejays in Grund und Boden gestampft habt."

„Ein Sieg drei zu eins ist nicht gerade eine Beerdigung, Bud."

„Für mich schon!"

Die Männer wärmten noch einmal die interessanteren Spielzüge auf, während Bud sein Bier austrank. Er hielt kurz an ihrem Tisch, um dem Team zu gratulieren, aber Dan blieb bei der Bar. Er hatte nicht versucht, Holly anzurufen. Ein Lächeln breitete sich auf seinem Gesicht aus. Vielleicht hatte sie ihr Handy ja noch? Vielleicht würde sie abnehmen, oder seine Nachricht sehen. Er schrieb erst eine

Textnachricht, dann wählte er ihre Nummer. Er bekam nur eine Aufnahme von ihr zu hören.

„Hier ist Holly. Ich kann gerade nicht ans Telefon gehen, also hinterlassen Sie bitte eine Nachricht.“

Sein Lächeln machte einer gerunzelten Stirn Platz. Nein, er konnte keinen Kontakt mit ihr aufnehmen. Ein neuer Schmerz schoss durch seine Brust. Vielleicht würde er niemals wieder etwas von ihr hören. Vielleicht sollte er sie vergessen.

Kapitel Sechzehn

Wenn sie nicht gerade arbeitete, klebte Holly am Bildschirm des Fernsehers. Die Playoffs waren sehr gemischt. Die Bluejays gewannen das zweite und dritte Spiel, die Nighthawks fuhren beim vierten den Sieg ein. Das fünfte stand den Mannschaften noch bevor. Wenn die Hawks gewannen, würden sie in der World Series spielen.

Spiel Nummer fünf fand in Boston am späten Abend statt. Die Hatchs aßen ein schnelles Abendbrot, bevor sie es sich vor dem Fernseher gemütlich machten. Obwohl er sich nur fünf Tage hatte ausruhen können, würde Dan in diesem Spiel pitchen. Hollys Herz schlug mit jedem Inning schneller und schneller. Der Spielstand war eins zu null, den sie mit einem Homerun von Jake Lawrence erzielt hatten. In diesem Spiel ging es um den Titel. Der Druck war riesig.

Als die Kamera auf ihn zoomte, bemerkte Holly Dans sorgenvolles Gesicht. Er wischte sich wieder und wieder den Schweiß aus der Stirn. Die Anspannung war so groß, dass ihre Haut davon kribbelte. Dan schien Matts Signale zu akzeptieren und die richtiges Pitches zu feuern.

Wenn das erste Spiel schon ein Pitcher's Duel gewesen war, dann war es dieses umso mehr. Die Bälle rasten schneller und schneller durch die Luft. Dan warf seinen ersten Fast Ball, der einhundert Meilen pro Stunde schnell war. Er setzte die Schlagmänner, sogar Rawley Banner, unter Druck.

Aber die Nighthawks trafen auch nicht besser. Strikeouts, Groundouts, um die Fielders wachzurütteln und gelegentlich ein

Long Ball ins Outfield, der von einem wachsamen Outfielder sofort eingesammelt wurde. Außer Jake schaffte es keiner, den Ball richtig zu treffen. Holly kaute an einem Nagel, als Dan mit Schlagen dran war. Er winkelte den Schläger an, um den ersten Pitch zu bunten, aber hielt sich lange genug zurück, dass daraus ein Ball wurde. Er wirkte gelassen, als zwei weitere Balls an ihm vorbeiflogen. Holly dachte, dass er innerlich sicher tausend Tode starb. Zu schlagen machte ihn immer nervös.

Der Friss-oder-stirb-Pitch kam tief, direkt über der Home Base, und Dan schwang den Schläger. Er traf den Blooper, der hoch und langsam angeflogen kam, sandte ihn über den Kopf des Shortstops und rannte wie als wäre der Teufel hinter ihm her. Seine Füße erreichten die Base den Bruchteil einer Sekunde vor dem Ball. Der erste Single des Spiels. Die Fans drehten durch, schwenkten Tücher, Fahnen und ihre Kappen, während sie schrien.

Holly sprang von ihrem Sitz auf, um ihm zuzujubeln. Sie hob ihre Arme und tanzte im Zimmer herum. Sein Schlag motivierte die anderen – Nat Owen schlug einen Grounder und schaffte es auf die erste Base, Skip wurde vom Pitcher mit einem waagerechten Liner ins Aus befördert. Bobby bekam einen Walk und füllte die Bases auf. Nun war Jake an der Reihe.

Sie beobachtete seine Körpersprache. Er stand stabil, selbstbewusst. Und tatsächlich, der Pitcher warf den Ball zu hoch, direkt in der Mitte, genau dort, wo Jake am besten war. Er traf – und da alle Bases besetzt waren, wurde es ein Grand Slam Homerun!

Sean Hatch warf Popcorn in die Luft, Holly hüpfte wie ein Gummiball durchs Zimmer und sogar Tresa klatschte in die Hände. Plötzlich führten die Hawks fünf zu Null – damit brauchten sie Dan nicht mehr, also wurde er von Moose Macafee abgelöst, ihrem besten Einsatzspieler, der die Nighthawks schon oft am Ende des Spiels zum Sieg geführt hatte.

Die Bluejays rangen ihnen noch einen Run im achten Inning ab, aber das Spiel war zu Ende, als ihr letzter Batter ins Center Field schlug. Pure Freude durchströmte Holly. Die Nighthawks würden in der World Series antreten! Ihr Glück vermischte sich mit dem Schmerz, nicht mit Dan sprechen zu können. Sie wollte ihn berühren, ihn küssen, mit ihm feiern, und ihn im Bett lieben. Aber nichts davon würde passieren, daher musste sie dankbar für das Interview sein, dass er den Medien gab.

Er grinste breit wie ein Affe, als er mit der Reporterin sprach, die Kappe abgesetzt, das Haar klatschnass.

„So, Dan, wie fühlt es sich an, in der World Series anzutreten?"

„Großartig, Sandy."

„Haben Sie mit einem Sieg gerechnet?"

„Ich rechne grundsätzlich nie mit etwas. Aber mit diesem unglaublichen Team hinter mir, da konnte ich gar nicht verlieren."

„Was ist mit ihrem neuen Slider?"

„Hat wunderbar funktioniert."

„Wie werden Sie heute feiern?"

„Mit Füße hochlegen. Ich werde im ersten Spiel der World Series auf dem Feld stehen."

„Keine Party? Das ist schwer zu glauben."

Dan lachte und schaute auf seine Hände. „Naja, vielleicht feiere ich ein bisschen."

„Wird jemand Besonderes für Sie auf der Party sein?"

Der Pitcher schaute in die Kamera, und das Lächeln verließ sein Gesicht. „Nein. Nur die Jungs. Kann ich eine Nachricht an jemanden schicken?"

„Sicher, wenn es jugendfrei ist. Schießen Sie los."

„Holly, Baby, ich habe nur für dich gespielt." Er warf der Kamera einen Kuss zu.

Holly begann, zu weinen.

„Siehst du? Ich hab's dir ja gesagt", sagte Sean. „Er hat eine Freundin. Sie heißt Holly. Sorry, Carrie. Viel Glück beim nächsten Mal."

Sie blinzelte ihre Tränen weg und nickte ihm zu.

„Das überrascht mich nicht", ließ sich Tresa vernehmen. „Ein Typ, der so aussieht und den Ball so schnell werfen kann. Der ist ein Gewinner."

Alle Freude entwich aus ihr wie aus einem geplatzten Reifen. Ihnen nicht zu sagen, dass sie selbst die Holly war, die er erwähnt hatte, was das schwerste, was sie seit Monaten getan hatte. Sie biss sich auf die Lippe und legte ihre Hand über ihren Mund. Sie schluckte die Worte, die sie hatte aussprechen wollen. Sie war kein Niemand. Sie war Jemand. Sie war Dans Geliebte, oder nicht?

Dan war der beste. Holly blieb still. Sie war eine Versagerin. Eine große Versagerin. Obwohl es ihr Herz erwärmte, dass er ihr das Spiel gewidmet hatte, wie lange würde das noch anhalten? Wie lange würde sie noch warten müssen?

Von ihren Gefühlen überwältigt verließ sie das Zimmer und rannte die Treppe nach oben in ihr Zimmer, wo sie die Tür hinter sich zuschlug. Ihr war egal, was die Hatchs über sie dachten. Sie konnten sich gerne den Kopf darüber zerbrechen, was mit ihr nicht in Ordnung war. Von ihr aus konnten sie denken, Sean hätte sie beleidigt.

Sie hatte die letzten zwei Jahre nichts anderes getan, als für ihren Fehler mit Flash Kincaid zu bezahlen. Würde ihre Bestrafung niemals ein Ende nehmen? Das selbstsüchtige, gedankenlose, leichtsinnige Mädchen, das sie einst gewesen war, gab es nicht mehr. Sie warf sich auf ihr Bett, wo sie auf ihrem Bauch liegen blieb, den Kopf zur Seite gedreht auf ihrem Kissen. Irgendwann würde das alles hinter ihr liegen. Sie nahm ihr neues Handy zur Hand und wählte.

„Ist das ein Notfall?", fragte Barb Finn.

„Nicht wirklich."

„Oh? Was ist dann los?"

„Hat Al dir etwas von einem Versprechen erzählt, das er mir gegeben hat?"

„Versprechen?"

„Bitte ruf ihn an. Er schuldet mir etwas."

ES WAR NICHT LEICHT gewesen, Mary dazu zu überreden, ihr Urlaub zu geben. Holly hatte hart gearbeitet, und war zu einem wichtigen Mitglied in Marys Team geworden. Sie hatte gelernt wie man Brot, Gebäck und Croissants zubereitete. Sie lebte dem Geschäft am nächsten, daher wurde ihr der Schlüssel ausgehändigt und es wurde von ihr erwartet, halb sechs zu öffnen und anzufangen.

Aber heute hatte Mary eingewilligt, das zu übernehmen. Als Holly in den Bus stieg, dachte sie an ihr Gespräch zurück.

„Ich weiß, du kannst mir nicht sagen, wohin du gehst oder warum. Das hat mir Tresa gesagt. Und dass ich dir nicht so viele Fragen stellen soll. Ich bin neugierig, aber ich halte mich daran. Du hast hier im *Bread and Butter* einen tollen Job gemacht. Ich bin dir wirklich dankbar. Es ist nicht leicht für mich, jemanden zu finden, der so gut ist wie du, für das Gehalt, was ich zahlen kann. Also, geh schon. Ich weiß, es ist wichtig. Wir sehen uns in zwei Tagen."

Die Türen des Busses schlossen sich und er fuhr an. Auf ihrer Reise blickte Holly aus dem Fenster. Sie fuhren an Bauernhöfen vorbei, die eine schöne Aussicht boten. Glück durchströmte sie. Zum ersten Mal seit Monaten war sie wirklich glücklich. Sie fuhr zur World Series. Sie würde Dan im ersten Spiel pitchen sehen. Al Housman hatte seine Beziehungen spielen lassen und erreicht, dass das Ticket, das Dan für sie hatte reservieren lassen, in einen Logenplatz umgewandelt wurde, zwischen der Home Base und der ersten Base. Sie würde einen direkten Blick auf ihren Geliebten haben. Sie konnte nicht aufhören, zu lächeln.

Sie kam zu früh. Die Kasse war noch nicht offen, aber sie erspähte Bud Magee, wie er zum Personaleingang lief.

„Bud!“, rief sie.

Er drehte sich zu ihr um. „Holly! Bist du's wirklich?“

Sie flog in seine Arme, und er drückte sie fest an sich.

„Es ist toll, dich zu sehen, aber was machst du hier?“

„Als er verurteilt wurde, hat mir der Staatsanwalt versprochen, dass ich kommen kann, wenn die Nighthawks spielen.“

„Dan wird heute pitchen.“

„Ich weiß. Deswegen bin ich hier.“

„Er wird jubeln, wenn er erfährt, dass du hier bist.“

„Bitte sag es niemandem sonst.“

„Hast du denn keinen Bodyguard bei dir?“

Sie schüttelte ihren Kopf. „Im Budget war nur Geld für ein Ticket.“

„Ich verstehe.“ Er nickte. „Aber wenn ich es Dan sage, ist es okay, oder?“

„Ja, ich denke schon.“

Bud nahm sie mit hinein. Sie ließ ihre Hand über den Hot-Dog-Wagen streichen, den sie mehrere Monate mit sich herumgezogen hatte, und erinnerte sich.

„Du hältst immer noch den Verkaufsrekord“, sagte Bud.

Sie lächelte ihn an, bevor sie auf ihre Uhr sah.

„Ja, die Kasse müsste jetzt offen sein. Du kannst dein Ticket abholen.“

Sie umarmten sich und sie ging zur Kasse hinüber. Inzwischen gab es eine lange Schlange. Sie konnte nichts anderes tun, als sich hinten anzustellen. Die Leute vor ihr waren bunt gemischt, einige Familien mit Kindern, einige junge Erwachsene und ältere Männer.

„Hi. Ich heiße Glenn. Gehen Sie zur Series?“

„Äh, deswegen stehe ich hier an, ja.“

„Wo werden Sie sitzen?“

Sie wurde vorsichtig. „Ich treffe mich mit jemandem. Sie brauchen es also gar nicht erst zu versuchen, mich anzubaggern."

Er wurde wütend. „Ich wollte nur nett sein. Sie sind ja eiskalt. Ich will nichts von Ihnen." Er wandte sich ab.

„Nettes Gespräch", murmelte sie zu sich selbst.

Es ging langsam vorwärts, und sie zählte die Minuten, bis sie Glenn hinter sich lassen konnte. Als sie ihr Ticket in den Händen hielt, ging sie die Treppe entlang, bis sie die richtige Reihe gefunden hatte. Holly konnte es kaum glauben, was sie für einen guten Platz erwischt hatte. Sie war ganz vorne, fast bei der Brüstung. Sie hatte einen perfekten Blick auf den Pitcher's Mound. Im Stillen dankte sie Al dafür.

Ihr Pulsschlag erhöhte sich immer mehr, je näher drei Uhr rückte. Am Sonntag fingen sie immer um drei an. Endlich kam Emerald, die Rockröhre, auf das Feld, die Musikkapelle direkt hinter ihr, um die Nationalhymne zu singen. Die Menge erhob sich. Die Nighthawks und die San Diego Seagulls kamen aus ihren Dugouts. Der Jubel aus den Rängen war ohrenbetäubend.

Hollys Blick schweifte über die Männer, bis sie die eine Uniform gefunden hatte, auf deren Rücken ‚Alexander' stand. Dort war er. Sie konnte nicht mehr atmen. Sie beobachtete, wie er seine Kappe über sein Herz legte und auf die Tribüne sah. *Er hält nach mir Ausschau!* Sie hob für den Bruchteil einer Sekunde ihre Hand, dann legte sie sie über ihr Herz, als die Kapelle anfing, zu spielen.

Er hatte es bemerkt. Ihre Blicke trafen sich. Er hob seine linke Handfläche für einen Augenblick, dann wandte er seine Aufmerksamkeit der Sängerin zu. Ihr Herz klopfte schwer gegen ihre Rippen, bis sie dachte, es würde sie zerbersten lassen. Ihre Nerven kribbelten vor Anspannung. Ihr Blick nahm ihn auf, vom Kopf bis zu den Zehen. Sie wollte ihn berühren, aber das war nicht möglich. Er musste sich auf das Spiel konzentrieren. Aber sie konnte wenigstens schauen, so viel sie wollte.

Er rannte zum Mound, drehte sich noch einmal, um auf die Zuschauerränge zu blicken, und tippte sich für sie an die Kappe. Hitze schoss in ihre Wangen, und ihre Hand kam zu ihrem Mund, als sie so breit grinste, wie es möglich war. Sie warf ihm einen Kuss zu, und es kümmerte sie nicht, wer ihr dabei zusah oder was die neben ihr Sitzenden dazu sagen würden.

„Der ist schon vergeben, Lady. 'Ne Frau namens Holly", sagte ein Teenager zwei Plätze weiter.

Holly antwortete nicht. Es war ihr egal, was andere Leute dachten. Ihr ging es nur um Dan.

Er nahm den Beutel mit Haftpuder für den Baseball und wischte ein wenig mit dem Fuß auf dem Mound herum, bis er zufrieden damit war. Dann hob er seinen Handschuh, um den Ball von Matt Jackson zu empfangen. Holly schaute zu, wie er sich aufwärmte, um dann dem ersten Schlagmann der Gulls gegenüberzustehen. Ausholen – Pitch – Strikeout!

„Wenn der erste Batter ein Strikeout bekommt, heißt das, die Hawks werden gewinnen", sagte ein Mann auf der anderen Seite von Holly.

„Das hoffe ich."

„Verlassen Sie sich drauf."

Das Spiel war eng. Dan arbeitete hart. Matt ging zu ihm, um sich mit ihm zu besprechen. Sie liebte es, wie sie die Köpfe zusammensteckten, um gemeinsam eine Strategie zu entwickeln.

„Hot Dogs! Kaufen Sie Hot Dogs!"

Sie drehte sich zu einem jungen Mann um, der einen Wagen zog, und sich in ihre Richtung bewegte. Natürlich kaufte sie etwas von ihm, und konnte nicht aufhören, dabei zu lächeln.

„Sie kommen mir bekannt vor, Lady", sagte der junge Mann.

„Das passiert mir bei meinem Gesicht oft", antwortete sie.

Es war eng – vier zu drei stand es für die Gulls, als das fünfte Inning startete. Dan hielt den Siegeszug von San Diego auf, indem er drei Batter in einer Reihe ins Aus beförderte. Er schaute zu ihr hoch, als er sich mit dem Ärmel den Schweiß aus der Stirn wischte, und überließ den Mound dem anderen Team.

Skip schaffte durch einen Schnitzer des gegnerischen Pitchers einen Single, Jake kam ins Aus. Es hieß wieder: Friss-oder-Stirb. Matt stieg auf die Home Base.

„Er ist ein gefährlicher Schläger, der noch die schwierigsten Bälle trifft. Passen Sie genau auf", sagte der Mann zu ihrer Linken.

„Ich weiß", antwortete sie.

Matt schaffte einen Homerun, und punktete zusammen mit Skip. Die Menge erhob sich. Mit einem Punkt Vorsprung könnte ihnen Dan den Sieg verschaffen. Cal Crawley ging im siebten Inning zum Mound, um Dan aus dem Spiel zu nehmen. Holly war erleichtert, dass er die Chance hatte, zu einem Gewinn in der World Series beizutragen.

Die Stimmung war den Rest des Spiels über zum Zerreißen gespannt, doch Holly war abgelenkt. Aus ihrem Augenwinkel konnte sie sehen, wie Dan im Dugout auf und ab ging. Er hielt hin und wieder an, um in ihre Richtung zu blicken, doch niemals lange genug, dass sie Augenkontakt mit ihm aufnehmen konnte, und sie fragte sich, warum das so war. *Er hat doch nicht schon eine andere gefunden, oder?*

Der Hot-Dog-Boy kam zurück. „Eine Nachricht für Sie, Lady", sagte er und übergab ihr einen kleinen Zettel.

Holly – bitte bleib nach dem Spiel hier. Triff mich am Eingang des Vereinsgebäudes.

Dan

Er wollte mit ihr reden, und er hatte die Nachricht nicht mit ‚in Liebe' unterschrieben. Hieß das, dass er es ihr schonend beibringen wollte, dass er nun jemand anderen datete? Ihr Magen zog sich zusammen. Sie würde ihn treffen, denn sie musste es wissen.

ZU BEGINN DES NEUNTEN Innings rutschte Holly auf ihrem Sitz hin und her. Sie zählte die Minuten, bis sie endlich Dan wiedersehen würde. Hoffnung erhob sich in ihrem Herzen, dass er sie immer noch liebte. Endlich wurde das letzte Aus verkündet, und das Spiel war vorbei. Die Leute strömten aus dem Stadion, wie Lemminge von einer Kippe springen. Sie blieb sitzen, bis die Reihen leer waren, etwa fünfzehn Minuten lang. Langsam schlängelte sie sich durch die Grüppchen, die noch herumstanden und redeten, vor der Damentoilette warteten oder noch ein Bier kauften. Sie suchte sich ihren Weg durch die schwindenden Massen, immer darauf bedacht, keine Aufmerksamkeit zu erregen.

Dan gab vor der Umkleide ein Interview. Unter den Reportern erblickte sie zwei bekannte Gesichter. *Scheiße! Das sind Männer von Flash!* Sie war überrascht und blieb wie angewurzelt stehen, unsicher, was sie jetzt tun sollte. Furcht erfüllte sie und ließ ihre Finger zittern.

Dan sah sie und grinste. Er nickte dem Reporter zu und hob seine Hand zum Kameramann, um ihm das Ende zu signalisieren. Die zwei Affen folgten seinem Blick und erkannten sie. Sie kamen näher, zur selben Zeit wie der Pitcher.

Holly zeigte auf sie und lenkte Dans Aufmerksamkeit auf die zwei Schläger. Er schaute sie an und sprang dann zu ihr. Dan nahm ihre Hand, schaute nach rechts und nach links, und dann rannte er und zog sie mit sich in den Umkleideraum.

Sie legte ihre Hand über ihre Augen, als er sie zur Dusche zog. Er brachte die Proteste seiner Teamkameraden zum Schweigen.

Eine laute Stimmte erregte ihre Aufmerksamkeit. „Sorry, Gentlemen. Sie können hier nicht hinein."

„Wir sind Journalisten."

„Dann lassen Sie mich bitte Ihre Ausweise sehen."

Leise Stimmen murmelten weiter, aber sie konnten nicht mehr verstehen, was sie sagten.

„Alexander, was zum Teufel machst du da?", zischte Nat Owen.

Dan legte seinen Finger auf die Lippen. Er zog Holly an sich und legte ihr Gesicht an seine Brust. „Nat! Gib mir eine Ersatzuniform", flüsterte er.

„Wofür?"

„Gib sie mir einfach", bedeutete Dan.

Der erste Baseman zuckte mit den Schultern und öffnete seinen Spind.

Dan schnappte sich die Uniform und schob sie zusammen mit Holly in eine leere Duschkabine und schloss die Tür. Sie verschloss sie von innen und zog sich um. Der Pitcher bedeutete seinen Freunden, zu ihm zu kommen, und flüsterte ihnen etwas zu.

Bud Magee trat ein. „Sie gehen einfach nicht weg, Dan. Ich werde die Polizei rufen."

„In der Zwischenzeit müssen wir sie hier herausschaffen, ohne ihre Identität öffentlich preiszugeben. Ich habe schon einen Plan."

Fünfzehn Minuten später waren die Männer fertig umgezogen und bereit, zu gehen. Holly zog und stopfte, und versuchte, die Uniform halbwegs passend aussehen zu lassen, aber sie war einfach viel zu groß.

„Halt sie einfach mit deinen Händen fest", sagte Dan und nahm sie am Arm.

Die Männer bildeten eine Gruppe, mit Holly in der Mitte, und verließen so die Umkleide. Die Schläger bewegten sich zu ihnen, genau wie die Spieler.

„Sorry, keine Interviews mehr", sagte Dan und hob eine Hand, während er Holly mit der anderen hielt. Sie hielt ihren Kopf gesenkt und schaute zur Seite. Sie hatte ihr Haar unter einer von Dans Kappen versteckt. Sie war getarnt, und fiel unter den anderen nicht auf.

Bud Magee war mit einem Wachmann zurückgekehrt, der Kincaids Schläger nach draußen eskortierte.

In der Zwischenzeit hatte Dan sie auf den Rücksitz seines Wagens bugsiert. Sie legte sich flach auf den Boden, schloss ihre Augen, und betete.

„Wohin?", fragte er.

„Zur Hafenverwaltung."

Dan fuhr erst zum Flussufer. Er stellte den Wagen beim Park ab, der dem Hudson River folgte.

Holly kletterte auf den Vordersitz. In dem Augenblick, als sie sich gesetzt hatte, zog er sie schon in seine Umarmung und küsste sie. Ihre Augen schlossen sich langsam. *Wenn das ein Traum ist, dann soll er niemals enden.* Als sie sich endlich voneinander lösten, berührte sie seine Wange, um sich selbst zu versichern, dass er real war.

„Ich bin so stolz auf dich. Du warst großartig."

„Danke. Hast du auch die Playoffs gesehen?"

„Ich habe nicht ein Spiel verpasst."

Sie lehnte sich vor und berührte seine Lippen mit ihren. Dabei umarmte er sie noch fester.

„Das fühlt sich so gut an", murmelte sie, als er seinen Kopf hob.

„Ich habe dich so vermisst", sagte er und blickte in ihre Augen.

„Ich auch."

„Du hast noch keinen anderen, oder?"

Sie schüttelte ihren Kopf. „Ich habe viel gearbeitet."

„Was machst du?"

Sie erzählte ihm von ihrer Arbeit in der Bäckerei.

„Kannst du mir sagen, wo du bist?"

„Barb hat mich schwören lassen, es nicht zu verraten."

„Ich würde niemals eine Bedrohung für dich darstellen."

„Ich weiß. Aber wenn du kommst, um mich zu sehen, dann würde meine neue Identität auffliegen."

„Du hast recht. Ich hasse das", sagte er und schlug mit der Faust auf das Armaturenbrett.

„Ich auch."

„Wie lange noch?"

„Das weiß ich nicht."

„Ich liebe dich, Holly. Das weißt du, oder?"

„Jetzt weiß ich es. Ich liebe dich auch. Ich werde für immer auf dich warten."

Sie küssten sich noch einige Male, bis ihr Atmen zu einem Keuchen wurde. Ein Klopfen an die Fensterscheibe von einem Polizisten ließ aus ihren Küssen nicht mehr werden.

„Ich muss jetzt gehen", sagte sie, als sie auf ihre Uhr sah. „Der letzte Bus geht in einer Stunde."

„Danke, dass du gekommen bist. Und so ein großes Risiko eingegangen bist." Er fuhr an, auf die Straße.

„Ich musste dich einfach spielen sehen. Außerdem hatte Al Housman es mir versprochen."

„Diese Schläger werden dich niemals finden."

„Nein, das werden sie nicht."

Es entstand eine angenehme Stille zwischen ihnen, als er sich durch den Verkehr auf dem Weg zum Busbahnhof schlängelte. Holly schlüpfte aus der Uniform. Sie hatte ihre eigene Kleidung darunter anbehalten.

„Sag Nat vielen lieben Dank", sagte sie.

Er hielt vor dem Eingang auf der Eighth Avenue, zog die Handbremse an und schaltete den Blinker ein.

„Jetzt heißt es also ‚Auf Wiedersehen'?" Seine Augen wurden feucht.

„Nein. ‚Lebewohl.' Bis irgendwann einmal", sagte sie, und eine Träne entkam ihrem Auge und rollte ihre Wange hinunter.

Er wischte sie mit seinem Daumen weg.

„Ich liebe dich so sehr", sagte sie, als sie die Tür öffnete.

Bevor sie ihre Willenskraft verließ und sie bei ihm blieb, trat Holly aus dem Wagen und verschwand in der Menge, als sie nach ihrer Abfahrtshaltestelle suchte.

Schmerz durchfuhr ihre Brust, als sie mit den anderen Passagieren den Bus bestieg. Als sie über die George-Washington-Brücke fuhren, weinte sie leise für sich.

„Er ist es nicht wert, Liebes", sagte eine ältere Frau, die neben ihr saß.

„Oh, da täuschen sie sich. Er ist es wirklich wert", antwortete Holly.

Kapitel Siebzehn

Vier Monate später

Holly zog ihren Schal enger um den Hals. Der Wind und die Temperaturen um fünf Uhr morgens waren brutal in Candlewood. Die drei Blöcke bis zur Bäckerei schienen eher zehn zu sein. Die Dunkelheit deprimierte sie. Sie sehnte sich nach dem Sommer, der Baseball-Saison, und Dan Alexander.

Die Stille zwischen ihnen schien tiefer und dunkler zu werden mit jedem Monat, der verging. Sie hatte sich angewöhnt, hin und wieder zu *Duffy's Bar und Grill* zu gehen. Es war nur vier Blöcke von der Hauptstraße entfernt. Sie holte sich einen Burger, einen Drink, und ein wenig Unterhaltung dort. Einige Männer hatten sich für sie interessiert, aber sie hatte widerstanden. Es wäre schön, mit einem Mann zusammenzusein, aber wenn man erstmal den Besten kennengelernt hatte, dann war irgendein Mann nicht gut genug.

Gelegentlich lag sie im Bett und fragte sich, mit wem Dan wohl ausging, mit wem er schlief, in wen er sich verliebte. Verdammt nochmal, Athleten konnten nicht so lange zölibatär leben, ohne zu explodieren, dachte sie sich. Von Al Housmans Büro kamen keinerlei Nachrichten. Sie fühlte sich traurig und allein.

Die Hatchs waren freundlich, aber es war nicht so, wie mit den Magees zusammenzuleben. Sie war nur eine Untermieterin, nicht mehr. An einigen Tagen bezweifelte Holly, dass sie jemals Teil einer Familie sein oder selbst eine Familie haben würde. Vielleicht, wenn sie sich besser benommen hätte, dann hätte sie nicht die Familie verloren, in die sie hineingeboren worden war. Vielleicht, vielleicht auch nicht. Die Merrills konnten es mit den Magees nicht aufnehmen, wenn es um Wärme und Geborgenheit ging.

Um vier schlüpfte sie in ihren Mantel und Schal und setzte ihre Mütze auf. Sie bereitete sich auf den kalten Weg zu ihrem Zimmer vor. Ihr Handy gab einen Ton von sich. Sie zog es heraus, bevor sie ihre Handschuhe anzog, um die Nachricht zu lesen. Sie war von Al.

Der Richter hat die Berufung abgelehnt. Das Urteil steht. Strafmaßverkündung heute.

Die Schwere über ihrem Herz hob sich. Wenn Flash Kincaid zu einer Haftstrafe verurteilt wurde, dann würde ihre eigene Gefangenschaft endlich enden. Sie wäre frei. Sie stemmte sich gegen den Wind, aber fühlte die Kälte nicht, als Frage um Frage durch ihre Gedanken schossen.

Bei den Hatchs machte sie sich eine Tasse Tee und nahm sie mit hoch in ihr Zimmer. Sie öffnete ein Buch, aber ließ ihr Handy auf dem Nachttisch offen liegen, bereit für eine neue Nachricht des Staatsanwalts. Um sechs Uhr kam sie, gerade, als sie sich zum Abendessen niederließen. Sie entschuldigte sich und klickte mit zitternden Fingern darauf, um sie zu öffnen.

25 Jahre bis lebenslänglich. Ohne Möglichkeit auf Bewährung. Sie sind sicher. Sie sind frei. Gehen Sie nach Hause.

Sie schrie vor Freude auf und sprang in die Luft. Sie hatte eine zweite Chance in ihrem Leben bekommen, und dieses Mal, so schwor sie sich, würde sie es nicht vermasseln. Sie ging lächelnd zurück zum Tisch.

„Ich schätze, das bedeutet, dass du uns verlassen wirst“, sagte Tresa, als sie Holly den Kartoffelbrei reichte.

„Das bedeutet es.“

„Es tut mir leid, dich ziehen zu lassen. Du bist eine tolle Person, Liebes. Ich hoffe, du findest dein Glück.“

„Danke. Das hoffe ich auch.“

Nach dem Essen ging sie nach oben, um zu packen. Sie rief Mary an und sagte ihr, dass sie gehen würde. Mary bat sie darum, noch eine Woche zu warten.

Holly stimmte zu. Nach all dieser Zeit, was war da noch eine Woche? Es war nicht so, als gäbe es einen Ort, den sie ‚Zuhause' nennen konnte. Sie hatte darüber jeden Tag nachgedacht, aber sie hatte immer noch keine Ahnung, wo sie sich permanent niederlassen wollte. Sie hatte sich entschieden, den Scheck ihres Vaters zu benutzen, um einen Monat in einem Hotel in New York City zu übernachten, während sie entschied, wie es mit ihrem Leben weitergehen sollte.

An Hollys letztem Tag schmiss Mary eine Abschiedsparty für sie in der Bäckerei. Die Habseligkeiten der jungen Frau waren schon in einem kleinen Koffer verstaut, der noch bei den Hatchs stand. Sie war bereit, zu gehen.

Inmitten der Ausgelassenheit fuhr eine Limousine vor dem Geschäft vor.

Ein Mann stieg aus und trat ein. „Holly Merrill?"

„Hier gibt es niemanden mit diesem Namen", antwortete Mary.

„Warten Sie! Warten Sie! Ja, das bin ich."

„Moment mal, du bist Holly?", fragte Sean. „Die Holly, die Dan Alexander im Fernsehen erwähnt hat?"

„So ist es."

„Und wer ist dann Carrie?"

„Das ist eine lange Geschichte."

„Also hast du die Wahrheit gesagt? Du bist wirklich seine Freundin?"

„Das ist richtig."

„Mann, jetzt bin ich verwirrt", sagte Sean und kratzte sich an seinem stoppeligen Kinn.

Der Chauffeur übergab ihr einen Umschlag. „Ich soll hier auf Ihre Antwort warten", sagte er.

Sie riss ihn auf. Darinnen war ein Schlüssel. Derselbe, den Dan ihr beim Prozess in die Hand gedrückt hatte. Freude erfüllte sie.

„Wenn alles in Ordnung ist – der Wagen steht draußen vor der Tür. Ich kann Sie gleich nach Manhattan mitnehmen."

Sie sprang auf den Mann zu und schloss ihn in ihre Arme. Schnell wurde ihr klar, dass sie einen Fehler gemacht hatte und ließ ihn frei. Er kicherte.

„Ja! Ja, alles ist in Ordnung, mehr als das. Ich bin bereit. Können wir noch schnell zu meinem Haus fahren, um meinen Koffer zu holen?"

„Was auch immer Sie möchten, Miss", sagte er und hielt die Autotür für sie offen.

Mary, die Hatchs und die neuen Kollegen, die Holly eingearbeitet hatte, umarmten sie. Sie glitt auf den Rücksitz und der Chauffeur schloss die Tür.

„Wie lange denken Sie, wird es dauern?" Ihre Nerven fuhren Achterbahn.

„Etwa drei oder vier Stunden."

„Das ist okay. Ich habe schon so lange gewartet. Ich kann noch länger warten."

„Bei Ihnen hinten ist eine kleine Bar. Bedienen Sie sich."

„Vielen Dank."

Während der Wagen sich aufwärmte, machte der Fahrer einen Anruf. „Ja, Sir. Ich habe das Paket, Sir. Nein. Keine Probleme. Wir sind auf dem Weg. Danke, Sir."

Zu aufgedreht, um stillzusitzen, verlagerte sie ihr Gewicht. Sie schwebte schon auf Wolken, höher, als jeder Alkohol sie bringen könnte, daher begnügte sie sich damit, aus dem Fenster zu schauen, und sich an die Berührungen, das Gefühl und den Geschmack von Dan Alexander zu erinnern. In ihrem Bauch formte sich ein Knoten, und ihre Hände zitterten, als der Pförtner von Dans Apartmenthaus die Tür der Limousine für sie aufhielt. Dan ging in der Lobby auf und ab, als sie aus dem Wagen stieg. Sobald sie in das Gebäude trat, umarmte er sie und wirbelte sie herum.

Er machte eine Hand frei, um den Knopf für den Fahrstuhl zu drücken. Als sie darin waren und die Türen sich geschlossen hatten, senkte sein Mund sich auf ihren für einen gierigen Kuss.

In seinem Apartment küsste er sie weiter, während er mit ihr auf das Schlafzimmer zusteuerte. Holly ließ es geschehen. Dans Geruch vermischte sich mit seinem Aftershave, und der Duft von Seife ließ ihr Innerstes erbeben. Gott, es war so schön, wieder bei ihm zu sein! Er umfasste ihren Hintern und hob sie hoch. Sie wand ihre Beine um seine Hüften. Er machte lange Schritte, um noch schneller im Bett zu sein. Er legte sie auf die Matratze und war auf ihr, bevor sie etwas sagen konnte.

Dan küsste und küsste sie, bis sie sich wand vor Hitze.

„Ich würde mir gerne Zeit lassen, aber das kann ich nicht. Bitte zieh dich aus“, sagte er, stand auf und riss sich die Krawatte vom Hals.

Als wären sie in einem Wettbewerb im Ausziehen, landeten ihre Sachen in atemberaubendem Tempo in einer Ecke. Ihre Blicke verließen einander dabei keine Sekunde. Als ihre Unterwäsche durch die Luft flog, überkam Holly eine Welle von Schüchternheit. Sie bedeckte sich mit ihren Armen.

„Versteck dich nicht vor mir, meine Schöne“, sagte er, ließ seine Boxershorts fallen und zeigte seine Erektion. Er kam zu ihr und nahm ihre Hand. Holly zitterte in Erwartung seiner Berührung. Gänsehaut kroch ihre Arme hoch, und Lust schoss in ihr Innerstes.

„Ist dir kalt?“, fragte er und rieb ihre Arme mit seinen Händen.

„Nicht, wenn du so nah bei mir bist“, antwortete sie.

Er legte sich auf das Bett und öffnete seine Arme. „Komm nach Hause“, sagte er.

Und das tat sie.

Später in der Nacht lag sie in seinen Armen und blickte aus dem Fenster auf den Vollmond. Glückseligkeit überkam sie. Sie hatte nichts in Frage gestellt, nur an den Moment gedacht. Sie war frei und mit Dan zusammen – was sonst brauchte sie? Nichts. Sie kuschelte ihren Kopf an seine Schulter und drehte ihren Kopf, um seine Brust zu küssen.

„Es tut mir leid, dass ihr die World Series nicht gewonnen habt."

„Verdammte sieben Spiele, und wir haben sie doch nicht geschlagen."

„Ihr wart großartig."

„Die Jungs waren gut. Die Gulls waren besser. Sie hatten ein paar Schlagmänner, die es einfach draufhatten. Und dieser neue Pitcher. Der hatte Glück. Aber nächstes Jahr kriegen wir sie."

„Das werdet ihr sicher", sagte sie und streichelte seine Brust.

Er strich ihr übers Haar und räusperte sich.

„Was ist?" Sie versuchte, zu ihm aufzublicken.

„Nichts."

„Nicht nichts. Was?" Ihr Magen krampfte sich zusammen.

„Naja, ich habe mich gefragt ..."

„Gefragt?"

„Ja. Wie würdest du es finden, jede Nacht so zu verbringen?"

Sie stemmte sich hoch und sah ihm in die Augen. Selbst im schwachen Licht der Nachttischlampe sah sie, das die goldenen Flecken in seinen Augen grün geworden waren. Das passierte immer, wenn er starke Gefühle hatte. Sie lächelte ihn an.

„Du möchtest nochmal?"

„Nein. Ich meine. Vielleicht. Bitte beantworte meine Frage." Er legte seine Hand auf ihre Schulter.

„Welche Frage?"

„Wie würdest du es finden, jede Nacht so zu verbringen?"

„Liebend gern", antwortete sie und berührte seine Wange.

Sein Lächeln verbreiterte sich zu einem Grinsen. Er nahm eine kleine Schachtel vom Nachttisch. „Dann heirate mich", sagte er und öffnete sie. Darin lag ein atemberaubender, vierkarätiger Diamantring.

Als hätte ein Vakuum die Luft aus ihren Lungen gesaugt, konnte Holly auf einmal nicht mehr atmen. Sie starrte ihn an. Als ihre Lungen wieder anfingen, zu arbeiten, sagte sie: „Du meinst das nicht ernst, oder?"

„Sieht es so aus, als würde ich es nicht ernst meinen? Es ist schwer, im Bett auf die Knie zu fallen. Soll ich es trotzdem tun?"

Sie schüttelte ihren Kopf.

„Nun? Ich warte."

„Ja", sagte sie, als sie wieder atmen konnte.

„Ja? Ja was?"

„Ja, ich werde dich heiraten."

„Du bist ein No-Hitter, Süße. Ein perfektes Match."

„Und du bist mein Homerun."

Sie küssten sich und kuschelten unter der Decke. *Wenn das ein Traum ist, weckt mich nicht auf.* Glück wärmte ihr Herz, und Dan Alexanders Körper die Laken.

Dan löschte das Licht. Obwohl sie nicht aufhören konnte, zu lächeln, ließ sich Holly schließlich von ihrer Erschöpfung überwältigen. Ihre Augen schlossen sich. Morgen war ein neuer Tag und ein neuer Beginn. Der Beweis, dass auch böse Mädchen ein Happy End bekommen können.

Epilog

Holly und Dan richteten sich am nächsten Tag ein. Er leerte zwei Schubladen der Kommode für sie und schob seine Sachen im Badezimmer zusammen, um Platz für ihre Kosmetik und Hygieneartikel zu machen. Die erste Verliebtheit würde anhalten, bis das Training im Frühling wieder beginnen würde.

Dan plante, dass Holly ihn zum Trainingscamp nach Florida begleiten würde. Während sie der Reise entgegenfieberte, wusste sie immer noch nicht, was sie mit ihrem Leben anfangen sollte. Bis Bud Magee anrief.

„Dan, ist Holly da? Gib sie mir mal."

Sie nahm das Handy ihres Geliebten. „Hey, Bud."

„Dan hat mir erzählt, du machst eine Ausbildung zur Bäckerin?"

„Das habe ich gemacht."

„Wir haben uns überlegt, auch Backwaren im Stadion zu verkaufen. Wärst du an einem Teilzeit-Job als Beraterin interessiert?"

„Oh mein Gott! Das wäre super!"

„Gut. Wirst du mitkommen nach Florida?"

„So ist es."

„Großartig. Wir können uns dort treffen und besprechen, was man leicht verkaufen und servieren kann."

„Danke, Bud."

„Kein Problem. Ich bin mir sicher, du hast schon viele gute Ideen."

„Ich tue mein Bestes."

„Außerdem – du gehörst zur Familie."

Sie legte auf und erzählte Dan die Neuigkeiten. Er war begeistert.

„Also wird das Hot-Dog-Girl zum Cupcake-Girl?" Er wackelte mit seinen Augenbrauen.

„Eher Schokoladencroissant-Girl." Sie gab ihm einen spielerischen Knuff.

Bevor er reagieren konnte, klingelte sein Telefon wieder. Er schaute auf den Bildschirm. Skip Quincy rief an.

„Du wirst es nicht glauben, Dan."

„Was?" Dan setzte sich und Holly stellte eine Tasse Kaffee vor ihn auf den Tisch.

„Matt ist eher nach Florida gereist."

„Ja. Er hat ehrenamtlich in einem Feriencamp ausgeholfen, oder einem Programm, sowas in der Art."

„Genau. Er unterrichtet dort mit einem weiteren Spieler. Du wirst nicht glauben, was ihm passiert ist."

Dan schloss seine Augen und stöhnte. „Was denn noch?"

„Naja, um gleich zum Punkt zu kommen, als er in die Umkleide gegangen ist, war ihm nicht klar, dass Dusty auch ein Frauenname sein kann."

„Oh, scheiße!" Dan bedeckte seine Augen mit der Hand. „Matt, was hast du getan?"

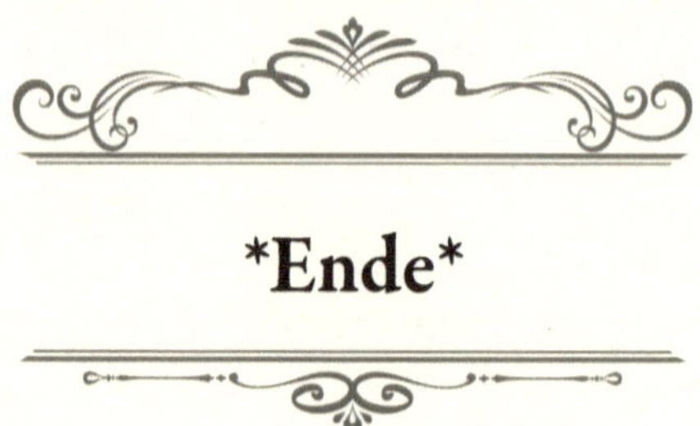

Ende

Um herauszufinden, wie es mit Matt und Dusty weitergeht, lesen Sie *Matt Jackson, Catcher* -Buch Zwei der ‚Bottom of the Ninth'-Serie. Bottom of the Ninth heißt übrigens die zweite Hälfte des neunten Innings – und damit die letzte Chance, einem Baseballspiel doch noch eine neue Wendung zu geben.

Über die Autorin

Jean Joachim ist eine Bestseller-Romance-Autorin, deren Werke seit 2012 regelmäßig in den amerikanischen *Amazon Top 100* zu finden sind. Sie schreibt im Bereich Contemporary Romance, dort fokussiert sie sich vor allem auf Sport Romance und romantische Krimis.

Ihr Buch "Dangerous Love Lost and Found" gewann 2015 den ersten Platz der *International Digit Awards.* „The Renovated Heart" wurde von *Love Romances Café* als „Bester Roman des Jahres" ausgezeichnet. Auch ihre anderen Bücher erhielten Auszeichnungen bei diversen Wettbewerben. 2012 wurde sie vom *New York City Chapter of RWA* zur besten Autorin gekürt.

Jean Joachim lebt mit ihrem Mann in New York City und ist Mutter zweier Söhne. Frühmorgens kann man sie vor dem Computer finden, vertieft ins Schreiben – mit einer Tasse Tee, ihrem geretteten Mops, Homer, an ihrer Seite und einem geheimen Stapel schwarzer Lakritze auf dem Schreibtisch.

Jean Joachim hat über 40 Bücher, Novellen und Kurzgeschichten veröffentlicht. Mehr Informationen finden Sie unter: http://www.jeanjoachimbooks.com

Moonlight Books

www.ingramcontent.com/pod-product-compliance
Lightning Source LLC
LaVergne TN
LVHW101938220826
846093LV00006B/49

* 9 7 8 1 9 5 0 2 4 4 8 6 7 *